我吃西红柿 著

典藏版 14

盘龙

黄河出版传媒集团
阳光出版社

图书在版编目（CIP）数据

盘龙：典藏版. 14 / 我吃西红柿著. —— 银川：阳
光出版社，2023.7
ISBN 978-7-5525-6847-9

Ⅰ.①盘… Ⅱ.①我… Ⅲ.①长篇小说－中国－当代
Ⅳ.①I247.5

中国国家版本馆CIP数据核字(2023)第130108号

PAN LONG DIANCANG BAN 14

盘龙 典藏版 14

我吃西红柿　著

责任编辑　　陈建琼　郑晨阳
装帧设计　　曹希予　佘彦潼　周艳芳
责任印制　　岳建宁

出 版 人　薛文斌
地　　址　宁夏银川市北京东路139号出版大厦 （750001）
网上书店　https://shop129132959.taobao.com
电子信箱　yangguangchubanshe@163.com
邮购电话　0951-5047283
经　　销　全国新华书店
印刷装订　北京盛通印刷股份有限公司
印刷委托书号　 （宁）0026634

开　　本　710 mm×1000 mm　1/16
印　　张　18
字　　数　262千字
版　　次　2023年7月第1版
印　　次　2023年7月第1次印刷
书　　号　ISBN 978-7-5525-6847-9
定　　价　36.80元

目 录

C O N T E N T S

— 第594章 —
神秘来客

宽阔的街道上人来人往。

在城内，不管是什么奇特族类的强者，不管是上位神还是下位神，都没有区别。城内绝对不允许争斗厮杀，在这里可以安心享受生活，无须担心危险。

"回到族内，我可一次都没到城内逛过。"林雷看着街道两侧那一个个店面感慨道。

"老大，城内可比那山脉有意思多了，有许多享受的地方，还有看记忆水晶球的地方呢。老大，我上次在城内看记忆水晶球的时候就发现……"贝贝眉飞色舞地说着，"其中有一个记忆水晶球记录的是汨罗岛那次你先和大量护岛战士战斗，而后和那红袍长老对战的画面。"

"看记忆水晶球的地方？"林雷有些惊讶。

巴格肖家族可是将一些珍贵的记忆水晶球当宝贝的。

"那些记忆水晶球怎么样？记录高手交战的记忆水晶球多不多？"林雷询问道。

"不多，虽然记录上位神交战画面的不少，可那水平就和汨罗岛的斗战场差不多。偶尔会有记录高手之间对战的记忆水晶球，不过若要观看，还要付很高的费用。"贝贝有些愤愤不平，"老大，他们拿记录了汨罗岛那次对战的记忆水晶球赚钱，应该分你些钱。”

林雷哈哈笑了起来。

旁边的迪莉娅也笑着点头："贝贝说得没错，他们没经过你的允许就放那些画面。"

林雷、迪莉娅、贝贝一边走着，一边谈论着记忆水晶球的事情。

片刻后，前方的特维拉等人掉头朝林雷走来。

特维拉长老神识传音："林雷长老，我们会在这密尔城停留一个月，一个月后的今天，我们会再次出发回天祭山脉。这一个月里，林雷长老你随意逛吧。记得，只有一个月时间。如果错过了，林雷长老你想回去，可就要等下一批次了，或者自己回去。"

"放心吧，我知道。"林雷点头，"那特维拉长老你也随意吧。"

于是，林雷和特维拉等人分开了。随即，林雷、迪莉娅、贝贝直接朝塔罗沙、帝林等人的住处走去。当初塔罗沙、帝林他们来到密尔城时，贝贝和迪莉娅就是与他们一起的，自然很清楚塔罗沙他们的住处。

"老大，塔罗沙购买了一座大府邸，花了足足十三亿块墨石呢。"贝贝说道，"至于帝林、希塞、奥布莱恩等人，也都住在那里。"

林雷听了点头。塔罗沙他们不缺钱，在城内购买一座大府邸也是正常的。想到这购买府邸的事，林雷不由得笑了起来："贝贝、迪莉娅，还记得当年我们第一次去帝翼城吗？那一次我们看到的房子，最便宜的一栋好像是六千万块墨石吧，可把我吓了一大跳。"

迪莉娅和贝贝听了也笑了起来。

帝翼城最便宜的房子是八百万块墨石，不过那种房子一出来就被抢购了。平常空闲的房子的价格都近亿了，只有实力强的上位神才有能力购买。

"那时我还认为只有地狱真正的精英才能在城内购买房屋，现在看来……"林雷摇头一笑。

的确，能买得起城内房屋的算是精英，可是那所谓的"精英"，只是相对于地狱中普通的神级强者而言的。地狱中一些真正的高手，如六星使徒、七星使徒，大多数居住在城外，或占山为王，或建造一座城堡，拥有一大堆手下。城内的生活虽然安全，但是不像城外那般充满挑战、激情。

"林雷，塔罗沙他们的住处到了。"迪莉娅指向前面。

林雷顺着迪莉娅手指的方向看去，看到了一座占地数百平方米的大型府邸。在寸土寸金的城内，如此大的府邸，耗费十三亿块墨石也算物有所值。

府邸内，前院有一汪圆湖，湖边长着树木、花草，一条铺着铬矿石的宽阔道路弯弯曲曲，从大门一直延伸到住宅。

"大哥，在屋内慢吞吞的干什么呢？快点！"一名壮硕的青年在楼下喊着。

这是帝林的三儿子克莱沃。当年，他和他大哥随帝林一同来到了地狱。至于他的二哥，当年在众神墓地第十一层的时候，死于深渊刀魔之手。

"来了。"一道人影从楼上闪电般跃下。

就在这时，嘭嘭声猛然响起。

大门被敲得震天响，同时响起了一个声音："嘿，快开门！克里奥、克莱沃，你们两个快点开门！"

"是贝贝。"克里奥两兄弟相视一眼，都跑了过去。

大门轰然开启，门外站着三人。

"林雷！"克里奥、克莱沃不由得大吃一惊，这可是林雷第一次来他们这里。

随即，克莱沃惊喜地回头喊道："父亲、塔罗沙叔叔，林雷来了！"

"林雷来了？"只见住宅内连续飞出数道身影，第一个飞出来的是希塞。

林雷看着这些老乡，心里十分高兴，笑着迎上去，和希塞拥抱了一下："希塞，好久不见啊。"

"是好久不见。林雷长老，你位高权重，每天事情多，都快忘记我们这些小人物了。"希塞故意这样说道。

林雷见希塞这样调侃他，不由得开心起来。希塞终于和当年在玉兰大陆时一样潇洒不羁了，看来，汨罗岛上的那些事情对他的影响已经不大了。

"林雷。"塔罗沙、帝林、奥布莱恩也都迎了过来。

"嗯？"林雷看着眼前这些人，发现奥利维亚不在，却多了一个金发美妇人。

林雷惊讶地看着走在最后面的美妇人，问道："这位是？"

塔罗沙怪笑了起来："林雷，这位可是我们的新成员。你猜猜这女子是我们当中谁的妻子。"

"妻子？"林雷一怔。

"啊？有人娶妻了，我上次来还没有呢。"贝贝一瞪眼。

塔罗沙哈哈笑了起来："娶妻的速度当然要快，你们猜猜是谁的。"

林雷、迪莉娅、贝贝都朝希塞、帝林、奥布莱恩、克莱沃他们看去。

"难道是克莱沃的？"贝贝第一个开始猜，"或者是奥布莱恩的？不对，奥布莱恩和大圣司还有些交情呢。"

奥布莱恩不由得尴尬不已，而塔罗沙、希塞他们都笑了起来。

帝林连忙说道："好了，别闹了。林雷、迪莉娅，我给你们介绍一下，这是我的妻子卡米娜。"

"林雷先生，你的事情，他们都给我说过。"卡米娜笑道。

"卡米娜，你好。"林雷、迪莉娅和卡米娜打招呼。

林雷的到来令塔罗沙、帝林他们平静已久的生活多了一丝乐趣。塔罗沙他们当天便准备了丰盛的宴席招待林雷他们，林雷和塔罗沙他们在桌上谈论起了家族的事情。

知道族内的变化，特别是这五百年里的局势，塔罗沙、帝林他们不由得感慨起来。

卡米娜更是心中震惊，她只是一个普通的中位神，过去听帝林他们说过林雷的事情，可她总有一种听某个强者的传奇故事的感觉。现在，她从林雷口中听到一个个七星使徒殒命的事，那种感觉又不一样了。

那可都是七星使徒啊！一般来说，一座城池的城主也就是七星使徒；可是，古老的四神兽家族和从各位面迁移过来的八大家族之间的对战，竟然会使得一个个七星使徒殒命。

"你说奥利维亚离开了？"林雷突然说道。

"对。"塔罗沙点头说道，"他可能不习惯城内的平淡生活吧，出去接使徒任务了，一般数十年会回来一趟。"

林雷不禁点了点头，同时想起自己目前还只是一名一星使徒。他虽然接过两个任务，但都没有成功。

"奥利维亚当初在玉兰大陆时就向往地狱中有激情的生活，所以第一个来地狱。以他的性格，是不可能一直待在城内的。"林雷感叹道。

忽然——

嘭嘭！府邸大门被敲响。

"咦？这时候还有人过来敲门？大家都在啊，没人出去啊。"塔罗沙疑惑地说道，"难道是奥利维亚回来了？"

"不会那么巧吧？"林雷笑道。刚提到奥利维亚，难道他就回来了？

"克莱沃，你去开一下门。"塔罗沙说道。克莱沃连忙起身朝外面跑去。

"嘿，快点开门。"

浑厚的声音从外面传来，却让林雷很吃惊。这竟然是当初把他从布罗手里救出来的普斯罗的声音。

普斯罗怎么到这里来了？

"你是谁？"克莱沃问道，他根本不认识普斯罗。

塔罗沙、帝林等人连忙从客厅中走了出来，看到了大门处的红发大汉，可他们也不认识普斯罗。

"哈哈，普斯罗！老大，那是普斯罗。"贝贝喊道。

林雷此刻也走出来了，笑着说道："克莱沃，他是我的朋友。"

林雷发现普斯罗身后竟然还跟着两名手下。

"小伙子，一回生二回熟，以后你就认识我了。"普斯罗一拍克莱沃的肩膀，让克莱沃身体一晃。

普斯罗大笑着走了进来，说道："林雷，我就知道你在这里。"

林雷听到这话，吓了一大跳。他可是变换容貌过来的，普斯罗怎么知道他在这里？

"别吃惊，密尔城的城主是我的朋友。"普斯罗笑着说道，"当初迪莉娅陪这几个人在这里买下这座府邸时，我就安排人注意这里了。"

林雷恍然大悟，对方只要看到迪莉娅、贝贝，就能猜出他的身份。不过，林雷也惊讶于普斯罗的关系网，他竟然和密尔城城主是朋友。

"不过，这次不是我的人发现你的，"普斯罗笑着说道，"是我的另外一个朋友告诉我你来到密尔城了。"

"另外一个朋友？"林雷有些惊讶。

普斯罗点头说道："对，我的这位朋友实力可是强得很，他知道我认识你，便让我过来。我这位朋友的目的很简单——想见见贝贝。"

林雷眉头一皱："普斯罗实力强，他的朋友自然也了不起，一个朋友是城主，另外一个朋友竟然发现我来了密尔城，还想见贝贝……"

"见我？"贝贝大吃一惊。

"他是谁？"林雷问道。

普斯罗摇头笑着说道："这个我可不好说。如果想知道是谁，等贝贝回来你再问贝贝。对了，你答应让贝贝出去一趟吗？"

"去哪里？城内还是城外？"林雷虽然相信普斯罗，但还是很担心贝贝的安全。

"放心，就在城内。"普斯罗笑着说道。

林雷这才安下心来。在城内，就是七星使徒也不敢动手，毕竟城内有不得动手的规矩。这是整个地狱共同的规矩，主神定的，谁敢违背？

"贝贝，你自己认为呢？"林雷转头看向贝贝。

贝贝双目放光，笑着说道："我很想看看哪位神秘人物要见我。"

第595章

竟然是她

普斯罗朗声说道："既然你答应去见我的这位朋友，这样，你就随我的两个仆人去吧，他们会将你带过去的。"

普斯罗看向贝贝，贝贝却有些惊愕："现在就去？"

"那是当然，我那位朋友正在等着你呢。"普斯罗说道。

"老大，那我就去了。"贝贝回头看向林雷。

林雷虽然疑惑这神秘人是谁，但是见面地点在城内，他也很放心，便点头笑道："快去快回。普斯罗故意对我隐瞒那人的身份，我还等你回来告诉我呢。"

"嗯。"贝贝重重地点头，故意瞥了一眼普斯罗，"我可不像某人，一副很神秘的样子。"

"你这小子。"普斯罗不由得笑了起来。

贝贝大步朝外面走去，同时还说道："你们两个快点给我带路，我可不知道要见我的神秘人住在哪里。"

普斯罗的两名仆人连忙快步走过去为贝贝带路。

林雷看着贝贝离去，心中的疑惑越来越强烈。

"普斯罗，"迪莉娅笑吟吟地看着普斯罗，"贝贝都过去了，你就不要保密了吧，你这位神秘朋友到底是谁？"

林雷也转头看向普斯罗，等普斯罗回答。普斯罗笑了笑，却没回答。

"这人我认识吗？"林雷问道。

普斯罗斟酌了一下，说道："这人你应该不认识。"

林雷疑惑地看着普斯罗："应该不认识？认识就认识，不认识就不认识，普斯罗说话竟如此犹犹豫豫。"

"林雷，从你出生到现在有一万年了吗？"普斯罗询问道。

"一万年？"林雷不由得笑了，"从我开始修炼到现在，才过了一千多年，离两千年都还差好远。"

"这么短？"普斯罗有些惊讶，旋即说道，"那我就肯定了，不管你有没有听说过这位朋友的名字，至少你肯定没见过他本人，因为他在万年前就从你们的玉兰大陆来到地狱了。"

林雷、迪莉娅惊愕地对视一眼，玉兰大陆的？

"是玉兰大陆的？"站在后面的塔罗沙、帝林、希塞等人也都感到惊讶。

普斯罗见到眼前一群人惊愕、疑惑的表情，得意地笑了："哈哈，你们慢慢猜吧，我就不说。等贝贝回来你们就知道了，不过我想你们恐怕很难猜到。"

林雷不由得摇头一笑，普斯罗还真是喜欢卖关子。

"林雷，你在这里待多久？"普斯罗忽然问道。

"一个月吧。"林雷说道。

"哦，这么长时间，我就在这里待两天。这两天有时间，你可要和我说说四神兽家族内部的事情，我对这四神兽家族可是很好奇的。"普斯罗呵呵笑道。

就这样，普斯罗也在这里留宿了。幸好塔罗沙他们这座府邸很大，有足够的房间。

夜。

林雷、迪莉娅依偎着躺在床上，谈论起了那个神秘人。

"我原以为贝贝今天就能回来，没想到他没回来。"林雷抚摸着迪莉娅的秀发，笑着说道。

"可能贝贝遇到这个神秘人后，两人不但有话要谈，还有其他事情要做吧。"迪莉娅说道，"这个神秘人竟然在万年前就从玉兰大陆到了地狱，我们一次都没见过，真不知道是谁。"

"原本我以为是贝鲁特大人，可普斯罗说我从来没见过，我就不知道是谁了。"林雷也疑惑不解。

没承想，到普斯罗离开的那天，贝贝还没回来。

林雷不由得有些急了："这见一个人怎么要三天呢？"

林雷询问普斯罗，普斯罗让林雷不用担心。

第五天——

"今天这个记忆水晶球不错，生命神界强者们的战斗方式有些奇特，飞舞的动作、攻击的姿势看起来都那么美丽、吸引人。"迪莉娅笑着赞叹道。

林雷点头说道："生命神界的强者大多修炼生命规则，那些招式不仅看起来赏心悦目，威力还十分惊人。"

在密尔城的日子里，林雷和迪莉娅会去逛逛一些有趣的地方。不得不承认，人来人往的密尔城的确比天祭山脉有意思得多。

谈笑间，林雷和迪莉娅回到了住处。

看到府邸大门，迪莉娅感叹一声："也不知道贝贝回来了没有，这都第五天了。"

迪莉娅虽然牵挂着这件事，但还算放心，一是因为贝贝在城内，不会出事；二是因为林雷和贝贝灵魂相连，他可以感知到贝贝的位置。

林雷笑而不语，只是看着府邸大门，因为他的灵魂早就感知到贝贝在府邸内了。

一声欢呼响起："老大！"

府邸大门开启，戴着草帽的贝贝站在大门前，笑吟吟地看向林雷、迪莉娅。

"贝贝回来了？"迪莉娅一惊，随即回过头瞪了一眼林雷。贝贝回来了，林雷肯定感知到了，可是林雷竟然一路上都没说这事。

林雷不禁笑了起来。

"贝贝，你还真够厉害的，去见那个神秘人花了这么长时间，这都第五天了。"林雷笑着说道，和迪莉娅一同步入府邸。

府邸内，塔罗沙、帝林、希塞、奥布莱恩、卡米娜等人都在。

见到林雷、迪莉娅进来，塔罗沙哈哈笑道："林雷，你总算来了。我们刚才问贝贝去见谁了，他就是不说，硬要等你回来再说。"

贝贝鼻子一皱，哼了一声。

林雷、迪莉娅笑着走过去坐了下来。林雷看向贝贝，说道："贝贝，你就别吊大家胃口了，直接说吧。你今天不说，塔罗沙、帝林他们可就要急了。"

塔罗沙、帝林他们也笑了。这只是小事，他们只是好奇，怎么可能急？

"好，我说。"贝贝一扬脑袋，"这人嘛，原先是我们玉兰大陆的。"

"这个我们知道，就因为是玉兰大陆的，我们才好奇。"塔罗沙说道。

贝贝环顾众人，得意地说道："这位神秘人就是我贝鲁特爷爷的妻子，我的卡莱罗娜奶奶！"

"卡莱罗娜？"林雷立即回忆起来，当年贝贝的确和他提起过贝鲁特的妻子卡莱罗娜。

在玉兰大陆的时候，林雷见过哈里、哈特、哈维三兄弟，可是从来没见过卡莱罗娜。当初和哈里他们聊天时，林雷听说卡莱罗娜早就离开了玉兰大陆。

"竟然是她！"塔罗沙有些惊讶，旋即哈哈笑道，"我早就该想到是她了。卡莱罗娜大人是贝鲁特大人的妻子，要见贝贝也是应该的。"

"卡莱罗娜大人是贝鲁特大人的妻子？"奥布莱恩有些吃惊。

奥布莱恩、希塞出生的时候，卡莱罗娜早已离开了玉兰大陆，他们自然没听说过此人，甚至都不知道卡莱罗娜是贝鲁特的妻子。

"我卡莱罗娜奶奶可是很厉害的。"贝贝得意地说道。

"贝贝，这次你卡莱罗娜奶奶找你干什么啊？竟然用了这么长时间。"林雷对此一直很疑惑。

"她帮贝鲁特爷爷送一样东西给我。"贝贝嘿嘿笑道，"就是那第五份灵魂碎片啦。"

帝林、塔罗沙、奥布莱恩一群人满脸疑惑。

林雷和迪莉娅却有些吃惊，贝贝和他们讲过有关剥离的灵魂碎片的事情。当初，贝贝就是因为有了那四份蕴含黑暗系元素法则奥义的灵魂碎片，才能不断突破。

"这些年，贝鲁特爷爷终于帮我找到第五份灵魂碎片了。"贝贝得意地说道，"老大，你可要加油，说不定我会比你更快达到上位神境界呢。"

林雷笑了。

如今，他将地系元素法则中的五种奥义修炼至大成了，还剩下一种奥义；因为接受了宗祠洗礼，他修炼水系元素法则极快，已经有四种奥义大成了。

"哈哈，谁先达到上位神境界还不一定呢。"林雷笑道。

"你们在说什么？那灵魂碎片又是什么？"帝林、希塞等人一脸疑惑。

在他们看来，灵魂一旦被击碎就完了，怎么还会有灵魂碎片？灵魂碎片是干什么用的？

贝贝之前没有告诉过他们灵魂碎片的事，他们当然一点都不明白。

时间过得飞快，在密尔城的日子是轻松的，转眼便过去了一个月。

返程这天，青龙一族的人已经在城外聚集了，大家都来得很早。

"大人，青龙一族的人都在那边。"

"看到林雷和他的亲人了吗？"

"没有，估计等会儿会到。"

"赶快通知八位长老，让他们做好准备。"

"大人放心，八位长老已经知晓了，一旦青龙一族的人出发，八位长老可以随时发动攻击。"

"很好，这次解决林雷的事情，八位族长都非常重视，不得有任何失误。"

此刻，八大家族的一些情报人员正注意着青龙一族聚集的人。

当初，青龙一族这些人抵达城门口的时候，这些情报人员就记住了他们部分人的模样。这些普通族人并没有改变容貌，所以一下子就被八大家族的情报人员认出来了。

改变了容貌的特维拉有些着急地等待着，并时不时朝城门口看去："林雷怎么还没到？"

"特维拉长老，"特维拉麾下的一名上位神战士神识传音，"族内其他人已经到齐了，就差林雷长老他们三个了。我们现在怎么办？继续在这里等吗？"

特维拉眉头一皱。

"不等了，林雷长老他们几个既然没来，估计打算下次回去，或者自行回去，我们无须再管。"特维拉下令，"准备出发吧。"

当即，特维拉手一挥，一个黑虎模样的巨型金属生命出现在空中。随即，青龙一族的人陆续进入其中。

"大人，青龙一族的人要出发了，可是那林雷，还有他的妻子、兄弟，都没出现。"

"还没出现？再等等。那金属生命估计还会等一会儿。"

然而，那金属生命并没有再等林雷他们了。

待所有人都进入金属生命后，金属生命立即出发，消失在天际。

这一幕，让八大家族的情报人员都傻眼了。

"大人，现在怎么办？林雷他们三人的确没来，进入金属生命的人比当初来的少了三个。"

"少了三个？看来林雷他们三人还真没走。赶快告诉八位长老……嗯，就让长老们先休息，慢慢等待吧。"

林雷他们三人没有出现在城门口，令八大家族的情报人员白忙活了一场，也令那早就准备好的八位长老空欢喜一场。

密尔城，塔罗沙等人居住的府邸内。

"塔罗沙，恐怕我们还要在你这里多打扰一段时间了。"林雷脸上洋溢着笑容，看向旁边的迪莉娅。

本来他都准备回天祭山脉了，可是昨天晚上，迪莉娅竟然和他说她有了。

"在天祭山脉那么久都没有怀孕，没想到现在竟然怀孕了。"林雷知道这个消息后开心得要命。既然迪莉娅怀孕了，林雷就不急着回天祭山脉了。毕竟论环境，密尔城要比天祭山脉好许多。

现在让迪莉娅在这里休养，等生下孩子后再回去也不迟。

"哈哈，你们要住多久就住多久！"塔罗沙笑道，然后疑惑地问道，"林雷，你昨天不是说今天一大早就要出发吗？怎么突然改变决定了？"

塔罗沙旁边的希塞也疑惑地看向林雷。

"迪莉娅怀孕了。"林雷开心地说道，他旁边的迪莉娅不由得脸红了。

塔罗沙、希塞立即瞪眼，旋即都大笑了起来。

"哈哈，这可是大喜事，可要好好庆贺！"塔罗沙连忙说道。

迪莉娅怀孕的事情令府邸内一群人万分开心。

普斯罗过来的时候，惊异地发现林雷没走，一问才知道迪莉娅怀孕的事情，他也为林雷感到开心。

迪莉娅怀孕后，林雷每天陪着迪莉娅，看着迪莉娅的肚子一天天变大，他的心情也越发激动。

林雷时而用耳朵贴着迪莉娅的肚子听听声音。当迪莉娅靠近时，林雷甚至能感知到那个未出世的小生命。

"大人，我们的人在密尔城内发现了林雷的朋友贝贝。我们悄悄跟踪他，终于发现了他的住处。我们的兄弟想方设法，终于探察到林雷和迪莉娅也住在那座府邸内！"

密尔城说大，也就占地方圆上千里。八大家族的大量情报人员长期在密尔城内活动，加上贝贝经常出门，情报人员要发现贝贝不是难事。一旦发现贝贝，以八大家族的手段，找到林雷、迪莉娅就不难了。

"很好！找到了他们的住处就轻松了，现在要经常换人盯着那里。记住，不能让林雷他们发现。一旦林雷出门，就立即汇报。"

"是，大人！"

"不过，大人，如果林雷他们安心地住在密尔城，一直不出去，那我们怎么办？"

"那……"

城池内禁止战斗，就是八大家族也不敢违反这规矩。

"先看着吧，我就不相信林雷会一直待在密尔城。如果林雷真的一直在这里不离开，该怎么做，应该由族长们决定。"

于是，八大家族的情报人员盯住了那座府邸。

不过，林雷开心地陪着自己的妻子，一点儿也没有离开的意思。

林雷坐在屋外，握着酒杯，整个人有些心不在焉，不时转头朝屋内看去。因为迪莉娅在屋内，而且已经到了分娩的时候。

"咻——"林雷不由得进行了一个深呼吸。就是和七星使徒战斗，他也没有这么紧张过。

"不知道是男孩还是女孩，不知道迪莉娅她……"林雷此刻思绪万千，脑中乱得很，握着酒杯的手在微微颤抖。

"老大，你不是有经验了吗？怎么还这么紧张？"贝贝在一旁取笑道。

林雷看了贝贝一眼，挤出一丝笑容，说道："贝贝，等你当父亲的时候就知道了。这种等待，这种紧张程度，不亚于和绝世强者战斗一场。"

林雷感觉自己的心一直悬着。

在他旁边还有奥布莱恩、帝林、塔罗沙等人，连普斯罗也在这里。普斯罗他们彼此交谈着，取笑此刻的林雷。

林雷没时间和他们说话，心思都在屋内。

"哇——"

婴儿的一声啼哭如同一道阳光瞬间照亮了林雷，让林雷脑海中的念头都消散了。他此刻只有一个想法——孩子出生了！

林雷倏地冲到了门口，此刻，那屋门也打开了。帝林的妻子卡米娜笑着走了出来，说道："林雷，恭喜你，迪莉娅生的是一个儿子！"

林雷不在乎这个，直接进入里间。

里间中，迪莉娅坐在床沿抱着婴儿，额头上还有汗水。见到林雷进来，她连忙站起来，走过来说道："林雷，你看，他很安静呢，刚才还在啼哭，现在就不闹了。"

林雷仔细地看着迪莉娅怀中的婴儿，那皱皱的脸蛋、小小的身体和脑袋，和泰勒、莎莎当年出生时差不多。

"我抱抱。"林雷此刻心跳得很快。

再厉害的强者抱着自己刚出生的儿子都会感到激动、忐忑、紧张。

林雷将婴儿抱在怀里，感受着自己儿子那轻微的重量。婴儿很轻，对实力强大的林雷而言，这点重量根本不算什么。可是，林雷觉得这轻微的重量宛如压在了他的心上。

"儿子，我的儿子！"林雷忍不住在心中喊着，"这是我的儿子！"

抱着儿子，林雷就有一种血脉传承、生命延续的感觉。

"林雷，孩子叫什么？定下来了吗？"迪莉娅问道。

"叫威迪吧。"林雷宠溺地看着怀中的儿子。

"威迪，威迪，叫父亲。"林雷说着，还摸了摸儿子的小鼻子，那皮肤娇嫩得很。

可能是被林雷摸疼了，已经停止哭泣的威迪又大声啼哭起来。

迪莉娅连忙伸手接过威迪，说道："他这才出生你就让他喊你父亲，孩子都哭了，快，给我抱。"

"没事，我林雷的儿子没那么娇气。"林雷说道，"让我多抱一会儿。"

林雷抱着儿子威迪，心情十分愉悦，就算是手中握着一件主神器，也比不上抱着儿子这样激动、开心。

见林雷舍不得放下，迪莉娅不由得笑了。

林雷低头看着自己的儿子，百看不厌。

威迪哭了一会儿就不哭了，用一双乌溜溜的不含一丝杂质的大眼睛看着林雷，看着这个他出生后见到的第一个男人。

他还不知道这就是他的父亲。

他是林雷的儿子，注定这一生不会平凡！

"林雷，怎么还不出来？"希塞的声音响起。

"老大，快把你的儿子抱出来啊，我这个叔叔还要抱抱他呢！"贝贝也大声喊道。

这时候，屋内的迪莉娅、林雷才反应过来，不由得相视一笑，抱着儿子朝外面走去。

他们刚到外面，贝贝、克莱奥他们便冲了上来。

"给我抱抱！"贝贝欢呼着。

儿子出生后，林雷、迪莉娅经常逗弄儿子，其乐无穷，更不急着回天祭山脉了。他们不急，可是八大家族的情报人员，特别是那八位长老，都等急了，谁也不知道林雷他们何时返回天祭山脉。

不过，他们也不能来催，也只能等着。

"大人，兄弟们不停替换，经常盯着，可是都一年了，这什么时候是个头啊！"八大家族的情报人员不管是日间还是夜间，都不敢有一丝松懈。

"现在那林雷经常抱着一个婴儿玩，难道我们要等到那婴儿长大成人？"

这样盯着的确累，特别是还不知道什么时候是尽头。

"别急，我已经回禀族长们了。八位族长的命令就是一个字——等。总之，我们不能引起林雷的注意，他不可能一直待在密尔城，总有一天会出去的！"

"是，大人！"

八大家族的情报人员只能咬牙坚持。

密尔城的一条街道上，林雷和迪莉娅正并肩行走着，儿子威迪则由卡米娜在照顾。他们今天出来，是为了购买食材。威迪还小，长身体需要吃许多东西。

"我们过段时间回去，天祭山脉内可没有多少食材。"林雷笑道，"这次买的食材应该足够了。"

"当然足够了。这么多食材花费了我们整整数千万块墨石，足够威迪吃十几年了。"迪莉娅笑道，"和莎莎、泰勒比，威迪以后吃的食物要好多了。"

"威迪现在还不知道他有哥哥姐姐呢，等他长大懂事了再告诉他。"自从身边有了孩子，林雷觉得无论是做事还是修炼，整个人都充满了干劲。

就在两人一边神识传音交谈一边往回走时，林雷忽然注意到了一个人。

林雷惊讶地看向远处的一道人影。只要是青龙一族的人，身上都有家族徽章，能感知到同族人的存在。

在密尔城，林雷已经碰到过好几个族人了，可这次碰到了熟人。

"林雷长老。"对方也发现了林雷，连忙神识传音。

"特维拉长老。"林雷也连忙神识传音。

虽然林雷和特维拉此刻都改变了模样，但和上次分离时的模样一样，二人自然能轻易认出对方。

特维拉笑着走过来，神识传音："林雷长老，上次你没和我们一起回去，发生了什么事情吗？"

"实在抱歉。当初来密尔城没多久，我妻子就怀孕了。"林雷脸上带着笑意，神识传音，"于是，我便决定等孩子生下来再回去。"

"啊，恭喜恭喜！"特维拉长老连忙神识传音。

林雷脸上的笑容越发灿烂了。

"对了，特维拉长老，你这次来也是负责护送金属生命吗？"林雷询问道，"家族规定半年才让一批人出来，这才一年半时间，怎么又轮到你了？"

"没办法，五百年前损失的长老实在太多了。现在，族内长老太少，大多数进入血战谷了。"特维拉无奈地说道，"所以，护送金属生命的任务也就我们几个长老轮流完成。"

林雷恍然大悟。

林雷只知道五百年前家族有很多长老在战斗中殒命了，至于到底有多少，他没有详细问过。起初，两百年就有五位长老殒命了，估计五百年下来，殒命的长老超过十位了。

"特维拉，你们什么时候返程？我们也准备回去，一道走吧。"林雷说道。

"哦，我们准备后天返程。"特维拉很高兴，"这趟回程有林雷长老在，大家的安全就更有保障了。"

　　"好，那后天清晨见。"林雷说道。

　　"一定，到时候你可别又不出现。"特维拉笑道。

　　"这次不会了。"林雷笑道。

　　清晨，府邸门口，迪莉娅抱着威迪和林雷、贝贝一同向塔罗沙他们告别。

　　"塔罗沙，你们就别送了。"林雷笑道。

　　"以后可要常过来，我很喜欢小威迪呢。"塔罗沙笑道。

　　贝贝哈哈笑道："等下次来，威迪估计长大了。"

　　和朋友们告别后，林雷、迪莉娅、贝贝带着威迪直接朝城门口走去。

　　这一幕场景被远处高楼窗口里的人看到了，那人兴奋地说道："林雷他们要出城了！"

第597章
顺道

密尔城城门口，八大家族情报部门驻点。

"大人，林雷他们三人带着婴儿出发了，估计很快就会到达城门口。"

"哦？连婴儿都带出来了，看来是真的要出城了。不过不着急，慢慢等，等见到林雷他们出现在城门口再将这事禀报给八位长老。"说话的是一名看似憨厚的青年。

这名青年站在高楼的窗户前，很随意地看向楼下。他这位置可以很清楚地看到城门口。

许久后，这名青年瞳孔一缩。在他的视线内，熙熙攘攘的人群中出现了林雷他们。

"林雷啊林雷，你终于现身了，我还以为你要在这密尔城待个千年万年呢，现在看来，也就一年多嘛。"这名青年眯起眼睛，脸上浮现出笑容。

"快，将这消息传给长老们。"这名青年神识传音，连忙下令。

"是！"

距离密尔城大概一千里的山林中有一座很普通的石屋，石屋很宽敞，里面有八个蒲团。八名灰袍人分别盘膝坐在蒲团上，默默等待着。

他们原本想一次性解决林雷，一个个杀气很重，然而一年多了，他们一直没有等到出手的机会。随着时间的流逝，他们身上的杀气渐渐变弱了。

"林雷在城内不想出来了，不知道他要在那里待到什么时候，十年？千年？万年？"一名有着黑色长发、黑色大胡子的灰袍人恼怒地说道。

没有期限的等待最容易让人焦急。

"坦普，"一个优雅的声音响起，"你们雷纳尔斯家族的人，这心还是不够静啊。"

大胡子灰袍人哼了一声，不再说话。

"外面有人过来了。"一个声音忽然响起。

话音刚落，一道人影疾速冲了过来。此人是情报部门安排在这里，随时准备为八位长老传递信息的。

"八位长老，林雷出城了！"激动的声音响起。

八名灰袍人几乎同时站了起来，连平时沉稳的首领查布，也露出了喜色。

查布旋即说道："林雷终于现身了！各位，记住，一出手就立即使用主神之力，务必全力以赴解决林雷。"

密尔城城门外，青龙一族的不少族人正聚集在这里，因为有家族徽章，他们都能清晰地感知到族人。

"林雷长老，今天来得早啊！"特维拉迎了上来，神识传音。

林雷笑着点头，神识传音："如果来晚一点，我担心特维拉长老会恼怒。"

特维拉笑了笑，将目光投向被迪莉娅抱着的婴儿，神识传音："林雷，这就是你儿子吧，真漂亮。"

"威迪刚出生的时候跟个老头似的。"林雷神识传音。听到别人夸赞自己的儿子，他当然开心。

"对了，什么时候出发？"林雷询问道。

特维拉朝四周看了一眼："看样子人差不多快齐了，再等一下吧。对了，林雷，今天我们这个金属生命上有一名非常特殊的乘客。"

"哦，特殊乘客？"林雷有些惊讶。

"对，族长亲自嘱咐我让我在这里接他一道去天祭山脉。"特维拉笑着说道，"跟我来，我介绍给你认识一下。"

林雷有点好奇这名特殊乘客是谁了。

在特维拉的带领下，林雷见到了这名特殊乘客——一名看起来很瘦小的青年，有着金色的短发，脸上有着无邪的笑容。

林雷看着他，竟然有一种熟悉的感觉。

"哈哈，林雷！"爽朗的笑声在林雷的脑海中响起。

林雷马上反应过来，是普斯罗，这是普斯罗的声音！

瘦小青年眨了眨眼睛，神识传音："没办法，你们族长说我上次出手救你，估计八大家族已经知道我的模样了，让我乘坐你们的金属生命时改变模样。真是的，怕什么？就是来了几个长老，我一个人也能解决。"

林雷不由得笑了起来。

普斯罗身为主神使者，实力毋庸置疑。连使用主神之力的布罗都远不是他的对手，他一个人对付几个长老，确实是一件很轻松的事情。

"哈哈，族长也是为了家族着想嘛。"林雷笑道，"对了，你怎么认识我们族长了？"

上次普斯罗出手救他的时候还不认识青龙一族族长，不过已经过去五百年了，什么事都可能发生。

"这你就不用管了。"普斯罗神识传音，一副很神秘的模样，"我见你们族长，对你只有好处没有坏处。"

林雷笑着点头，神识传音："不管其他，单单你这次陪我们一起回天祭山脉，那就是很大的好处了。"毕竟，一个普斯罗就能顶好几个七星使徒。

"我还没有见过普斯罗的真正实力。"林雷想着。

"林雷，这位是？"迪莉娅、贝贝也疑惑地看着眼前的瘦小青年。

林雷笑了笑："等上了金属生命，我再给你们详细介绍。"

普斯罗故意一眨眼。

"哇——哇——"迪莉娅怀里的威迪伸出肉乎乎的小手指向普斯罗。

普斯罗曾经抱过威迪不少次，虽然此刻他的模样大变，但是出生不足一年的威迪还是在他身上感知到了熟悉的气息。

"威迪，乖。"普斯罗笑着看向威迪。

迪莉娅、贝贝大吃一惊，眼前这瘦小青年怎么知道威迪的名字？

"人都齐了，出发吧。"特维拉走过来说道。

随即，一个银狼模样的巨型金属生命出现在半空，腹部出现了一条通道，青龙一族的族人一个个进入了金属生命中。

林雷、普斯罗、特维拉、贝贝、迪莉娅也一同进去了。

嗖！金属生命瞬间化为一道幻影消失在天际。

"青龙一族的金属生命朝二号位置飞去了，朝二号位置飞去了！"八大家族的情报人员立马将情报传递开去。

天空中，九道身影疾速飞行，其中八道身影穿着灰色长袍，还有一人穿着青色长袍。

青袍人说道："各位长老，林雷乘坐的金属生命原本是朝二号位置飞行的，现在方向略微改变，应该会经过四号位置。我们距离那里只有数百里，马上就能到。"

此次，八大家族的情报部门花费了不少力气。以密尔城城门为中心，方圆数千里范围内有不少据点。无论青龙一族的金属生命朝哪个方向飞行，都会被那些情报人员知道。

这名青袍人的一个神分身在总部，自然能随时获知青龙一族金属生命的飞行轨迹。

"很好。"查布淡笑着，神识传音，"各位，只剩下数百里了。一遇到那个金属生命，我们就立即展开神识覆盖那个金属生命，确定林雷的位置。到时候，安妮西，你负责在一旁牵制保护金属生命的那名长老，其余包括我在内的七人发出全力一击，联手对付林雷，不能给他一点机会。"

"是！"其他七名长老应命。

这八名长老中，有三名拥有主神之力，安妮西只是其中一名普通的长老。

此次联手对付林雷的便是拥有主神之力的三名长老以及另外四名长老。面对这样强大的实力，别说是林雷，就是青龙一族族长盖斯雷森过来了，也很难扛下这样的攻击。

"查布长老，其实你一人使用主神之力就足以对付林雷了，就是不使用主神之力，七位长老联手也不会有意外。"那名大胡子长老神识传音。

"丝毫不能大意。记住，要马上使用主神之力，千万别抱有舍不得的念头。解决林雷，不能有丝毫失误。"查布再次严肃地下令，"尼斯、坦普，你们二人动手的时候，必须使用主神之力。"

在大胡子长老看来，杀鸡用牛刀已经是大材小用了，解决一个林雷，用三滴主神之力，的确够夸张。

一个银狼模样的巨型金属生命在空中疾速飞行，里面的人聚在一起相互交谈着。

林雷身为长老，自然被安排了一个独立的房间。

此时，林雷、迪莉娅在室内，迪莉娅怀中抱着威迪。

"威迪，威迪。"林雷逗弄儿子。

"咿——呀——"还不会说话的威迪睁着清澈的大眼睛看着林雷，嘴里不知道在咕哝什么。

迪莉娅看着丈夫逗弄儿子，脸上不由得露出笑容。此刻，她感到十分幸福。直到现在，她都为当年自己的坚持而庆幸。

林雷扭头笑着看向迪莉娅："迪莉娅，傻笑什么呢？"

"看你和儿子啊！"迪莉娅也笑得灿烂。

就在这时候，八道神识几乎同时覆盖了这个金属生命。

金属生命内，感知到这八道神识的人脸色一变。

突然被八名上位神用神识探察，绝对不是好事。

"林雷，有八名上位神在探察这个金属生命。"迪莉娅连忙神识传音。

林雷惊得脸色一变，连忙展开自己的神识感知外面的情况。

半空，八名灰袍人朝金属生命疾速冲来，特别是其中三人，全身散发出让人心颤的可怕气息。

林雷瞬间就辨认出来了，那是主神之力散发出来的气息。

"主神之力！"林雷脸色剧变。

八名灰袍人，其中一个速度骤降，另外七个，包括三个全身散发出主神之力气息的，直接朝金属生命中林雷所在的独立房间冲来。

"林雷，快逃！"

普斯罗、特维拉的声音瞬间在林雷的脑海中响起，他们显然比林雷更早发现了敌人，可是来不及了。

砰——

金属生命脆弱得犹如一张纸，轰然爆裂开来，金属碎片四处乱飞。

林雷猛然暴喝一声，身上瞬间冒出鳞甲，变为龙化形态。

金属生命的碎片四处乱射，迪莉娅猛地低头，将威迪保护好。

"迪莉娅，快逃！"林雷猛地推开迪莉娅，同时神识传音，"特维拉，保护好迪莉娅！"敌人明显是冲着他来的，这一战由他和普斯罗负责。

"林雷！"迪莉娅被推得犹如一支利箭疾飞出去，体表立即出现了神力护罩，保护好威迪。

迪莉娅不禁转头看去，只见迷蒙的土黄色光芒弥散开来——黑石牢狱！

青色光芒也弥散开来——水系主神之力！

一瞬间，林雷发挥了自己的所有实力。

一道火红色身影冲过去，同时神识传音："迪莉娅，快去远处，战斗交给我们！"

狂暴的龙吟声响起！

轰！

震撼心灵的可怕爆炸声从土黄色光罩的核心处传来，令空间爆开了道道裂缝。狂暴的能量仿佛水波一样疾速朝四周荡漾开来，一些实力弱的族人被波及，直接殒命。

第598章
鏖战

迷蒙的土黄色光罩内，全身弥散青色光芒的林雷遭到了八大家族七名长老发出的联手一击。每名长老都拿出了自己最擅长的攻击，或是撕裂长空的物质攻击，或是透明的灵魂攻击。

林雷将迪莉娅推出了危险区域，自己却根本来不及闪躲。

轰——

七道可怕至极的攻击全部击中了林雷，其中三道更是蕴含了主神之力。

林雷身上鳞甲破碎，鲜血乱飞，身体犹如陨石般从高空疾速坠下，狠狠地砸入地面。

砰——

大地震动，多了一个足有两三米宽的深不见底的大窟窿。

耀眼的火红色光芒划过长空，一声凄厉的惨叫响起。在林雷坠入地面的同时，全身散发主神之力气息的尼斯也从高空坠落，部分身体已经被焚化，消失不见了。

仅仅一瞬间，林雷生死不知，八大长老一方损失了使用主神之力的尼斯。

"你……"

八大家族一方原本士气如虹，如今被普斯罗的反击搞得一怔，剩下的七大长老吃惊地看着眼前这名全身散发着火系主神之力气息，手中持着一柄火红色锥子的红发壮汉。

他只发出一击便解决了使用主神之力的尼斯！

"林雷！"普斯罗连忙对着地下神识传音。

"林雷！"迪莉娅脸色瞬间惨白，神识传音，"特维拉长老，快！快去帮林雷他们，快！"

"好，不过你要小心，躲远一点，千万别被波及了。"特维拉神识传音。

特维拉虽然使身经百战，可是见到刚才那惨烈的一幕，也有些紧张了。

老天！

普斯罗身为主神使者使用一滴主神之力很正常，没想到对方竟然也有三人使用主神之力。

"看来躲了这么多年，也该让这八大家族见识一下我特维拉的实力了。"特维拉在心中暗道，随即毫不犹豫地使用了他仅有的一滴水系主神之力。

狂暴的水系主神之力气息弥散开来，令远处的七名长老脸色剧变。

"查布长老，远处那人应该是青龙一族的长老，而眼前这人估计就是五百年前出手救过林雷的那个叫普斯罗的主神使者。"坦普全身散发着主神之力的气息，神识传音，"敌人的实力超乎我们的想象，现在该怎么办？"

八大家族幸存的七名长老都感到情况不妙！

查布脸色难看，普斯罗的实力他也听说过，如果普斯罗不用主神器，他倒是不惧，可是对方不但用主神器，还用主神之力……他必须承认自己比普斯罗差一筹。

查布眼中掠过一丝果决，瞬间命令道："族长命令过，此战我们务必解决林雷，即使我们八个都殒命了也必须解决林雷。普斯罗交给我，我会缠住他；安妮西，你即使拼了命也要给我缠住那个青龙一族的长老；坦普，拜托你们五个一定要解决林雷！"

"是！"另外六名长老坚定地回道。

查布这一番安排看起来花了点时间，实则只是一眨眼的工夫。就这一眨眼的工夫，特维拉也只刚刚冲过来而已。

普斯罗看向八大家族的长老们，笑了！

"哈哈，你们好大的胆子，一个个受死吧！"普斯罗大笑着，当先冲了过去。

"记住，不惜一切代价杀死林雷！"查布神识传音，同时朝普斯罗冲去。安妮西则冲向特维拉。

以查布为起点，千万条绿色柳枝朝普斯罗覆盖过去，上面还有绿色的雾气，将普斯罗笼罩住了。这是查布的最强困敌绝招——生命之舞，不求杀死对方，只求困住对方。

轰！轰！轰！

以坦普为首的五名长老直接冲入了地底，坚硬的地面宛如豆腐一般，被他们冲得破开了一个个大洞。

"怎么回事？到底怎么了？"大量青龙一族的人悬浮在远处。突然遭到袭击，他们一个个还有些蒙。

"肯定是八大家族的人。"这是他们的第一反应。

此时，天空中正进行着两场战斗，地下也在进行着激烈的战斗。

迪莉娅抱着威迪，和贝贝并肩凌空站立，担忧地看向地底。

"迪莉娅，你放心，老大没事的。"贝贝神识传音，"我感知得到，老大还活着。"贝贝虽然这么说，但目光中还是透露出了一丝焦急。

远处的地面上有一些碎裂的鳞甲以及一只断臂，那是林雷刚才遭到突然袭击受重伤留下的。林雷虽然使用了主神之力，身体防御力强，但是面对八大家族七名长老的联手袭击，他能保住小命就不错了。

"林雷，你一定要没事。"迪莉娅的身体在微微发抖。

这时候，远处的一个金属生命停在了空中，不少人从金属生命中飞了出来，盯着空中的这两场战斗。

"有七星使徒的对战，他们还使用了主神之力！"惊呼声接连响起。

"快录下来，这种层次的战斗可不能错过。"

不少修炼水系元素法则的强者连忙使用记忆水晶球，在远处记录着这场难得一见的超级大战。不单单是他们，就连青龙一族也有不少人在记录这场大战。

就在这时候——

轰隆隆——

大地之下仿佛有一条巨龙在翻腾，整片大地如同浪涛一样翻滚起来，狂暴的能量肆意荡开。

"地下也有战斗！"大量观战的人低头看去。

"林雷！"迪莉娅担忧至极。

地底深处，林雷正在疾速逃跑，胸膛上的鳞甲已然裂开，右臂更是整个没了。水系主神之力正在艰难地修复着林雷的身躯，毕竟越是强悍的身体，修复起来越慢。

使用主神之力的三人太强了！直到现在，林雷还觉得脑袋发晕。在最危险的关头，他选择以龙化形态使用主神之力进行防御。

那七人中，两个使用的是物质攻击，其他五个使用的是灵魂攻击。

物质攻击是坦普、尼斯这两名使用主神之力的长老发出的。两人合力，不但攻破了林雷那由主神之力形成的铠甲，还撕裂了林雷的鳞甲。如果林雷的防御力再弱点，估计就完蛋了。

"幸亏那人没追杀我。"林雷记得那名精灵模样的灰袍人。

那个灰袍人也使用了主神之力，仅仅凭借一道灵魂攻击便轻易地寻找到了他主神器的弱点。幸亏他赶紧使用主神之力以及灵魂海洋中奇异的青色光晕来抵挡，才勉强挡住。

"如果那名精灵灰袍人和现在后面的五人再给我来一次灵魂攻击，我就扛不住了。"林雷在心中暗道。

轰隆隆——

一只黑色巨爪，轻易冲破了土壤的阻隔，抓向林雷。

林雷反身用左拳击过去。砰的一声，他的左拳直接和那只黑色巨爪撞击在一起，令空间震荡，出现了裂缝。

"林雷，你逃不掉的！"一声怒喝在林雷的脑海中响起。

林雷回头瞥了一眼，只见地底土壤震荡，五道人影瞬间冲了过来。

林雷脸色一变："还真快！"就因为出手了一次，他就被后面五名长老赶上了，为首的便是那名大胡子坦普。

此刻，坦普全身笼罩着黑光，散发着毁灭主神之力的气息。坦普的物质攻击很强，配合毁灭主神之力，丝毫不比林雷弱。

"这毁灭主神之力和死亡主神之力还真麻烦。"林雷感受到了断臂处的痛。他的伤口处还留有那两人的主神之力，正侵蚀着他的身体，令他的身体恢复得极慢。

"如果就那一个大胡子，我还能一战，可是还有另外四个家伙。"林雷感到头疼。对方五人一直在一起，根本不给他逐个击破的机会。

嗖！林雷猛然冲天而起。

轰！坦普等五名长老尾随林雷朝上方冲去。

砰的一声，地面裂开，林雷和五名长老一前一后从地底冲了出来。

不管是青龙一族的人，还是从远处金属生命中出来的人，都在围观这场大战。

"五个对付一个？"不少人惊呼起来。

"快记录下来！"一些人连忙使用记忆水晶球记录起来。

迪莉娅在看到林雷的瞬间就流下了眼泪："林雷！"

她看到林雷的断臂处还在流血，胸口处更是有着惊人的大伤口，甚至能看到里面的白骨。伤口上有黑色的雾气，就算林雷想修复，速度也慢得很。

"你们怎么都没追上他？"正和普斯罗鏖战的查布见林雷和五名长老从地底出来了，不由得气急，神识传音。

"查布长老，林雷那一招的引力太大，我要帮助其他四位长老一同抵抗那引力，否则，我们会被林雷一一击破！"坦普神识传音。

然而——

砰！

安妮西从半空坠落，已经身死！

特维拉长老暴喝道："林雷，我来助你！"说着，他便直接冲了过来。

"来得好！"林雷不由得大喜。

黑石牢狱毕竟来源于地系元素法则中的重力空间奥义。虽然用水系主神之力施展出的黑石牢狱也有一定威力，但是肯定不如用地系主神之力施展出来的威力大。更何况，他一人对战对方五人，的确吃力。

"哈哈，你的主神之力快消耗光了，看你还怎么牵制我！"普斯罗得意的大笑声响起。

生命之舞的确是困住对手的一个大招，但是单单那万千枝条就要消耗很多主神之力，消耗速度也极为惊人。

"坦普，一定要杀死林雷！"查布怒吼一声，全身竟然闪烁着无数绿色光点，绿色光点以惊人的速度朝四面八方散开去。

普斯罗艰难地挥动火红色锥子，解决了对方实力最强的查布。

可是，那无数四散开去的绿色光点令许多人躲闪不及，被绿色光点射中的人一个个从半空坠落。

"迪莉娅，小心！"贝贝连忙推开迪莉娅，数颗绿色光点直接进入了贝贝体内。

"威迪！"迪莉娅却不顾自己，赶忙用身体护住威迪，两颗绿色光点进入了迪莉娅体内。

在与坦普进行了一次疯狂的对击后，林雷此时正飞速后退，同时，林雷用余光看向迪莉娅，看到了让他终生难忘的一幕——

高空中，长发飞舞的迪莉娅将威迪护得严严实实的，身体在往下坠落。在血阳的照耀下，她眼角的泪花折射出一道光芒。

"哇——"威迪忽然啼哭起来。

这啼哭声仿佛一把刀割在林雷的心上，让林雷一怔，眼泪从林雷的脸上滑落下来。

片刻后——

"不——"凄厉的声音响彻天地。

第599章
发狂

林雷觉得自己的心瞬间就碎裂了!

"不……不……不会的……"林雷无法接受眼前这一幕。

林雷宁愿自己死去,也不愿见到这一幕。

当年父亲去世,德林爷爷为救他牺牲,这两次经历让他悲痛欲绝。自那时起,他心里便埋下了仇恨,心中冰冷。

因为迪莉娅,林雷才再次感受到家的温暖。在迪莉娅的面前,林雷可以毫无保留。和迪莉娅在一起,林雷感觉自己如同一叶孤舟回到了港湾,能感受到前所未有的宁静。经过千年的相濡以沫,二人早已离不开对方。

林雷感到很幸福,觉得上天待他不薄,因为他有迪莉娅,有生命的另一半。

可是今天——

迪莉娅在他的面前从空中坠下,他来不及做出任何反应。

"这……"普斯罗愣住了。

"迪莉娅!"贝贝也怔住了,和林雷灵魂相连的他能感受到林雷的悲痛欲绝,不由得灵魂颤抖。

这是何等绝望啊!

"老大!"贝贝快哭了。

轰隆隆——

坦普全身笼罩在黑光中，再次猛然袭向林雷，而林雷还傻傻地站在半空。

"去死吧！"坦普兴奋得身体颤抖。他全力一拳砸向林雷的脑袋，拳头未至，但拳头引起的空间波纹已经碰到林雷的脑袋了。

林雷有些茫然地扭头看过来，映入眼帘的便是那笼罩着黑光的拳头。

"啊——"林雷仿佛疯了一样，突然发出可怕的号叫声。

他完好的左手猛然一探，直接抓住对方袭来的拳头，往自己怀里一拉。

那凌厉的一拳震裂了林雷体表由主神之力形成的神力护罩，砸在了他的胸膛上。

咔嚓！他的胸骨断裂，胸膛凹陷。

"嗯？"坦普完全愣住了，林雷在干什么？

林雷的左手抓住坦普的右臂，猛然甩过来的龙尾则勒住了坦普，他把自己和坦普裹在了一起。

坦普挣脱不开，二人面对面贴在了一起。

"啊——"林雷宛如疯子一样将头狠狠地朝坦普砸去，额头上那根流转青色光芒的青金色尖刺狠狠地刺了过去。

"滚！"坦普欲挣脱开来，可是林雷体表主神之力澎湃，让他很难挣脱。

水系主神之力最大的特性就是韧性强，而且林雷的身体本来就比坦普强，坦普要挣脱，难！

"啊——"林雷号叫着，如疯子一般不停地用自己的脑袋砸坦普的脑袋，那流转主神之力的尖刺也不停地扎过去。

林雷身上最坚硬、最锋利的是什么？

不是拳头，不是鳞甲，而是额头上这根尖刺！

就如那棘背铁甲龙，临死前最强一击便是射出这根尖刺。九级魔兽棘背铁甲龙的尖刺足以刺穿圣域级魔兽的身体，况且林雷这根尖刺经过青龙精血、主神之力的强化，锋利程度可怕至极。

坦普的身体本就不如林雷强悍，现在又被这锋利至极的尖刺攻击脑袋……

由主神之力形成的神力护罩被连续刺了三下破了后，坦普发出一声咆哮，随即便没了声音。

砰砰砰……

一眨眼的工夫，林雷的脑袋不知道砸了对方多少次。

贝贝、普斯罗、特维拉，连八大家族幸存的四名长老，都看得愣住了。

坦普早就没了气息，神格也被砸飞了，可林雷还在不停地砸。

林雷双眼赤红如血，疯狂至极。

"老大……"贝贝从来没见过这种状态的林雷。通过灵魂，他感受到林雷完全处于无意识的疯狂状态，那种狂乱让他心颤。

"这……"八大家族幸存的四名长老也惊呆了，没想到这场战斗会变成这样。

之前，林雷不仅不抵挡坦普那一拳，反而用龙尾缠住坦普，用脑袋砸坦普。

看着断了手臂、胸膛凹陷、脸上满是鲜血的林雷，他们感到心惊。

"林雷，停下，停下！"普斯罗神识传音，"快停下！"然而，林雷跟没听到一样，继续用脑袋砸坦普。

于是，普斯罗冲过去给了林雷狠狠一拳。

林雷身体一震，终于清醒过来。

"我在干什么？"林雷感觉自己疯了。看到远处地面上躺着的迪莉娅，他的双眼再次变得赤红，转头看向八大家族的另外四名长老。

那四名长老都没有主神之力。

他们刚才也被林雷的疯狂惊得愣住了，现在才清醒过来。

"查布长老他们死了，我们在这里也没用。这次，那个普斯罗的出现是一个大意外，我们快逃。"

四名长老互相神识传音，随即朝四面八方逃开。

"啊——"林雷咆哮一声。

嗡——

青色光芒弥散开去，覆盖方圆数百米范围，笼罩住了逃逸的四名长老。

随即，青色光芒化为一个黑色巨型立方体。

黑石牢狱！

这一招黑石牢狱是通过水系主神之力施展出来的，威力自然比地系中位神施展出来的要强得多。

八大家族的这四名长老没有主神之力，被困在巨型立方体中根本逃不掉。

"林雷……"普斯罗开口。

"普斯罗、特维拉，你们不用插手。你们先离开这个巨型立方体，他们四个交给我！"林雷低沉地说道。

话音刚落，黑色巨型立方体上方出现一条通道。普斯罗、特维拉叹了一口气，飞了出去。

在巨型立方体内，林雷可以一一解决对手，而对手没有主神之力，这根本就不是一个层次的战斗。

黑暗，无一丝光线。

八大家族的四名长老被分别困在不同的小立方体（房间）内，一个个疯狂地攻击着墙壁。然而，这些由主神之力形成的立方体岂是他们能破掉的？

黑色巨型立方体其中一个房间内。

"完了。"一名灰袍长老完全绝望了。

砰！墙壁裂开，一道人影走了进来。

这名灰袍长老心一颤，看着眼前满身鲜血，处于龙化形态的林雷。

"都是因为你们！"低沉的嗓音响起，林雷直接冲了过来。

这名灰袍长老大惊之下想反抗，可是一道灵魂能量向他袭来，令他瞬间就陷入了浑浑噩噩的状态中。这是通过主神之力施展的灵魂混乱。

当初，林雷一个人对战坦普等五人的时候，凭借这一招完全能让另外四人陷入浑浑噩噩的状态中，但坦普有主神之力守护，这一招无法影响到他，他也会保护好其他四人。因此，林雷当时没使用这一招。如今，没了坦普的保护，其他四人肯定会中招，中了灵魂混乱的灰袍长老根本就是一个靶子。

林雷不禁回忆起了当年在恩斯特魔法学院上风系课程时，第一次遇到迪莉娅的场景。那时候，迪莉娅还是一个可爱的小姑娘。

砰！林雷那覆盖鳞甲的拳头砸中了这名灰袍长老的脑袋。

林雷身影一动，又朝另一个长老所在的房间赶去。

"林雷，在离开之前，我能跟你拥抱一下吗？"

当年，林雷的父亲殒命后，在乌山镇的一个深夜，迪莉娅在离开前说要与林雷拥抱一下，而后，迪莉娅吻了林雷。

砰！又一名灰袍长老没了气息。

林雷面无表情地迈步前进，墙壁直接裂开了一条通道。

"大人，外面有一个叫迪莉娅的，说是你的老同学，要见你。"

那是二人分离十年后第一次见面。当时林雷已经是奥布莱恩帝国名震天下的林雷大师，而迪莉娅是玉兰帝国的使者。

一拳出，如推山。砰的一声，一名灰袍长老的身体爆裂开来，空间也露出了一个大窟窿。

林雷继续迈步，融入了墙壁中。

"迪莉娅，怎么了？"

"哭了。"迪莉娅抱着林雷，"我现在就是想哭。想到你过去和艾丽斯在一起，我想哭；想到我等了你这么多年，我想哭，呜呜……"

那是新婚之夜，迪莉娅在他怀里撒娇……

解决了最后一名灰袍长老，黑色巨型立方体就消散了，林雷消耗完了那滴主神之力。

"迪莉娅……"林雷喃喃道，眼泪滑落，冲淡了他脸庞上的鲜血。

四周静寂无声，无论是青龙一族的人还是在远处观战的人，都不敢出声。他们感受到了一种死寂般的压抑，都静静地看着林雷朝迪莉娅飞去。

"哇——哇——"威迪的啼哭声突然响彻天地。

林雷听到儿子的啼哭声，不由得身体一颤。

他默默地坐在迪莉娅的身旁，迪莉娅的脸上还有泪水，那是她在看到林雷的战斗惨况后因为担忧而流下的泪水。

林雷伸手轻轻擦拭迪莉娅的眼泪，但迪莉娅没有一丝反应。

"哇——"威迪不断啼哭着。

林雷变回了人类形态，伸出手抱起威迪，威迪在父亲的怀抱中哭泣着。

"别哭，威迪。"林雷轻声说道。

"老大，都怪我。"贝贝也痛苦万分。

"林雷，迪莉娅没死！"一个声音响起。

林雷霍地站起看向普斯罗，震惊地说道："普斯罗，你说什么?!"

普斯罗郑重地说道："林雷，我告诉你，迪莉娅没死。不但她没死，其他那些受到那名精灵长老临死一击的都没死。"

"可……可是……"林雷根本察觉不到迪莉娅的气息。

普斯罗肯定地说道："那名精灵长老临死前发出的最后一击，最起码有近百万颗绿色光点，中了绿色光点的人确实倒下了，但是他们确实没死。"

"如果迪莉娅没死，那她怎么一点气息都没有？"林雷转头看向迪莉娅，分出一道精神力缓缓进入迪莉娅的脑海中。

在迪莉娅的灵魂海洋中，那枚神格悬浮着，但灵魂海洋一片死寂，没有一丝波动，没有一丝生气。

"那名精灵长老应该是从生命神界搬迁过来的埃德里克家族的强者，修炼的是生命规则。"普斯罗郑重地说道，"这些中招的人虽然还没死，可是和死了也没有太大差别。"

林雷甩了甩脑袋，随即盯着普斯罗："普斯罗，你告诉我，迪莉娅到底怎么样了？有没有救？"

普斯罗叹了一口气，说道："林雷，治疗灵魂最厉害的是修炼生命规则的强者，可伤害灵魂最诡异的招式同样来自修炼生命规则的强者。那名精灵长老就是其中的精英人物。他临死之前全身闪烁的无数绿色光点，其实是一颗颗种子。"

"种子？"林雷不明白。

"林雷，人最根本的是灵魂，"普斯罗解释道，"那些绿色光点能渗透灵魂，逐渐吞噬灵魂能量，将其转化为本身的能量。"

"吞噬转化……"林雷还是不明白。

"一颗绿色光点很弱小，与灵魂比差距很大。可是，一颗绿色光点吞噬一次灵魂能量，就会变成两颗；两颗绿色光点继续吞噬灵魂能量，就会变成四颗，四颗再变成八颗，如此下去……很可怕！

"虽然上位神的灵魂很强大，可是被如此吞噬，就会不断减弱。终有一天，灵魂会完全转化成绿色光点，到那时就是迪莉娅彻底死亡的时候。"普斯罗眼中也满是惊骇。

这让林雷难以置信。他知道灵魂说强也强，说脆弱也脆弱。

一般来说，灵魂若是被震碎一部分那就完了。

可是，吞噬灵魂能量不会让灵魂立即完蛋，因为绿色光点吞噬灵魂能量后算是灵魂的一部分。

实际上，这相当于灵魂的一种转变过程。一旦完全转变为绿色光点，灵魂也就消失了。

"那有没有救？"林雷连忙询问道。在他看来，普斯罗在灵魂方面有很高的成就。

"这涉及灵魂内部的情况，要救她很难。"普斯罗摇头说道，"我修炼火系元素法则，在攻击上厉害，在治疗上……唉！"

林雷顿时脸色一变。

普斯罗说道："不过，修炼生命规则的超级强者应该能救迪莉娅。现在，我们能赶到天祭山脉。

"可天祭山脉四神兽家族没有修炼生命规则的，如果去其他地方找高手，恐怕会来不及。"

来不及……

这句话让林雷身体一晃，林雷慌了。

"地狱中修炼生命规则的强者太少，八大家族中有，但他们是你们的敌人，怎么可能出手救迪莉娅？"普斯罗摇头叹息道。

"可以去其他地方啊！"林雷说道。

"不行的，来不及。按照这种吞噬速度，再过个一年半载，迪莉娅的灵魂就会被完全吞噬掉。"普斯罗无奈地说道，"在这幽蓝府，我不知道除了八大家族外，还有什么势力有修炼生命规则的超级强者。"

林雷低头看着迪莉娅，迪莉娅静静地躺在那里。

"不、不……"林雷无法接受。

迪莉娅虽然现在没死，可是以后还要死？

短短一年半载，他即使飞得再快也还是在幽蓝府境内。

幽蓝府境内最强的就是四神兽家族和八大家族，其中，只有那个从生命神界过来的埃德里克家族才有修炼生命规则的超级强者。

至于其他势力，林雷不知道，至少四神兽家族没有修炼生命规则的超级强者。

怎么办？

"迪莉娅……"林雷喃喃道。

普斯罗环顾远处，地面上躺着许多青龙一族的人。

"这么多人！"他叹息一声，"这些绿色光点虽然微弱却很难缠，一般的上位神都挡不住，除非有灵魂防御神器，或者在灵魂方面极强，有主神之力也能抵挡。那名精灵长老的确够狠啊。"

沉浸于悲伤中的林雷忽然听到了那几个字——主神之力。

"主神之力？"林雷身体一颤。

"主神之力能抵挡！"林雷的心在颤抖。

"林雷，你怎么了？"普斯罗看向林雷。

林雷猛地转头盯着普斯罗："普斯罗，你说主神之力能抵挡。你的意思是，我如果将主神之力给迪莉娅，她就不会死了？"

"对，那名精灵长老的攻击是厉害，可是遇到主神之力还是会消散的。"普斯罗点头说道，"不过你也别伤心了，毕竟你主要使用主神之力来战斗，并不知道这一点。"

林雷愣住了。

战斗？

他足足有三滴主神之力啊！

"为什么没有给迪莉娅？为什么？"林雷的脸色再次变得苍白，"我为什么没有给迪莉娅？为什么？为什么啊？"

林雷一翻手，手中出现了一滴青色液体，在阳光的照耀下十分绚丽。

"这……"普斯罗看到这一滴主神之力，愣住了。

"哇——"威迪还在啼哭。

林雷低头看看啼哭的威迪，又看了看"沉睡"的迪莉娅，再转头看向这一滴青色液体，眼神越来越疯狂，脸上肌肉开始抽搐，脸色渐渐发紫，随即一丝血从嘴角流出。

"啊——"

无比悔恨的号叫声从林雷口中传出，响彻天际。

第600章

求救

"是我，都是我的错！如果我早将一滴主神之力给迪莉娅，她就不会死了！为什么我没给迪莉娅？为什么？为什么啊！！！"无尽的悔恨充斥在林雷的胸中，狠狠地冲击着他的心灵，让他完全乱了。

贝贝、普斯罗、特维拉相互看了看，脸上满是焦急。

"哇——哇——"威迪不断啼哭，这啼哭声在寂静的山林中显得十分刺耳。

林雷感觉这啼哭声如针一般刺在了他的心上。

"别哭，威迪，别哭。"贝贝抱着威迪也急了。

"老大！"贝贝焦急地喊道。

"林雷！"普斯罗也焦急地喊道。

可是林雷像没听见一样，完全处于无尽的悔恨中，他的表情、脸色更是让人感到心悸。

"对！"林雷猛地低喝一声，"是我自私！我总是顾着自己的安全，根本没想到迪莉娅。我把主神之力都放在自己身上，是我自私，是我太自私！！！"

自责、悔恨！

处于悔恨中的林雷将责任完全揽在了自己的身上。

其实，迪莉娅实力弱，即使使用主神之力也敌不过七星使徒。林雷使用主神之力保护迪莉娅，这样更好。

如果林雷自私，在面对七名长老的联手一击时，他就不会在关键时刻推开迪莉娅，毕竟他那时完全可以闪躲开。然而他没有，那七道攻击击中了他，令他受伤严重，以致他现在右臂还没有复原。

显然，林雷在钻牛尖角，根本听不进旁人的劝说。

"是我自私，都是我！我如果将主神之力给迪莉娅，她就不会死了。"林雷的脑子里乱得很，只有这句话不断在脑海中回响。

"林雷！"普斯罗猛地呵斥道，"快抓紧时间救迪莉娅！你现在浪费时间，就是在杀迪莉娅！！！"

这几句话让林雷猛地清醒过来。

看着迪莉娅，林雷在心中暗道："每过去一分一秒，迪莉娅的灵魂就会被吞噬转化一分，不能浪费时间，不能！"

此刻，林雷的右臂才长到肘部，身体越强，修复速度就越慢。

"普斯罗，"林雷转头看向普斯罗，"我现在脑子有些乱，你告诉我，我现在到底该怎么做？怎样才能更好地救迪莉娅？"以林雷此刻的状态，的确不适合做判断。

普斯罗松了一口气。林雷能说这番话，至少脑子还是清醒的。

普斯罗当即郑重地说道："林雷，对幽蓝府高手的熟悉程度，你我都不及你们家族的那位族长盖斯雷森。盖斯雷森身为四神兽家族的首领人物，知道的东西比你我多得多。谁能救迪莉娅，你们族长肯定最清楚，说不定四神兽家族内部就有人能救迪莉娅。"

林雷的眼睛一下子亮了起来。

"对，四神兽家族存在了这么多年，说不定真有能救迪莉娅的超级高手。"林雷心中生出了一丝希望。

"现在，我们以最快的速度赶回天祭山脉。平常乘坐金属生命差不多需要两个月，如果我们日夜赶路，估计十天半个月即可赶到。等到了天祭山脉，人多了，这方法也就多了。"普斯罗说道。

林雷心中拿定了主意。

"就这么办。"林雷再次变成龙化形态。论飞行速度，龙化形态下的他飞行速度的确要快很多。

林雷低头看着迪莉娅，迪莉娅如同睡着了一样。

林雷轻声说道："迪莉娅，坚持住。"随即，他伸出左手将迪莉娅抱在怀里。

"普斯罗，麻烦你抱着威迪。"林雷说道，"我们现在就出发。"

"好。"普斯罗从贝贝手中接过威迪。

"老大，别太难过，迪莉娅一定会好的。"贝贝安慰道。

林雷努力挤出一丝笑容，微微点头："嗯，贝贝，你和其他人一起走，我和普斯罗先回去。"

贝贝点头，随即看着林雷、普斯罗瞬间划过长空，消失在天际。

贝贝眼中闪烁着泪光，仰头看天："至高神啊，老大的父亲已经死了，德林爷爷也死了，你千万别让迪莉娅死了啊。如果迪莉娅死了，老大他……"

贝贝和林雷一同走过这么多年，对林雷非常了解。别看林雷不管遇到多大的困难、再大的险境都不屈不挠，丝毫不惧怕，可是，亲人的离去对林雷的打击是最大的，他很害怕失去亲人。

"好，大家赶快进入金属生命，我们加快速度赶回去。"特维拉朗声喝道，"一个个别伤心了，将昏迷的族人搬到金属生命中，我们以最快的速度赶回去。"

昏迷的不止迪莉娅一个，地面上还躺着青龙一族不少族人。之前，不少人在一旁哀伤，当知晓这些人并没有真正死去时，他们又有了一丝希望。

青龙一族的人很快就进入了金属生命中，随即金属生命轰然划破长空，疾速朝天祭山脉飞去。

青龙一族的人离开，这里便只剩下另外一个金属生命上的人了。

"太厉害了！特别是那个青龙一族的强者，竟然一人战五个强者，最终还胜利了！"这些人不会为迪莉娅伤心，只会为刚才的战斗而震惊。

"死去的那个灰袍人也很厉害，那绿色光点真可怕啊！"

"有人听到那个青龙一族的强者叫什么了？我刚才好像听到那个火红色长发的大汉大喝'林雷'。"

"对，就叫林雷，我刚才也听到了。"

"这林雷看实力最起码是青龙一族的长老。"

议论声一片。

随即，这些观看到了一场大战，用记忆水晶球记录下战斗场面的人乘着金属生命离开了。

片刻后——

数道人影出现在刚才的战斗地点。

"连查布长老都死了，八位长老都陨落了！"

天空中，一道火光瞬间就从最南边到了最北边。

林雷此刻正和普斯罗并肩疾速飞行着，不过即使是在龙化形态下，论飞行速度，林雷还是远远不及普斯罗。于是，普斯罗用自己的能量包裹住林雷，令他们的飞行速度更快了。

林雷低头看了一眼迪莉娅。迪莉娅还昏迷着，没有一丝知觉。现在，林雷的右臂已经完全恢复了。

"迪莉娅，你一定会没事的。"林雷轻声说道。

对迪莉娅，林雷心中满是歉疚、自责。如果迪莉娅真的没了，林雷都不知道自己以后该怎么办。他根本无法接受那样的结果。

普斯罗看到林雷的状态，不由得暗叹："爱情真的会让人变成这样？"

他在圣域境界时便被阿斯奎恩收服了，常年充当一只金色小猫，根本没机会感受爱情。

"林雷，你放心吧，以我的速度，很快就会抵达天祭山脉。"普斯罗安慰道。

"嗯，普斯罗，这一次真的谢谢你了。"林雷感谢道。

"感谢我什么？说来也怪我，让那名精灵长老有机会施展最后一招。"普斯罗惭愧地说道。

实际上，那名精灵长老——查布，是八大家族此次派出的八名长老中实力最强的，接近修罗，战斗时还使用了一滴主神之力，的确可怕。

"不怪你，那人的实力的确强。"林雷记得自己遭受到了七名长老的联手一击，可威胁最大的还是那名精灵长老，仅仅一招就差点让他完蛋。

"我还是实力不够。"林雷盯着前方。

他们二人化为火光疾速飞行。

天祭山脉终于到了。

林雷他们连续飞行了六天，在天黑的时候终于抵达了天祭山脉。

林雷看到远处天祭山脉的那条龙形通道，心都颤抖了。疾速飞过去时，他便焦急地呼喊道："族长，族长！！！"

林雷的喊声响彻天祭山脉上空。

"什么人？快停下！"在天祭山脉巡逻的战士们喝道。

林雷、普斯罗飞行速度太快，身上还笼罩着火光，巡逻战士们根本看不清。

普斯罗当即撤掉火属性神力，那些巡逻战士才看清了二人。看到其中一人的龙化形态，他们松了一口气。

"是林雷长老！"有巡逻战士认出了林雷。

有恐怖尖刺的龙化形态已经成了林雷的标志。

"林雷，怎么了？"一道人影疾速飞来，是加维。

加维见林雷神色仓皇，身上还有血迹，连忙问道："怎么回事？迪莉娅怎么了？"

"迪莉娅……"林雷才开口，一个声音响起了。

"林雷！"

只见一名魁梧的青发壮汉疾速飞来，正是青龙一族族长盖斯雷森。

盖斯雷森看向普斯罗，问道："发生什么事情了？"

"我们遇到了袭击，迪莉娅现在很危险。"普斯罗回道。

见状，盖斯雷森说道："走，赶快去我那里！"

说着，他带着林雷他们朝自己的居处飞去。

族长居处的大厅内。

林雷轻轻地将迪莉娅放在椅子上，随即转头看向盖斯雷森："族长，迪莉娅中了八大家族中埃德里克家族长老的灵魂攻击。"

"埃德里克家族……生命规则！"盖斯雷森脸色一变，当即用精神力仔细探查迪莉娅的情况。

林雷心存希望地看着盖斯雷森。

盖斯雷森不但身体强悍，在灵魂方面也极为厉害，说不定他就有办法救迪莉娅。林雷在等待时，心一直在发颤。

加维、普斯罗站在一旁，不敢出声。

"厉害，厉害！"盖斯雷森惊叹道。

"怎么样？"林雷连忙问道。

盖斯雷森转头对林雷严肃地说道："现在，迪莉娅灵魂被吞噬转化的情况还不算严重。不过，随着时间的流逝，吞噬速度会越来越快。我从来没想过生命规则中还有这一招，我对这……唉……"盖斯雷森摇头叹了一口气。

林雷一怔。

"不过别急，我不能救不代表别人不行。"盖斯雷森说道。

就在这时候，从屋外冲进来两人，其中一人是弗尔翰。

"发生什么大事了？"弗尔翰急切地问道。当瞥到林雷的时候，他不由得脸色一变：林雷竟然还活着！这大大出乎他的意料。

"弗尔翰，你来得好。你和加维赶快去血战谷一趟，让大长老他们都过来。对，也赶快去请其他三族的族长过来。快去！"盖斯雷森吩咐道。

第601章
能不能救

"是，族长！"

加维、弗尔翰不敢迟疑，立即赶往血战谷。整个大厅一下子安静下来，连威迪都在普斯罗怀里睡着了。

"普斯罗，孩子给我吧。"林雷说道。

普斯罗将孩子递给林雷。林雷抱着儿子，看着一旁昏迷不醒的迪莉娅，心中酸楚。

嗖——嗖——

又有数位长老赶过来了，他们刚要说话，盖斯雷森就神识传音："别出声，林雷的妻子遭到了八大家族中埃德里克家族强者的袭击，你们认为自己灵魂方面强的，去看看能不能救。"

"你们来了！"林雷看到这些长老，十分惊喜。

"你们快来看看能不能救迪莉娅。"林雷有些心急。

数名长老相互看了看，走到迪莉娅的身侧。

银发长老说道："那我就先试试看。"他身为二长老，在灵魂方面的确有极高的成就。

"普斯罗，"盖斯雷森将普斯罗招呼到一旁，"府主的……"

"现在不是谈这件事情的时候。"普斯罗不由得皱眉。

盖斯雷森一怔，旋即瞥了一眼林雷，对普斯罗点头说道："我明白。对了，到底发生了什么事情？这路上可是有你、维特拉、林雷的，迪莉娅怎么会变成这样？你将事情详细地告诉我。"

身为族长，盖斯雷森也发现了不对。

"哼，还不是你们四神兽家族和八大家族的事情。"普斯罗低哼一声，显然，他很不满，在他看来，林雷是受四神兽家族牵连了。

随即，普斯罗仔细叙说起来："当初，我和林雷他们一起乘坐金属生命离开密尔城……"普斯罗把事情从头到尾描述得清清楚楚。

此刻，那几名站在迪莉娅旁边的长老依次让自己的精神力进入迪莉娅脑海，探查迪莉娅的情况。

"怎么样？"林雷抱着威迪看着这些长老，担忧地问道。

"没办法。"一名银发长老摇头叹息道，"这绿色光点太顽固了，不停吞噬她的灵魂，而且在吞噬转化过程中成了她灵魂的一部分。如果强行毁掉这些绿色光点，可能会让迪莉娅立即殒命。要治迪莉娅，难度很大很大。"说了两个"很大"后，银发长老不说话了。

林雷连忙看向其他长老，其他长老也摇头。

"林雷，你别急，在我们四神兽家族中，在灵魂方面最强的要数朱雀一族。他们拥有浴火重生的能力，说不定有办法救迪莉娅。"银发长老说道。

"对，浴火重生！"林雷心中又生出了一丝希望。

就在这时候，林雷感觉空间剧烈震荡，不由得转头看去。只见一道道人影正从高空不断飞过来，乍一看，足有数十人。

"大哥！"浑厚的声音响起，正是玄武一族族长。

其他三族的族长以及各大长老都赶过来了。因为盖斯雷森的传令，一大群人熙熙攘攘进入大厅，朝林雷、迪莉娅看过来。

"普斯罗。"那些人也注意到了普斯罗。

"你们快去看看林雷的妻子吧。"普斯罗说道。

"林雷的妻子怎么了？"朱雀一族族长问道。

林雷抱着儿子连忙站起来，看着眼前四神兽家族的精英人物们当即说道："我妻子遭受了埃德里克家族长老的灵魂攻击，情况不太好，大家来看看吧。希望有办法的，一定要救救我妻子。"

这些长老注意到了林雷的神色，都能感觉到林雷的伤心。

"大家依次去看看，说不定谁就有办法。"盖斯雷森开口说道。

四神兽家族所有长老加起来也就七八十人，此刻到场的都超过五十人了，显然大部分长老都赶过来了。

首先是三位族长依次检查迪莉娅的情况，随后一名名长老接连用精神力探查迪莉娅的情况。

看着这么一大群人，林雷觉得自己有了一丝底气："这么多人，就如我能修炼其他元素法则一样，族内长老或许有修炼生命规则的，说不定就有人能救迪莉娅；而且还有朱雀一族族长，朱雀一族有浴火重生的能力，她既然能救自己说不定也能救别人。"

林雷就这么抱着儿子，期盼地看着一名名长老，就如一个溺水的人盯着一根浮木一样。

普斯罗见到林雷的表情，不由得回忆起了第一次见到林雷的场景，那时候林雷也陷入了困境，却不像现在这般失态。

"唉……"普斯罗叹了一口气。

很快，这群长老都检查过了，其中也有不少对灵魂有研究的，都不由得皱眉、摇头。

林雷看向一名名长老，看到他们摇头叹息，心一颤。

"怎么样？"林雷连声音都沙哑了，盯着朱雀一族族长。

朱雀一族族长却转头看向其他人："各位，有没有人有办法？四弟，你在灵魂方面可是很厉害的，你可有办法？"

"太诡异了，我从来没见过这种攻击。"一名壮硕棕发大汉皱着眉说道，"要救迪莉娅，只能循序渐进地治疗，将吞噬的绿色光点逐渐转化成灵魂能量，而且在治疗过程中不能有一丝失误。如果伤到了灵魂，灵魂就可能崩溃。难，难，难啊！"

林雷听到这话，心一下子坠入了谷底。

"朱雀族长，你呢？"林雷看向她。

朱雀一族族长说道："林雷，真的抱歉。我们朱雀一族救自己还行，即使救自己，也是损耗极大。至于救别人，根本没那个能力。"

林雷不由得看向其他长老。

其他长老摇头叹息，没人有办法。

"要做到循序渐进，逐渐反吞噬绿色光点，太难了……"壮硕棕发大汉摇头说道，"我看整个地狱除了那屈指可数的几人外，其他人都不行，只有修炼生命规则的一些超级强者能做到。"

其实，能救迪莉娅的并不一定非得是修炼生命规则的超级强者，如修炼命运规则、死亡规则的超级强者也能救迪莉娅。不过，修炼这些规则，对修炼者的要求更高。

"你们当中没人修炼生命规则？"林雷不甘心地问道。

白虎一族族长点头说道："有是有，可是实力达到那个攻击者的程度的，没有。单单能施展出那样的攻击，那个攻击者在灵魂方面的成就就足够惊人了。"

"啊！"朱雀一族族长惊呼一声，"我族还有一人是修炼生命规则的，他在生命规则上的成就很高。"

林雷顿时看向朱雀一族族长。

盖斯雷森、普斯罗等一大群人也看向她。

朱雀一族族长自信地说道："他叫凯斯泰尔，不是长老，是一名六星使徒，不过他在生命规则上的确有很高的成就。凯斯泰尔能否救迪莉娅我不确定，可是他还有一个老师，名叫阿方萨斯。阿方萨斯是修炼生命规则的超级强者，但不是我们四神兽家族的。上次我听凯斯泰尔提过，他的老师就在幽蓝府。凯斯泰尔救不了迪莉娅，阿方萨斯一定能！"

林雷的眼睛一下子亮了起来。

"你赶快去将凯斯泰尔叫过来。"朱雀一族族长命令自己手下的一名长老。

"是，族长！"那名长老快速飞了出去。

普斯罗笑着走过来说道："哈哈，林雷，我就说了，到了四神兽家族一定会有办法救迪莉娅的。这个凯斯泰尔不行，他的老师一定行，你尽管放心吧。"

林雷觉得原本失去颜色的世界一下子又充满了色彩，充满了希望。

林雷低头看向迪莉娅，轻声说道："迪莉娅，你坚持住，现在有两个修炼生命规则的强者了，他们一定会治好你的，一定会的！"

他又看了看怀中的儿子，心中充满了希望："一切都会好起来的。"

在一大堆长老中，弗尔翰看着林雷的表情，在心中暗道："你还真是好运，这都没死。不过，你之前伤心欲绝的模样看得真让人心里畅快啊！"

"林雷。"浑厚的声音响起，盖斯雷森走过来，"这次你们出密尔城不久就遇到敌方八名长老的偷袭，而且一开始他们就有三人使用主神之力，这明显是有预谋的偷袭。敌人怎么那么巧知道你的行踪？"

林雷抬头看向盖斯雷森。

"族长，你的意思是？"林雷心中一动。

"你在一年多前就乘坐金属生命去了密尔城。这一年多内，有三批金属生命回来，八大家族都没有偷袭。你刚出密尔城他们就偷袭，很明显他们掌握了你的行踪，这样才能布置好人马。"盖斯雷森说道，"敌人怎么会那么清楚你的行踪？"

林雷点头。

"说不定你们家族内有人告密，"普斯罗冷冷地说道，"否则对方怎么那么容易找到林雷？"

"普斯罗！"盖斯雷森皱着眉说道。

弗尔翰听到这话，瞳孔一缩。

林雷突然转头朝弗尔翰看去，视线刚好和弗尔翰对上。

弗尔翰不由得一惊："林雷难道怀疑我了？"

"如果有人告密，估计就是他们父子。"林雷在心中暗道。在青龙一族内，和他有矛盾的也就那对父子。

就在这时候，两道人影从外面飞进来。

林雷连忙转头看去，目光瞬间就锁定了那个俊秀的黑发青年——凯斯泰尔。

凯斯泰尔直接走到朱雀一族族长面前，恭敬地说道："族长！"

"你赶快为林雷长老的妻子看一下，看看能不能救治。"朱雀一族族长说道。

"是。"凯斯泰尔先向林雷微微点头示意，随即看向迪莉娅，然后闭上眼睛思考起来。

林雷忐忑地看着这一幕。

片刻后，凯斯泰尔睁开眼睛看向林雷："林雷长老，你妻子的情况非常糟糕，族内估计没人能救她。"

"你不是还有老师吗？"林雷急切地说道。

"我老师应该能救，可是我老师在幽蓝府境内其他地方。从天祭山脉这里去老师那里，再赶回来，这一来一回，即使是七星使徒赶路，最起码也需要半年。按照绿色光点目前的吞噬速度，我担心你的妻子坚持不到那一刻……"

第602章
三个月

凯斯泰尔说完后，整个大厅瞬间安静了下来。

林雷大脑飞速运转："虽然凯斯泰尔的老师在幽蓝府境内，可是距离太远。现在留给我的时间太少，如果一来一回，时间绝对不够，难道送迪莉娅过去？"

如果送迪莉娅过去，耗费的时间要少许多；可是如果送过去，他老师也无法医治，那么就没有足够的时间再去找其他人。

"凯斯泰尔，"林雷盯着凯斯泰尔，"你告诉我，如果我将迪莉娅送到你老师那里，你老师有多少把握能救迪莉娅？"

凯斯泰尔眉头一皱，然后盯着林雷肯定地说道："如果是我老师出手，我不敢说有十成把握，九成把握还是有的。"

"九成？"林雷回头看了一眼昏迷的迪莉娅。

随即，林雷转头看向盖斯雷森："族长，现在没有其他办法了，只能将迪莉娅送到阿方萨斯先生那里了。"

盖斯雷森却皱着眉头缓缓摇头说道："林雷，你别急，还有别的办法。"

"别的办法？"林雷怔。

"大哥，"冷峻的白虎一族族长开口说道，"要不这样，我亲自去一趟，将阿方萨斯带过来。七星使徒一来一回要花费半年，我出马估计三个月即可。"

林雷心底一阵惊喜。

四神兽家族中，白虎一族乃风属性神兽。四神兽家族中有那么多高手，论速度，白虎一族族长绝对排名第一，比一般的七星使徒快得多。

"不用。"盖斯雷森摇头说道。

"族长？"林雷不解。

盖斯雷森淡笑道："林雷，你放心。我刚刚神识传音下令了，我们四神兽家族的情报人员已经将你的事情告诉了幽蓝府主，等一会儿就会有结果。"

这下，不仅林雷感到惊愕，大厅中的其他人也十分震惊。

这事情牵扯到幽蓝府主了？

"林雷，"普斯罗走过来，一拍林雷的肩膀笑着说道，"你放心吧。幽蓝府主的人马遍布整个幽蓝府，很快就能找到阿方萨斯，说不定他还知道其他能救迪莉娅的强者。"

林雷的眼睛亮了。

身为幽蓝府的主人，幽蓝府主在幽蓝府的影响力的确远超四神兽家族。须知，就连八大家族也因为幽蓝府主的关系才不敢攻入天祭山脉，由此可见幽蓝府主的影响力有多大。

"府主大人愿意帮我？"林雷有些忐忑，毕竟他和对方非亲非故。

"别急，等会儿情报人员就会传来结果。"盖斯雷森笑着说道。

林雷点头，只能强忍焦急之情在心底默默期盼。

片刻后——

"有结果了！"盖斯雷森脸上的笑容愈加灿烂，显然，情报人员通过神识和他交谈过了。

大厅中的人立即看向盖斯雷森。

"哈哈，好消息啊！林雷，府主大人说了，"盖斯雷森笑着看向林雷，开心至极，"阿方萨斯是他的一个朋友。他的人估计三天内就能通知到阿方萨斯，阿方萨斯估计三个月内就能抵达我们这里。"

林雷松了一口气。

"不单单如此，"盖斯雷森笑道，"府主大人也会过来，说会帮忙救治迪莉娅。"

"大哥，府主大人也会灵魂治疗?!"大长老有些吃惊地询问道，"府主大人不是擅长物质攻击吗?"

大长老他们都记得当年幽蓝府主出手阻止八大家族的场面。那场面堪称可怕至极!正因为这个，即使是高傲的盖斯雷森也会尊称幽蓝府主一声"府主大人"。毕竟若是没有幽蓝府主，他们四神兽家族估计早就没了。

"哈哈，我也有些吃惊。不过既然府主大人都这么说了，就一定有办法救迪莉娅。"盖斯雷森笑着看向林雷，"林雷，阿方萨斯和府主大人会一前一后赶过来，你尽管放心吧。"

"没想到府主大人也擅长灵魂治疗!"朱雀一族族长惊叹道。

林雷心中一阵激动。

"谢谢，谢谢各位了。"林雷环顾众人说道，"既然阿方萨斯先生要过一段时间到达，那我就先回去了。"

"嗯。"盖斯雷森点头笑道，"林雷，回去好好休息，别太担心。府主大人亲自出马，以他的影响力能轻易请到不少人，救迪莉娅的事情一定会成功的。"

林雷挤出一丝笑容，点了点头。

随即，林雷体表地属性神力流转，面前出现了一张飘浮的云床。林雷将威迪放在上面，而后抱起迪莉娅，向在场的长老略微点头，然后和云床一起飞出了大厅。

"好了，大家都先回去吧。"盖斯雷森朗声说道。

于是，四神兽家族的长老们告退，三五成群地飞出了大厅。

片刻后，大厅中只剩下盖斯雷森和普斯罗了。

二人对视一眼。盖斯雷森立即施展神之领域将他们与外界隔离，这才焦急地说道："普斯罗，上一次我说的……"

林雷回到了天祭山脉那条偏僻的大峡谷，每天陪着迪莉娅，照顾威迪，偶尔会让玉兰大陆位面一脉的其他族人帮忙照顾威迪。

薄雾弥漫，巴鲁克站在空地上，遥看林雷的住处。

"父亲，"瑞恩走过来，"你在担心林雷、迪莉娅？"

巴鲁克叹息一声："对，林雷回来半个月了，可是这半个月来，他没有和我们聚餐过，一直待在自己的屋里，最多站在门口。他的眼里除了迪莉娅，恐怕只有他儿子了。"

"林雷陷得太深了吧。"瑞恩眉头一皱。

"感情很复杂，很难说清的。"巴鲁克摇头说道。

就在这时候，一道人影从半空疾速落下："巴鲁克族长，我老大现在怎么样了？"来人正是贝贝，贝贝他们比林雷回来得晚。

"贝贝，"巴鲁克的脸上露出一丝笑容，"你回来了就好。你去和林雷说说话吧，即使不去劝他就说说话，他的心情也会好一些。"

"嗯。"贝贝点头，立即朝林雷的住处跑去。

盖斯雷森住处的大厅内。

"族长，近百名族人都处于昏迷中，到底该怎么办啊？"特维拉焦急地说道，"不少族人都在哭诉啊！"

特维拉归来，带回了一群同样昏迷了的族人。

盖斯雷森烦恼地皱起了眉头。

"好了，别说了。"盖斯雷森说道，"他们的情况我很清楚，和林雷的妻子一样。现在，林雷的妻子都没办法救，其他人怎么救？"

特维拉的脸上满是愁意。

"让族人们做好准备吧。"盖斯雷森说道，"还好我们族人大多数是独力成神的，有神分身。林雷的妻子是靠炼化神格成神的，连神分身都没有。若她殒命了，就什么都没有了！"

特维拉点头叹息一声。

他是亲眼见到了迪莉娅中招后林雷的反应的："估计在林雷心里，他妻子的性命比他自己的命都要重要吧。他妻子，唉……"

"特维拉，"盖斯雷森吩咐道，"这些昏迷的族人，你去安顿吧，估计他们当中也有一些是靠炼化神格成神的。"

"是，族长，我会安顿好一切的。"特维拉说道。

"嗯，你退下吧。"盖斯雷森说道。

待特维拉离去，盖斯雷森脸上已满是疲惫。现在，迪莉娅和其他族人昏迷的事情对他而言还是小事，最让他烦恼的还是普斯罗带回来的消息。

"难道真的没有希望了吗？"盖斯雷森仰头闭上了眼睛，睫毛上泪光闪烁，如一颗颗晶莹的小珍珠。

盖斯雷森深吸了一口气，脸上的疲惫消失，恢复了刚毅自信。

"现在，"盖斯雷森目光坚定，"只能寄希望于林雷背后的紫荆主神，以及府主大人背后的血峰主神了。可惜，府主大人也不愿为我们四神兽家族拼命，否则……"

一晃便过去了三个月。

"怎么还没来？"林雷站在屋外仰头看着上空。

这段时间，他每天都看着空中，希望阿方萨斯从大峡谷上方飞下来。可是，大峡谷上方一直没有人飞下来。

贝贝从后面走过来，看着林雷的背影，也为林雷感到难受。他开口说道：

"老大，你放心吧，他们说的三个月或许只是一个虚数，不会正好是三个月的，估计明天阿方萨斯就到了。"

林雷回头看向贝贝，微微点头："嗯，明天一定会到。"

"林雷！林雷！"疾呼声从上方传来。

林雷猛地转头朝上方看去。

一道人影正疾速坠下，同时惊喜地说道："林雷，阿方萨斯先生到了！他到了！！！"

来人正是加维。

"到了！"等了这么久，林雷此刻感觉心中仿佛有一把火在燃烧，全身似乎有电流在流转。

"族长让我来通知你赶快准备一下，他正陪着阿方萨斯先生，马上就要过来了。"加维脸上满是喜悦，"林雷，这下你妻子有救了！"

林雷脸上也满是喜悦。

"对，迪莉娅有救了！"林雷连忙转头冲进屋内。

里间床上，迪莉娅正平静地躺着，就如同睡着了一般。在迪莉娅旁边，还有一个小床，威迪正安静地熟睡着。幸亏威迪离开密尔城的时候已经可以吃流食了。

"迪莉娅，阿方萨斯来了，你一定会好的。"林雷轻声说道。

"老大，他们来了！"外面传来贝贝的声音。

林雷跑出去仰头看向上方，只见迷雾中，十几道模糊的人影正疾速飞来，一会儿便落到了地面上。正是盖斯雷森、朱雀一族族长、凯斯泰尔等长老。

不是长老的有两人，一个是普斯罗，另外一个是一位面色红润，皮肤嫩得宛如婴儿的银发老者。

"他就是阿方萨斯。"林雷的眼睛亮了起来。

"林雷，这位就是阿方萨斯先生。"盖斯雷森笑了起来。

那位银发童颜的老者笑着向林雷点头："你就是林雷吧，你的妻子呢？"

林雷连忙说道："阿方萨斯先生，请随我进来。"他立即带阿方萨斯进屋，其他人也跟着进入里间。

"阿方萨斯先生，"林雷指向自己的妻子，"请你一定要救我妻子！"

"我试试。"阿方萨斯微微一笑，走到床前，然后使用神识查看迪莉娅的情况。

渐渐地，他的表情严肃起来，让林雷心中一惊。

随即，阿方萨斯伸出右手，把手掌盖在迪莉娅的脑袋上方。迷蒙的绿色气流从阿方萨斯手心弥散开来，逐渐覆盖迪莉娅的脑袋。

顿时，整个里间一片寂静，无人敢出声。

林雷屏息看着这一幕，在心中暗道："阿方萨斯先生既然出手了，应该有把握。"

第603章

做好准备

里间内，一群人都看着阿方萨斯救迪莉娅，林雷是最紧张的一个，他的额头上甚至都冒出了汗珠，可是他完全没察觉到。

哧——

绿色气流萦绕，发出很微弱的声音。阿方萨斯神色严肃，忽然低哼一声，绿色气流快速进入迪莉娅的脑中。

"嗯——"迪莉娅痛苦地发出了轻微的声音，眉头微微一皱。

这个轻微的声音对林雷而言犹如天籁，他整个人如触电般颤抖起来："迪莉娅她有意识了！她有反应了！"

林雷激动得不得了，其他人的脸上也露出了惊喜的表情。

"老大，迪莉娅有救了！"贝贝神识传音，十分惊喜。

"嗯。"林雷点头，整个人一下子充满了生气。

盖斯雷森、普斯罗等人也呵呵笑了起来。

林雷继续盯着阿方萨斯救治迪莉娅，心中祈祷着："迪莉娅，你一定会好的，一定会的……"

就在这时候——

阿方萨斯收回了右手，结束了救治。

"阿方萨斯先生，我妻子她好了吗？"林雷询问道。

阿方萨斯转头看向林雷，看到了眼前这个青年眼中的期待、希望，可是阿方萨斯叹息道："林雷，你做好准备吧。"

"做好准备？什么准备？"林雷意识到情况不妙。

"阿方萨斯先生，怎么回事？"原本满脸笑容的盖斯雷森脸色一变，问道。

阿方萨斯摇头说道："我只能明确地告诉你们，我没有能力救治这名女子，我劝你们放弃吧。想救这名女子，几乎是一件不可能的事情。"

林雷听到阿方萨斯的话，只觉得脑子一片空白。

"不！"林雷忽然低吼一声，随即死死地盯着阿方萨斯，犹如一只疯狂的狮子，"阿方萨斯先生，你一定是骗我的！刚才迪莉娅还有反应，怎么突然又治不好了？"

"对，刚才不是有反应了吗？"盖斯雷森也问道。

阿方萨斯看着眼前神情疯狂的青年，叹了一声，说道："林雷，刚才你妻子并不是恢复意识，而是在我救治时，她的灵魂排斥极为强烈，才会有反应。"

"可是……可是凯斯泰尔不是说你有九成把握救活我妻子？怎么现在……"林雷无法接受，真的无法接受。

三个月前，林雷认为迪莉娅一定会被治好。这三个月内，林雷一直期待着这一天，甚至刚才都认为迪莉娅要好了。可是现在……

阿方萨斯叹息一声："如果是三个月前，我在这里救你妻子，绝对能救活，可是现在晚了。"

"什么意思？三个月前能救，现在不能救？"林雷急切地问道。

阿方萨斯环顾众人说道："各位，这种灵魂攻击是非常阴险毒辣的，那些绿色光点渗透进灵魂后不断吞噬转化，一变二，二变四，四变八……"

"虽说上位神的灵魂很强大，很难被吞噬转化，可是这种事情一旦发生，很难逆转，而且越往后，速度越夸张。"阿方萨斯正色说道。

在场人都点头。

"这些我知道，可是你为什么无法救迪莉娅了？"林雷急切地问道。

阿方萨斯看着林雷，叹息道："林雷，你还没听明白？这吞噬转化的速度越来越夸张了。三个月前的吞噬转化速度和现在比，相差了百万倍！"

林雷一怔。

一变二，二变四，四变八……只要转化数十次，那就是一个极为惊人的数字。

"我要救你妻子，就要将这些绿色光点反吞噬转化。"阿方萨斯说道。

林雷也知道救治迪莉娅就是一个反吞噬转化的过程。

"只有反吞噬转化速度超过吞噬转化速度，我才能救你的妻子。"阿方萨斯说道。

林雷完全明白了。

"我现在的救治速度已经赶不上吞噬转化速度了，即使我拼了命也只能减缓吞噬转化速度，略微延长一点你妻子的生命。"阿方萨斯叹息道，"如果是在三个月前我可以轻易救你妻子，可是现在，请恕我无能为力。"

林雷愣愣地站在那里。他完全明白了，这种吞噬转化速度就如星火燎原，越往后，烧起来的速度就越快。时间越久，吞噬转化的速度就越快，救治迪莉娅的机会就越渺茫。

"老大，老大！"贝贝喊道。

"林雷！"普斯罗也喊道。

可是林雷仿佛傻了一样站在那里。

"唉！"阿方萨斯叹息一声。

盖斯雷森、朱雀一族族长以及其他长老相互看了看，没有说话，整个里间气氛压抑得很。

"阿方萨斯先生。"林雷忽然急切地说道，"我求你先帮忙救治我妻子，努力延长我妻子的生命，让我有足够的时间请其他人救治，可好？"林雷期盼地看着阿方萨斯。

如果要延长迪莉娅的生命，阿方萨斯就需要在这里持续治疗迪莉娅。林雷知道这有些过分，可是他没办法了。

"林雷，"阿方萨斯正色说道，"不管是因为四神兽家族还是因为府主大人，如果我有能力，绝对会帮忙延续你妻子的生命，可是我必须告诉你，即使我帮忙，也最多让你妻子多活一两天。"

"多活一两天？"林雷怔住了。他原本希望迪莉娅的生命能延续好几年，越长越好。

"灵魂救治没你想的那么简单。我刚才说了，因为你妻子的灵魂极为排斥，身体都产生了反应。"阿方萨斯说道，"灵魂是一个人的核心，我救治时要非常非常小心，如果没控制好自己的能量就会伤到你妻子的灵魂，让你妻子殒命。"

"短时间内，我可以保持最佳状态，不会有失误，可是若延长时间，我的精神力消耗太大，就很有可能出现失误。一旦失误，你妻子就……"阿方萨斯带着歉意说道。

林雷沉默了。

"林雷，府主大人很快就会到，说不定府主大人能救你的妻子。"盖斯雷森说道。

林雷眼睛一亮："对，还有府主大人。"

阿方萨斯却说道："林雷，我已经说了让你做好准备。虽然我也很佩服府主大人，可是说实话，我不认为府主大人有能力救你妻子。"

"阿方萨斯先生！"林雷有些恼怒。

"救你妻子只有三个办法。"阿方萨斯说道。

"第一个办法，找到修炼生命规则即将大成的强者，估计他们的救治速度能超过吞噬转化速度，而且，必须现在就找到这样的人。若是再过两三个月，恐怕再厉害的强者也救不了你的妻子。"阿方萨斯说道，"不过，修炼生命规则即将大成的这种人别说是在地狱，就是在生命神界中都很少。第二个办法，使用主神之力，以主神之力的强大特性足以快速治好你的妻子。"

盖斯雷森赶紧说道："主神之力，我们四神兽家族有！"

"对，用主神之力。"林雷说道。

"你听我说完。"阿方萨斯摇头说道，"主神之力强大至极，修复速度自然惊人，可是主神之力太过强大，一般的上位神难以完美操控它。想必你们使用过主神之力的人也知道，一旦使用主神之力，主神之力的能量就会渐渐消散吧。"

林雷一怔。

对，主神之力太强了，以上位神灵魂的控制能力无法完美控制主神之力，这才会令使用主神之力的人体表弥散青色光芒、黑色光芒等。那都是主神之力的能量逐渐消散导致的，因此主神之力只能使用一次。

只要使用了主神之力，即使不战斗，主神之力最终也会消散。

"若使用主神之力救迪莉娅，在深入灵魂深处时，主神之力只要有一丝失误，在震荡之下伤到灵魂，迪莉娅就会立即殒命！"阿方萨斯说道，"记住，使用主神之力救治迪莉娅，不能有一丝失误！"

闻言，林雷的脸色变得苍白。

他明白这个道理。主神之力是主神的能量，上位神要完美掌控它，不浪费一丝，很难。

盖斯雷森说道："想要完美掌控主神之力，除非是达到大圆满境界的上位神。可惜在幽蓝府中，我没听说过有这样的上位神。"

林雷苦涩一笑。

"阿方萨斯先生，不是还有第三个办法吗？"林雷问道。

阿方萨斯无奈地说道："第三个办法就是请主神出马。只要是主神，任何一个都能轻易救你的妻子。可是，你能请动主神吗？"

"这第三个办法说了跟没说一样。"贝贝不满地说道。

"阿方萨斯先生，没有其他办法了吗？"林雷再次问道。

阿方萨斯万分确定地点头："以我对灵魂的研究，我完全确定除了这三个办法再无其他办法。"

第一个办法，找到修炼生命规则即将大成的强者。幽蓝府中去哪里找？

第二个办法，找到能完美控制主神之力的强者，也就是达到大圆满境界的上位神。幽蓝府中貌似没有这样的强者。

第三个办法……

目前和林雷有关系的主神只有紫荆主神，且不谈对方是否愿意帮他，最重要的是从血峰大陆去紫荆大陆，耗费的时间太长了，迪莉娅等不了那么久。

"各位，这段日子麻烦各位了。"林雷努力挤出一丝笑容说道，"大家都回去吧，不用再为我这事情操劳了。阿方萨斯先生，感谢你专程过来一趟。"

盖斯雷森、朱雀一族族长、普斯罗等人见到林雷的表情，只能在心中叹息。

"林雷，那我们就先走了。"盖斯雷森他们想安慰林雷，却不知该说什么，只能一个个离开。

大家都知道幽蓝府主很快会到来，可是听了阿方萨斯的话，他们估计幽蓝府主也救不了迪莉娅。除非幽蓝府主能完美控制主神之力，是达到大圆满境界的上位神。

"老大……"贝贝看着林雷落寞的身影，有点想哭。

林雷转头看向贝贝，低沉地说道："贝贝，你也出去吧，让我在这里陪陪迪莉娅。"林雷伸手拍了拍贝贝的肩膀，贝贝"嗯"了一声，点了点头。

随即，贝贝也离开了。

屋内，只剩下林雷、迪莉娅以及熟睡的威迪。林雷静静地看着迪莉娅，脑中闪过无数场景，悲伤之情充斥胸膛。他仰头痛呼："老天啊！为什么要这么惩罚我！！！"

低沉沙哑的声音在寂静的屋内回响，声音中充斥着不甘、愤怒、悲伤，以及绝望！

两行泪水从林雷的脸庞滑落。

林雷缓步走到床沿，半跪下来仔细地看着迪莉娅，缓缓地抚着迪莉娅的脸庞："迪莉娅，我会陪你走完最后一段路，不离不弃！"

时间流逝，转眼数天过去了。

贝贝站在屋外，透过窗户看着屋内。

巴鲁克走过来，唯恐吵到林雷，轻声问道："贝贝，林雷现在怎么样了？"

大家都知道迪莉娅的情况，明白迪莉娅估计没希望了，担心林雷会因此颓废下去，甚至做出一些让大家痛心的事情。

"你看吧。"贝贝叹息道。

贝贝这段时间脸上没有一丝笑容，更没有心情玩闹了。

巴鲁克透过窗户朝里面看去。

屋内，林雷抱着威迪，给威迪喂了一些流食，时而朝迪莉娅看去，轻声说道："迪莉娅，威迪今天非常乖，一点儿都没有闹。"

见到这一幕，屋外的巴鲁克不再看了。

"我真的希望……"贝贝低声说道，"非常希望那位即将到来的幽蓝府主能够救好迪莉娅！一定要！"

"嗯。"巴鲁克也点头。

就在这时候，天空中一道人影悄然落下，正是普斯罗。

普斯罗低声说道："贝贝，林雷他……"

"普斯罗，你来了？"一个温和的声音响起，林雷微笑着抱着威迪走出屋子，"我陪威迪出来走走。来，普斯罗，你也抱抱威迪。你这么久没来，威迪都想你了。"

普斯罗见到林雷脸上的笑容，一怔。他没想到林雷还会笑，可林雷的笑容让他更难受。

"好，我抱。"普斯罗连忙走过去。

"抱——抱——"威迪见到普斯罗，竟然伸出了小手，嘴里还喊着，"抱——抱——"

林雷笑道："威迪现在已经会说简单的话了，会喊他母亲了。"

这时候，又一道人影从空中疾速落下，正是加维。

加维飞过来说道："林雷，府主大人要来了！"

林雷一怔。

"府主大人？"林雷的眼中有了一丝光彩。

对于幽蓝府主能否救迪莉娅，林雷已经不抱有多少希望了，但毕竟这也是一个机会。

"对，四位族长、大长老他们都去迎接了，要过一会儿才到！"加维解释道。

四神兽家族的四位族长很高傲，可是他们都很钦佩、尊重幽蓝府主，不仅因为幽蓝府主对他们家族有大恩，还因为幽蓝府主的强大实力。

"哦，林雷就住在这里？"一个亲切的声音响起。

十余道人影从高空疾速飞下来，林雷、普斯罗、贝贝等人仰头看去。

飞在最前面的正是那位幽蓝府主，而盖斯雷森等四位族长则跟随在他的身侧，态度谦逊得很。

林雷死死地盯着那位被四位族长众星拱月般包围着的人。

这人一袭黑色长袍，黑色的长发披散着，黑色的胡子垂在胸前，眼睛不大，却如璀璨星辰般明亮有神，嘴角带着一丝笑意，显得很亲切。

"林雷！"这人笑着打招呼。

"林雷，这位便是府主大人。"盖斯雷森介绍道。

林雷震惊地看着这人："贝……贝鲁特大人?!"

"贝鲁特爷爷!"贝贝也震惊地惊呼一声,激动地飞速跑过去。

贝鲁特笑得张开了嘴:"哈哈,贝贝。"说着,他将贝贝抱在了怀里。

"贝鲁特爷爷!"贝贝激动地喊着。

"哈哈,想爷爷了吧。"贝鲁特笑得很开心。

盖斯雷森等四位族长,还有大长老等一群长老和普斯罗,都瞪大眼睛看着眼前这一幕。

"府主大人?爷爷?"

盖斯雷森他们一个个错愕至极。

第604章
贝鲁特出现

林雷原本已经陷入绝望中，认为迪莉娅没有生还的希望了，对即将到来的幽蓝府主也没有抱太大的希望；可是他怎么也没想到，救四神兽家族于水火之中，在盖斯雷森口中强大至极的幽蓝府主，竟然就是贝贝的爷爷——贝鲁特！

看到贝鲁特，林雷心底升起了希望。在林雷心中，贝鲁特的实力是那般深不可测。

"或许贝鲁特真的有能力救迪莉娅。"林雷心底开始期待起来。

屋门口的一大群人惊愕地看着贝贝和幽蓝府主贝鲁特亲昵的样子。他们根本不知道，林雷旁边这个不起眼的少年竟然和幽蓝府主有如此亲密的关系！

"贝鲁特，你是他的爷爷？"普斯罗惊愕地开口问道。

贝鲁特笑着瞥了普斯罗一眼，微微点头："普斯罗，真的抱歉，前一段日子和你撒谎了。我怕你知道我和贝贝的真正关系后，太过关心这个小家伙。你可不知道，贝贝性子顽劣，太过懒散，不好好锻炼一番可不行。"

普斯罗也笑了起来。

当初他还是阿斯奎恩怀中的一只金色小猫时，从阿斯奎恩那里听说过贝鲁特，知道贝贝和贝鲁特有些关系，具体的就不清楚了。他获得自由后，在闯荡地狱时结识了贝鲁特，问过这件事情，可贝鲁特只是随口一说。

"哈哈，这小子是得好好锻炼。"普斯罗也笑着看向贝贝。

贝贝哼了一声，说道："贝鲁特爷爷，我已经领悟了黑暗系元素法则中的五种奥义。这才过去一千多年，进步速度已经很快了。"

"你还好意思说！"贝鲁特哭笑不得。贝贝领悟到的黑暗系元素法则中的这五种奥义，一种奥义是神兽达到成年阶段自然就会的，另外四种奥义是贝贝通过四份灵魂碎片领悟到的，而这四份灵魂碎片是贝鲁特请朋友弄来的。

当然，贝贝悟性不错，连续突破了那四大奥义的瓶颈。

盖斯雷森等四位族长和众位长老都很错愕，他们真的没有想到林雷、贝贝竟然会和强大的幽蓝府主有如此深的关系。

"府主大人，贝贝在一千余年里领悟了五种奥义，已经很厉害了。"盖斯雷森也在一旁说道。

"个中奥秘你可不懂。"贝鲁特笑得眯起了眼睛。

"贝鲁特爷爷。"贝贝有些不满。

贝鲁特笑呵呵地说道："不过和在玉兰大陆时比，已经有很大进步了，至少有耐心了些，哈哈——"

贝贝这才笑了。

"贝鲁特大人，"林雷终于开口了，"我妻子迪莉娅……"

贝鲁特转头看过来，看到林雷，收敛了脸上的笑意，严肃地说道："我听说了你妻子的事情，因此赶过来了。当初你们俩结婚的时候，我还让我儿子通过贝贝把一枚神格送给了你妻子。没承想，现在发生了这样的事情。唉，走，带我去看看。"

"嗯。"林雷连忙在前面带路，二人一前一后进入里间。普斯罗、贝贝也连忙跟上。

当年，贝鲁特也是好心才会送迪莉娅一枚神格，毕竟在物质位面中，靠自己独力成神的概率极低。以迪莉娅的实力，若想独力成神，很难。

和迪莉娅一样，沃顿也很难靠自己独力成神，因此林雷才会把神格给沃顿。

"林雷竟然和府主大人有这样的关系。"在屋外的盖斯雷森等一群人相互看了看，还在为这个消息而震惊。同时，盖斯雷森展开神之领域，将屋内的人与外面隔绝开来。

"林雷当初在物质位面结婚时，府主大人都送礼物了，他们的关系亲近得很。"朱雀一族族长嘴角一扬，笑了起来，"这对我们四神兽家族而言是好事。"

"嗯，如果府主大人出手帮我们四大家族，那八大家族怎么敢嚣张？"玄武一族族长也点头说道。

"府主大人的手段的确可怕。"盖斯雷森也感慨道。

他们都记得当初贝鲁特出手阻止八大家族的场景。贝鲁特手持一根黑色长棍，闪电般穿梭于八大家族高手群中。凡是被黑色长棍碰到的七星使徒，毫无生还希望。

八大家族高手们的物质攻击丝毫伤不到贝鲁特，灵魂攻击对贝鲁特也没有用。

一眨眼的工夫，贝鲁特便解决了二十余个七星使徒，吓得八大家族的人马立即停止攻击，就连八大家族的波林族长在和贝鲁特交过手后也受了重伤。

须知，波林族长也是有主神器的，可是他的实力和贝鲁特根本不在一个层次。

贝鲁特号称血峰大陆主神之下第一人，敢用如此称号且还没人反对，其实力可见一斑。

"当时，如果府主大人强行命令八大家族离开，八大家族即使不愿意，估计也会离开。"盖斯雷森叹了一口气，说道，"不过，府主大人似乎不愿得罪八大家族，只是不允许八大家族攻入天祭山脉，估计是看在八大家族背后的主神的脸面上吧。"

"府主大人愿意做到这一步就很不错了。"朱雀一族族长正色说道，"当年父亲他们都在的时候，多少强者依附我们家族，连主神使者也有不少！可是父亲他们陨落后，那些主神使者就都不管我们了。"

闻言，其他长老叹了一口气，沉默起来。

的确，人走茶凉。

青龙、白虎他们四神兽陨落后，那些主神使者看着四神兽家族一步步走向灭亡也不出手，幸亏幽蓝府主出面了。虽然幽蓝府主没赶走八大家族，但是让四神兽家族有了喘息的机会。

人不能太贪心。幽蓝府主对他们已经够仁至义尽了，他们四神兽家族也没什么可报答的。

"走吧，我们进去看看。"盖斯雷森当先走进去，其他人依次跟上。

盖斯雷森他们一进入里间，便看到林雷在一旁静静地等着，贝鲁特则闭着眼睛站在一旁。

片刻后，贝鲁特睁开眼睛，感叹一声，说道："迪莉娅的情况比我想象的还要糟糕。"

"贝鲁特大人，难道你也不能救迪莉娅？"林雷急了。

"贝鲁特爷爷！"贝贝也急了。

"哈哈——"贝鲁特却大笑起来，"我只是说情况糟糕，没说不能救。只是为了救你妻子，我要用掉一滴主神之力喽！"

说着，贝鲁特一翻手，手中出现了一滴青绿色的液体。

"贝鲁特大人，"林雷一看到主神之力就担忧了，"治疗灵魂，要深入灵魂深处，使用主神之力如果有一点失误，那可就……"

林雷虽然很想救迪莉娅，但是不想因为失误看着迪莉娅在他的面前死去。

"府主大人，这使用主神之力……"盖斯雷森也开口了。

"难道我连这点常识都不懂？"贝鲁特疑惑地转过头看着林雷他们，"不就是让一滴主神之力不渐渐消散吗？虽然这个有难度，但是我会做不到？"

贝鲁特一边说着，一边将手中的主神之力融入了他的体内。随即，他右手食指一伸，指向迪莉娅。

"主神之力！"林雷十分震惊。

"怎么可能？"盖斯雷森、普斯罗等人也十分震惊。

显然，贝鲁特在使用主神之力，可是主神之力没有消散。

在正常情况下使用主神之力，使用者体表会散发光芒，代表主神之力的能量在逐渐消散。

可是贝鲁特此刻身上没有一丝光芒，从外表看，根本看不出他在使用主神之力。

林雷心中大喜："有救了，迪莉娅有救了！没想到贝鲁特竟然这般厉害，可以完美控制主神之力！"

对上位神而言，要完美控制主神之力很难，就好像让一个普通人挥舞一柄一百斤重的剑。剑太重，普通人自然控制不好。

传说中，只有达到大圆满境界的上位神才能完美控制主神之力，而今天，贝鲁特做到了。

"府主大人，难道你已经达到大圆满境界？"盖斯雷森忍不住开口问道。

"安静！"贝鲁特眉头一皱，表情严肃起来，说道，"在我治疗迪莉娅期间，你们不许说话。如果打扰了我，后果你们负责！"

贝鲁特难得严厉起来。

顿时，整个里间安静下来了。

心脏怦怦狂跳，林雷紧张地看着眼前这一幕。

贝鲁特伸出右手盖在迪莉娅的脑袋上方，顿时，迷蒙的青绿色光芒开始进入迪莉娅的脑袋。然后，贝鲁特闭上眼睛专心治疗。

里间一片安静，连喘息声都没有。

"一定会好的，一定会好的……"林雷在心中祈祷着，眼睛一眨不眨地看着。

他其实很害怕，之前阿方萨斯也这样做过，可结果……

寂静。

时间一分一秒地过去。

治疗灵魂是个细致活。灵魂非常复杂，核心深处非常脆弱，治疗过程中，有一丝失误便会令灵魂完蛋，即使是贝鲁特也得小心翼翼地治疗。

许久后——

林雷额头上冒出来的汗珠又干了。

"好了！"一个声音突然响起。

林雷一惊，立马看向贝鲁特——宣判的时刻到了。

"贝鲁特大人，怎么样了？"林雷说话时心在颤。

"怎么样？你自己看不就知道了。"贝鲁特笑道。

林雷转头看向迪莉娅，只见迪莉娅眼皮一颤。

这一瞬间，林雷觉得自己的胸膛里仿佛有火焰在燃烧，脸上满是惊喜。

迪莉娅睁开眼睛，眼中有一丝茫然、不解。她看向周围，竟然有一大群人在这里。

"贝鲁特大人！"迪莉娅惊呼道，随即看向林雷，惊讶地说道，"林雷，发生什么事情了？"

迪莉娅中招后便没了意识，根本不知道这段时间发生了什么事。

"林雷，你怎么哭了？"迪莉娅十分迷糊。她不明白为什么自己一清醒过来周围就有一大群人，不仅有族长等人，甚至还有贝鲁特。

在迪莉娅醒来的那一刻，林雷感觉原本已经变得黑暗的世界恢复了光明，重新有了色彩。

"迪莉娅！"林雷一把将迪莉娅紧紧拥住，唯恐失去迪莉娅。

"府主大人，你……你达到大圆满境界了？"盖斯雷森问道。

"贝鲁特，你……"普斯罗也十分惊讶。

贝鲁特却哈哈笑了起来："你们这叫什么话？难道我没达到大圆满境界就不能控制主神之力了？"

第605章
有功便有奖

普斯罗、盖斯雷森等人一时语塞。

"贝鲁特爷爷，"贝贝这时候满脸喜色，说道，"我知道他们疑惑的原因，因为他们都说只有传说中达到大圆满境界的上位神才能完美控制主神之力。"

贝鲁特环顾屋内一大群人。

"传说……你们也知道是传说啊。"贝鲁特淡笑道，"达到大圆满境界的上位神的确能做到，可是其他上位神就一定做不到吗？你们太武断了。"

传说毕竟是传说，事实不一定完全和传说相同。

"贝鲁特，佩服、佩服，难怪伟大的主神会看重你。"普斯罗笑道。

对主神而言，主神使者也就是一个手下罢了。若一个主神使者殒命了，主神可以再找另外一个使者。可有些使者，主神会很重视，如达到大圆满境界的上位神。

虽然贝鲁特没有达到大圆满境界，但是主神非常看重他。

"别说我，你那位主神也很重视你啊。"贝鲁特笑道。

普斯罗听了不禁笑了起来。那位火系主神曾经和他切磋过，从物质攻击到灵魂攻击。后来，那位火系主神说出了自己的身份。那位火系主神既然能放下身份和普斯罗切磋，就不会将普斯罗当一颗普通棋子。

普斯罗和贝鲁特说话时，四神兽家族的四位族长、众多长老在一旁听着，不敢插嘴，毕竟他们二人都是主神使者。

贝鲁特回头看了一眼林雷，而后对盖斯雷森一群人吩咐道："好了，你们别都挤在这屋里了，林雷他们夫妻二人肯定有许多私密话要谈，你们都出去吧。"

盖斯雷森等一群人这才反应过来，连忙点头。

"府主大人，你这次来我们这里治好了林雷的妻子，今晚，我们四神兽家族备好宴席庆贺一番，你看如何？"盖斯雷森说道。

"嗯，好吧，晚上你们派人过来，现在我还想和贝贝聊聊呢。"贝鲁特笑着看向贝贝，伸出手想摸摸贝贝的脑袋。

贝贝却脑袋一歪，躲闪开来。

"府主大人！"一个声音忽然响起，"我有一件事情想求府主大人。"

"妹妹，"盖斯雷森赶紧神识传音，"我们还是快点走。"

贝鲁特刚才都让他们离开了，他们再待在这里就是不识趣了。

贝鲁特不满地皱着眉头看过去，说话的正是青龙一族的大长老。

大长老正色说道："府主大人，和林雷妻子有同样遭遇的还有不少人，不知府主大人能否出手帮忙？"

"哼！"贝鲁特哼了一声，一扬又粗又黑的眉毛，冷冷地看了她一眼。

"妹妹！"盖斯雷森也呵斥道。

"可笑！"贝鲁特目光锐利地看着青龙一族的大长老，"治疗一人消耗的不光是主神之力，还有我的精神力，你说得倒是简单。若按照你这种说法，一旦有人受伤，或者有人处于险境，难道都要我去救吗？"

贝鲁特发怒，把四神兽家族的族长、长老们吓了一大跳。

四神兽家族如今还能安稳地待在天祭山脉，就是因为有贝鲁特在。若是贝鲁特不帮他们，四神兽家族在八大家族的围攻下早就完蛋了。

大长老见贝鲁特发怒了，不敢吭声。

"府主大人，抱歉，我妹妹也是担忧族人。"盖斯雷森带着歉意说道，随即便带着其他人离开了。

"贝鲁特，你一发火，吓得那个女长老都不敢吭声了。你拒绝了就行，何必发火？"普斯罗笑着说道。

此时，贝鲁特的脸上又恢复了笑容。

"普斯罗，对这些外人不必总是笑脸相迎，否则有些人会越来越过分。"贝鲁特淡笑道。

贝鲁特不是心软之人。当初，玉兰大陆位面万年前的那场战争那般惨烈，有那么多神级强者殒命了，他丝毫不在乎。在他看来，生死本来就是天地法则的一部分，有生便有死，更何况是人。

普通人成为神级强者便有了无限生命，可是在地狱，每一刻都有大量神级强者殒命，因为随时会发生战斗。

对贝鲁特而言，如果一个人和他没有关系，他是不会出手相助的。

"贝鲁特爷爷，我们快出去吧。"贝贝突然说道。

贝鲁特笑了起来："对，打扰林雷他们夫妻二人了。"

"贝鲁特大人，真的很感谢你。"林雷牵着迪莉娅，对贝鲁特感激地说道。

这一次贝鲁特救了迪莉娅，这份恩情，林雷无以为报。

"哈哈——"贝鲁特笑道，"好了，不打扰你们夫妻二人了。"

随即，贝鲁特和普斯罗、贝贝一起离开，屋内只有林雷和迪莉娅了。

屋内。

林雷缓缓地叙说着这一段时间发生的事情，迪莉娅在一旁听着。

虽然林雷说得平静，但迪莉娅能从林雷的描述中感受到他的那种惊恐、绝望以及在她转危为安后他的兴奋与激动。

"迪莉娅，若非贝鲁特大人出手救你，我无法想象没有你的未来我该如何生活。"林雷叹息道，"至于修炼，我为什么修炼？修炼到了巅峰境界又怎样？没有你，我实力再强又有什么意义？"

对林雷而言，若没有迪莉娅，未来便是一片黑暗。没有任何希望。没有任何动力。

迪莉娅听得眼睛都湿润了，不禁伸手抱住林雷，说道："林雷，不要说了，我现在已经好了，已经好了！"

"对啊，好了！"林雷抚摸着迪莉娅的脸庞，点头说道，"迪莉娅，我从来没有那么激动、兴奋过！看到你睁开眼睛，我感觉自己获得了新生！"

"为了你，为了我们的孩子，我会不断前进变得更强！"林雷看着迪莉娅，"有你在我身后，没什么可以让我畏惧！"

迪莉娅流下了眼泪，但脸上满是幸福。

"迪莉娅，"林雷一翻手，手中出现了一滴水系主神之力，"这是水系主神之力。如果我早早把这滴主神之力给了你，你这次就不会有危险了。幸好你没事了，不过我不会让这样的事情再次发生，这一滴主神之力你收下吧！"

"林雷，不……"迪莉娅连忙拒绝。

"收下！"林雷严肃地说道，"迪莉娅，经过这次事情我明白了，有时候我也无法保护你。你拥有一滴主神之力，关键时刻就能保住性命，主神之力对增强灵魂防御、物质防御都非常有效。迪莉娅，别拒绝！"

迪莉娅看着林雷，她很了解林雷，知道林雷的脾性。

"嗯，我收下。"迪莉娅没再拒绝。

林雷的脸上这才露出了笑容，他拥住迪莉娅说道："失去过才知道拥有的可贵。我尝过失去的滋味了，不想再尝了！"

"不会，不会了。"迪莉娅的脸上浮现出笑容。

"嗯。"林雷应了一声。一时间，二人都安静了下来。

两人就这样依偎着，感受着彼此的呼吸，享受着这份温馨、宁静。

晚上，天祭山脉四神兽家族的四位族长、血战谷的长老，还有许多失去了最强神分身，不能再当长老的族人都来参加宴席了，毕竟此次的客人是拯救过四神兽家族的幽蓝府主。

当大家知晓了贝鲁特和贝贝、林雷的关系，一个个惊异不已。

推杯换盏，笑声不断。

"林雷长老，"坐在大殿之上的盖斯雷森朗声说道，"这次你迎战敌方八名长老，虽然消耗了一滴主神之力，但解决了敌方五人。"

林雷闻言看了过去。

"我知道你修炼地系元素法则，这次我和玄武一族族长商量过了，决定赐予你两滴主神之力，一滴水系主神之力和一滴地系主神之力。"盖斯雷森笑着说道。

"林雷，若你使用地系主神之力施展黑石牢狱，威力可要大得多啊！"一个浑厚的声音响起，正是玄武一族族长。

林雷连忙起身走至大殿中央。

盖斯雷森、玄武一族族长手上各飘浮着一滴主神之力，一滴青色的水系主神之力，一滴土黄色的地系主神之力。

两滴主神之力向林雷飘去，林雷赶紧将其收入盘龙戒指中。

"谢两位族长。"林雷躬身说道。

"有功便有奖励，这是家族的规矩。"盖斯雷森笑道，"好了，坐回去吧。大家继续喝酒。"

大殿之上，普斯罗、贝鲁特相视一眼，笑了。

大殿之下，在一群长老中不起眼的弗尔翰却十分不满。

"父亲，"伊曼纽尔神识传音，"族长这次太偏心了。按照家族惯例，长老在外战斗，若损失一滴主神之力，一般会补充一滴。即使功劳再大，也最多在言语上夸赞罢了，毕竟家族现存的主神之力不多了。"

"哼！"弗尔翰神识传音，"还不是因为幽蓝府主，否则林雷怎么会得到两滴主神之力？真不知道林雷走了什么狗屎运，竟然和幽蓝府主也有关系！"

弗尔翰心底极度不满。原本他就不满林雷得到青龙之戒，现在更不满林雷和幽蓝府主的友好关系。不过，他虽然不满，但也不敢把不满表现在脸上。

他脸上还带着笑，举杯说道："林雷长老，恭喜！来，干一杯。"

林雷坐在大厅左边第一个位子上，距离大殿之上的贝鲁特很近。

贝鲁特看向林雷，神识传音："林雷，我听说你这次回去遭到了敌方八名长老的围攻。"

"是的。"林雷对此也有些疑惑，"这事情有些怪异。一来，我已经改变了容貌；二来，我一出来他们就合击，而且派出了八名长老。若没有十足把握，他们会这样？"

贝鲁特沉默片刻，然后神识传音："普斯罗也跟我谈过这件事情。我仔细研究了一下，怀疑四神兽家族内有人将你出去的消息泄露出去了。"

林雷一怔。

"林雷，你告诉我，你心里有没有怀疑的人？"贝鲁特问。

林雷心里当然有怀疑的人。

"贝鲁特大人，我没有证据，就算怀疑又有什么用？"林雷感到无奈。

"你不需要想有没有用，你就告诉你怀疑谁，直接告诉我。"贝鲁特神识传音。

林雷斟酌一下："有。那次我乘坐金属生命离开时，那人看着我离开了，而且家族中和我有矛盾的也就他们父子。"

"那人是谁？"贝鲁特问。

"弗尔翰。"林雷回复。

"哪一个？在大殿里面吗？"贝鲁特追问。

"在，"林雷看向大厅，"对面前排第五个。"

贝鲁特顺着林雷的指示看过去。

此刻，弗尔翰正在和其他长老敬酒，嘴里还说着："家族是越来越难了，我上次遇到敌方的一名长老，差点就完蛋了。"

"哦，就是那个金头发的？"贝鲁特问。

林雷回复："就是他。"

第606章
演戏

"贝鲁特大人到底要干什么？"林雷心底疑惑。家族中是否有叛徒，叛徒是否是弗尔翰，这些都没有证据，贝鲁特为什么要问这么多？

就在林雷疑惑不解的时候，大殿之上的贝鲁特将酒杯重重地放在面前的长桌上。

砰——

四神兽家族的各位族长、普斯罗等人都不禁看向贝鲁特。

"哼！"贝鲁特忽然哼了一声。

顿时，整个大殿安静下来。大家明白这位幽蓝府主不高兴了，他们可不能得罪家族的依仗。

盖斯雷森干笑两声，问道："府主大人，不知有什么事情让你不高兴了？"

贝鲁特瞥了他一眼，旋即环顾周围，目光冷厉。

"林雷他们遭到敌方八名长老的袭击，他因为解决了敌方数名长老得到了奖励，我很赞赏你们四神兽家族的这个处理方式。可是，你们四神兽家族怎么就不调查一下为什么对方会派出八名长老袭击林雷？"

贝鲁特又哼了一声，说道，"据我所知，敌方八名长老同时出手，还有三名长老使用了主神之力，很明显是要将林雷置于死地！在战斗过程中，连我的孙儿贝贝也受到了波及。幸亏我提前为他炼制了灵魂防御神器，他才能抵抗那绿色光点，否则他也会和迪莉娅一样！"

"如此大的事情，你们家族不调查，哼！"贝鲁特说了这些后不再多说。

此话一出，大殿众多长老开始神识传音议论起来，连大殿之上的四位族长也神识传音议论起来。在他们看来，贝鲁特如此生气是因为贝贝受到了波及，即使贝贝并没有出事。这一点，四大族长完全可以理解。

"府主大人，"朱雀一族族长连忙说道，"我们也知道那八名长老的袭击绝对是有预谋的，否则林雷他们刚出密尔城怎么就遇到了那八名长老？可是这事情查无可查啊！"

"查无可查？"贝鲁特冷冷地说道，"很简单，你们家族中有叛徒。"

"叛徒？"

此言一出，大殿中一片哗然。

弗尔翰更是惊得汗毛都竖起来了，心脏狠狠一抽。片刻后，他冷静下来，在心中暗道："没事，绝对没事。除了我之外，根本没人知道是我通知的八大家族。我自己不说，谁会知道？即使林雷猜疑，他有证据吗？"

弗尔翰信念坚定——不管怎么样，他都不是叛徒。

"父亲，你说真有叛徒吗？"伊曼纽尔神识传音问弗尔翰。

"说不准。"弗尔翰装作很平静的模样，神识传音，"或许有叛徒，或许八大家族真的有办法查清楚林雷的行踪。"

林雷感到十分错愕，在心中暗道："贝鲁特这未免太……"他一时间也不知道该说什么，因为他没有证据。不过在他看来，贝鲁特行事本来就很不同。

"林雷，真有叛徒？"坐在林雷身侧的迪莉娅，神识传音。

"应该吧。"林雷回复。

"是谁？那个弗尔翰？"迪莉娅朝弗尔翰看了一眼。提到叛徒，迪莉娅第一时间想到了弗尔翰。

"如果有叛徒，十有八九是他。"林雷神识传音。

这时候，盖斯雷森开口说道："府主大人，你说有叛徒，难道你有证据？"

"当然有！"贝鲁特淡笑道。

顿时，大殿再次一片哗然，连林雷也十分吃惊。

"有证据？"林雷都不知道哪里有证据。

"证据？"弗尔翰大吃一惊，"不会的，绝对不会！我的神分身传递消息时可是改变了容貌的，绝对不会有人知道这件事情。"

"证据在哪里？"盖斯雷森连忙问道，"如果真有叛徒，背叛家族……府主大人请放心，无论这人是谁，我们四神兽家族定会将他的所有分身处死，一个不留！"

盖斯雷森说得铿锵有力。

"对，定要处死！"白虎一族族长冷峻地说道。

"府主大人，不知证据是什么？"朱雀一族族长开口说道。

顿时，大殿中的所有人都看向贝鲁特，他们都不知道贝鲁特有什么证据。

"说不得，说不得！"贝鲁特却淡笑道。

众人一愣。

"府主大人，你这是？"盖斯雷森等人错愕不已，林雷也疑惑地皱起眉头。

贝鲁特淡笑道："说了也没用，因为知道这件事情的只有两个人，一个是我，另外一个便是伟大的主神。你们以为主神会为这种小事作证？至于详细的内容，事关主神的一些信息，我可不敢泄露。"

大家都傻眼了。林雷更是蒙了，怎么牵扯到主神了？

"府主大人，你的意思是没有可以拿出来的证据？"大长老的声音响彻大殿。

"对，是没有可以拿出来的证据。"贝鲁特点头说道。

大长老恭敬地回道："府主大人，你拿不出来证据，那就不能确定是否有叛徒。在没有证据的情况下，还是不要弄得人心惶惶了。"

"可笑！"贝鲁特看向大长老，"怎么，难道你认为我在撒谎？"

大长老一滞。

"妹妹，"盖斯雷森神识传音，"府主大人显然想追究这件事情，他想追究便让他追究。要找出叛徒，他至少要有一个让我们信服的理由，如果肆意指认，我们四神兽家族是不会答应的，现在还是别惹恼了他。"

盖斯雷森正色说道："敢问府主大人，你知道那个叛徒是谁吗？"

顿时，整个大殿安静下来。

贝鲁特淡笑着，伸出右手食指遥指大殿之下的弗尔翰："你们四神兽家族的叛徒便是他，弗尔翰！"

"弗尔翰！"

这个名字在大殿中回荡着，弗尔翰的脸色瞬间难看至极。

林雷心中诧异，神识传音："贝鲁特大人，你这是？"

"不用多想，我自有打算，你接着往下看就是。"贝鲁特神识传音。

众多长老转头朝弗尔翰看去。弗尔翰立即站了起来，很是恼怒，大声说道："府主大人，我弗尔翰身为家族的第三代成员，这一万余年来解决了八大家族的两名七星使徒！我儿更是在和敌人的战斗中失去了最强的神分身，你说我是叛徒？哈哈……"

弗尔翰竟然悲愤地大笑起来，令众多长老情不自禁地选择相信弗尔翰。显然，贝鲁特根本没有拿出实质性的证据便指认叛徒是弗尔翰。

如果说叛徒是四神兽家族的晚辈，或者是后面才加入四神兽家族的一些成员，长老们或许会相信贝鲁特说的话，可弗尔翰是大长老的儿子，他们不相信弗尔翰是叛徒。

"府主大人，"大长老站起来，银色面具下那双眼眸中满是怒色，冷峻地说道，"弗尔翰是我的儿子，我对他还是很熟悉的，我敢保证他绝对不是叛徒，也不可能是叛徒。"

贝鲁特的脸上依旧有一抹淡淡的笑容。

"哦？不承认？"贝鲁特瞥向弗尔翰。

"弗尔翰，你以为你做得神不知鬼不觉，你不说就没人知道？"贝鲁特淡笑道，"可你忘记了，若主神用神识探察，你根本察觉不到。"

弗尔翰心一颤："难道我所做的事都被主神知晓了？不可能，不可能！主神怎么会注意我的事情？"弗尔翰在心中不断地说服自己。

弗尔翰其实心里很慌，表面却依旧昂着头，坚定地说道："府主大人，我弗尔翰敢说自己绝对没背叛家族，绝对没有！"

贝鲁特看向弗尔翰："你认为你是清白的，对吧？"

弗尔翰昂然点头，说道："当然！"

贝鲁特微微点头："那好，如果你真是清白的，那你就不要抵抗。我对你施展迷魂，你会将事实完全说出来。"

林雷听到这话便明白了贝鲁特的想法："弗尔翰毕竟是七星使徒，在长老中实力靠前，而且也是青龙一族成员，灵魂有青色光晕保护。若是对他强行施展迷魂，估计贝鲁特大人也做不到。"

对一名七星使徒施展迷魂，很难，如果这名七星使徒的灵魂还得到了天赋保护，那就更难了。

"迷魂？"弗尔翰怒道，"府主大人，我不是叛徒！你竟然还想对我施展迷魂。虽然你是高高在上的府主大人，但我还是得说，你欺人太甚！"

"放肆！"盖斯雷森呵斥道。

弗尔翰大步上前，砰的一声，猛然跪下。

"族长，"弗尔翰激愤地说道，"事到如今，我无话可说！府主大人污蔑我就罢了，还想对我施展迷魂。我弗尔翰是伟大的四神兽家族的长老，也是一名七星使徒，如此大的屈辱，我受不了！"

弗尔翰昂首说道："族长，如果你慑于府主大人的权威让我死，那我弗尔翰今天就如府主大人的愿，在这里受死！府主大人只管动手，我不会反抗！可是，贝鲁特，即使你是府主，对我的家族有大恩，我也不容你侮辱我！我就算死了也不容你污蔑！"

弗尔翰闭上眼睛喊道："要杀，你尽管来！"

顿时，大殿中的众位长老又神识传音议论起来。

"弗尔翰，你就接受一次迷魂吧，到时候府主大人自然会知道你是清白的。"盖斯雷森说道。

"我受到的屈辱已经够多了，还让我接受迷魂不反抗？"弗尔翰流下了眼泪，高亢地说道，"族长啊，老祖宗在时，谁敢这样对待我们家族的长老？"

这句话引起了在场不少长老的共鸣。老祖宗在时，就是地狱修罗，他们四神兽家族也不放在眼里。

贝鲁特笑了。

"哈哈——"

大笑声响彻大殿，贝鲁特随即起身直接朝下面走去。

"要杀便杀吧！"弗尔翰闭上眼睛在地上跪着，一副悲愤的模样。

"府主大人。"盖斯雷森连忙说道。

贝鲁特淡笑道："你这小子演戏的本领的确不错。好，今天若我逼死了你，那就是我的不是，我就容你再活上数月。数月后，我看你还有什么话说。"

贝鲁特说完，长袍一挥朝外走去。

"我弗尔翰不是叛徒，数月后依旧不是叛徒！"弗尔翰跪着，昂首说道。

第607章

真相

贝鲁特突然离席，令大殿内的气氛有些尴尬，这一场庆贺宴席也就草草结束了。盖斯雷森等四位族长向普斯罗、贝贝、林雷他们打过招呼，先回去了。

大殿中，众位长老相继离开，弗尔翰站了起来。

"弗尔翰。"一个声音响起。

弗尔翰一抬头，看到大长老走了过来。

大长老目光冷厉，盯着弗尔翰，神识传音："弗尔翰，我问你，敌方八名长老去杀林雷是不是因为你？"

"不是！"弗尔翰毫不犹豫地回道，"母亲，我绝对不是叛徒！母亲，你要相信我！"

大长老审视了弗尔翰一番。片刻后，大长老松了一口气，声音柔和了些："好，我相信你。只要你不是叛徒，家族就不会让外人杀你。"说完，大长老也离开了。

弗尔翰既然在演戏，又岂会让大长老发现？

一座地下大殿。

弗尔翰独坐大殿之上，静静思考着："贝鲁特这么肯定我是叛徒，难道我的事真的被主神看到了？"主神虽然高贵，但也有人性，会在各地行走，说不定真的知道了。

弗尔翰脑中不断地思索着。

"哼，即使主神有所察觉，也不可能为这种小事出手吧。"弗尔翰打定主意，"只要我坚称自己不是叛徒，那我就不是！"

弗尔翰要做的只有一个——死不承认！

天祭山脉，一条大峡谷中。

贝鲁特并没居住在四神兽家族安排好的地方，而是住在了一条大峡谷中，和林雷、贝贝为邻。

林雷的住所大厅内，林雷、贝贝、普斯罗、贝鲁特围坐在一起，迪莉娅则在屋外带威迪。

"贝鲁特爷爷，既然你和主神知道这件事情，知道那弗尔翰是叛徒，干脆直接惩罚他就是了。"贝贝说道，"弗尔翰就是一个小人！"

林雷笑道："贝贝，四神兽家族的族长和长老内心都是十分高傲的，如果没证据就惩罚弗尔翰，族长、长老们即使不当场翻脸也会记恨的。"

"对。"贝鲁特点头笑道，"别看那四个族长对我尊敬得很，他们毕竟是四位主神的子女，内心都很高傲，我不能太过分。"

闻言，林雷不禁十分感激贝鲁特。贝鲁特岂会在乎四神兽家族的记恨？他这么做是担心林雷遭到排挤，在四神兽家族不好过日子。

"贝鲁特大人，你说数月后让弗尔翰无话可说，到底是什么办法？"林雷突然问道。

"对啊，贝鲁特爷爷，你有什么办法？"贝贝也很好奇。

"哈哈——"贝鲁特笑了。

普斯罗也笑着说道："贝贝，你忘了一年多前在密尔城见你卡莱罗娜奶奶的事情？那一次你得到了什么？"

"剥离的灵魂碎片，怎么了？"贝贝疑惑地说道。

贝鲁特笑着说道："这剥离的灵魂碎片是我那位老友送来的。那次我让卡莱罗娜交给你，是因为我当时正在陪我那位老友，没时间去见你。"

"弗尔翰是青龙一族的子弟，有天赋保护，我做不到对他强行施展迷魂，可是我那位老友可以做到。"贝鲁特信心十足。

能够剥离灵魂碎片的超级强者？

"如果是这人出马，"林雷心中大喜，"弗尔翰肯定逃不掉！"

"我这次因为迪莉娅的事情匆匆赶过来，还担心老友离开。不过，我刚才联系了一下他，他还在幽蓝府，数月后就会赶过来。"贝鲁特淡笑道。

"贝鲁特爷爷，有把握吗？"贝贝有些担忧，"弗尔翰有天赋保护。"

"十足把握！"贝鲁特说道。

林雷听了十分喜悦，同时也在心中暗道："贝鲁特这种超级强者结交的朋友，也是超级强者啊，竟然能对拥有天赋保护的弗尔翰施展迷魂。那人在灵魂方面取得了何等成就啊！"

等待的日子是悠闲的。

幽蓝府主指认弗尔翰是叛徒的消息在天祭山脉传播开来，不少族人暗地里很生气，认为幽蓝府主仗势欺人。

一转眼便过去了数月。

此刻，林雷和迪莉娅正在屋前逗威迪，威迪已经能摇晃地走路了。

迪莉娅扶着儿子，忽然抬头说道："林雷，上次的消息传得还真广，连我们这条大峡谷都传开了。我刚才带威迪出去逛的时候，听到大峡谷中其他支派的族人说幽蓝府主污蔑弗尔翰长老。当然，也有人说弗尔翰不敢接受迷魂是做贼心虚。不过，大多数人相信弗尔翰。"

"不用多管，等那位强者过来，一切就会真相大白。"林雷说着半蹲下来，"威迪，加油，再走几步，到父亲这里来。"

"咿——呀——"

威迪笑得咧开粉嘟嘟的小嘴，迈着小腿一步步走过来，终于走到了林雷怀里。

"父亲。"威迪甜甜地说道。

"来，亲一个。"林雷宠溺地说道。

林雷抱着儿子的时候，看了一眼旁边的迪莉娅。数月前他还处于绝望中，现在他感觉很幸福。改变这一切的就是贝鲁特，他在心中暗道："这大恩，一辈子都不能忘。"

就在林雷一家三口享受欢乐的时候——

"贝鲁特！"一个爽朗的声音在天祭山脉上空响起。

"嗯？"林雷、迪莉娅都诧异地抬起头。

贝鲁特、普斯罗、贝贝从屋内接连飞了出来，贝鲁特对林雷笑着说道："林雷，我那位好友来了。走吧，该是那弗尔翰露出真面目的时候了。"

于是，林雷、迪莉娅带着孩子，跟着他们飞向大峡谷上方。

天祭山脉上空，一道伟岸的身影被一件墨绿色的大袍子罩着，墨绿色的鬓发披散着，粗黑的眉毛如两柄剑。那个人就这么在天祭山脉上方凌空而立。

一大群巡逻战士都不敢靠近那个人。

很快，盖斯雷森率领数名长老赶过来了。

"族长，那个怪人飞到那里喊了一声'贝鲁特'，然后就不动了。我们想赶他走，可凡是靠近他的兄弟都会失去意识从空中摔落下去。等落到了地面，他们又会恢复意识。"巡逻战士的队长连忙禀报。

盖斯雷森听到这话，不禁眉头一皱。

当即，盖斯雷森飞过去，朗声说道："我乃青龙一族族长盖斯雷森，不知道你是？"

那个怪人睁开眼睛，朝盖斯雷森看过来。

盖斯雷森被那个怪人看了一眼后，心一颤，因为他看到了那个怪人双眼中的两道虚幻蛇影。

"盖斯雷森，"怪人冷冷地说道，"我在等贝鲁特。"

盖斯雷森眉头一皱。他知道眼前这个人实力很强，但是他不惧。他最强的就是灵魂防御，毕竟他有一件完好的灵魂防御主神器。

"那请到我那里坐下休息，好等府主大人。"盖斯雷森笑着说道。

"不用。"怪人说道。

"哈哈，丹宁顿，你速度可慢了些啊。"爽朗的笑声响起，贝鲁特的身影在远处出现，仅仅片刻，他就出现在了盖斯雷森等人的面前。

林雷、贝贝他们则还在后面飞行。

"贝鲁特。"丹宁顿笑了起来，当即迎了过去。

林雷、迪莉娅他们飞过来了，不禁看向丹宁顿。

在林雷看来，丹宁顿那头长长的鬈发好像一条条细长的青蛇。

"嗯？"林雷一惊，"好诡异的感觉。"

"府主大人，这位就是丹宁顿？传说中混乱之海的丹宁顿？"盖斯雷森觉得难以置信。

地狱中的许多传奇人物，就是盖斯雷森也只听说过名字从没见过，丹宁顿便是其中一个。丹宁顿是地狱中可以和贝鲁特媲美，甚至比贝鲁特还要传奇的人物。

"对。"贝鲁特笑着说道，"我这位好友便是混乱之海主神之下第一人，丹宁顿！"

地狱主要分五块陆地、两大海，其中，混乱之海的范围最大，也是高手最多的地方。

丹宁顿在无数年前就已经名震地狱，他修炼死亡规则快修炼至大成了。

死亡规则是四大规则（死亡规则、毁灭规则、命运规则、生命规则）之一，不同于七大元素法则。七大元素法则中含有明确的奥义，奥义之间的融合也是非常清晰的，可是四大规则不同。四大规则中没有蕴含明确的奥义，修炼四大规则是否达到了中位神境界、上位神境界，由天地法则判断，外人是判断不出来的。

丹宁顿是否达到了大圆满境界，没人知道。

可是——

在地狱中，提到灵魂方面的最强者，估计绝大多数强者会说出"丹宁顿"的名字，一个强大到逆天的人物。

如果说贝鲁特的强大是通过一场惊天大战证明的，那丹宁顿的强大则是经过无数年考验公认了的。

许多人认为丹宁顿修炼到了死亡规则的极限，应该达到了大圆满境界。不过丹宁顿不说，别人也无法百分之百确定。

"盖斯雷森，你去安排人将弗尔翰带过来吧。"贝鲁特开口说道。

盖斯雷森有些明白了，便吩咐一名巡逻战士去喊弗尔翰。

贝鲁特、丹宁顿并肩飞行，盖斯雷森、普斯罗、林雷、贝贝、迪莉娅他们跟在后面。

"普斯罗，丹宁顿是混乱之海主神之下第一人，很强？"林雷神识传音。林雷在地狱才待了一千多年，不了解地狱中的一些传奇人物。

"很强。"普斯罗神识传音，"丹宁顿估计是达到了大圆满境界的上位神，你说他强不强？"

林雷被吓了一跳，不禁再次看向丹宁顿。

飞行过程中，丹宁顿的墨绿色长鬈发肆意飘扬，会让人产生错觉，觉得那墨绿色长鬈发一会儿是一条条长蛇，一会儿是一支支冰冷的箭矢……

盯着丹宁顿时间久了，脑袋就有些发晕。

"真可怕。"林雷在心中暗道。

"老大，我感觉丹宁顿身上的袍子好像一只深海怪兽，好怪。"贝贝神识传音。

原来，产生错觉的不止林雷一人。

一间大厅内，众人依次坐下。

林雷抬头朝大厅门口看去，正好看到大长老大步走进来。

大长老说道："大哥，刚才大声喊府主大人的是哪位啊？"

盖斯雷森站了起来，招呼道："妹妹，这位就是混乱之海的丹宁顿先生。"

大长老一惊。

"丹宁顿先生。"大长老友好地说道。

四神兽家族称呼贝鲁特为"府主大人"，是因为贝鲁特对他们有恩，至于其他人，即使实力和贝鲁特相当，他们最多称呼"先生"。

大长老刚坐下，外面又传来脚步声。

"哈哈，终于来了。"贝鲁特笑道。

"哪一个？"丹宁顿开口问道。

"那个金头发的。"贝鲁特说道。

此时，弗尔翰和几名长老一起走了进来。当看到大厅中的贝鲁特时，弗尔翰的脸色就有些不好看。

"哦。"丹宁顿应了一声。

忽然，丹宁顿的双眸射出两道灰蒙蒙的光芒，一下子就笼罩住了弗尔翰，弗尔翰根本连反抗的机会都没有。

林雷不禁眼睛一亮："丹宁顿这一手来得突然，弗尔翰的脑海中定有一番争斗。"

果然，弗尔翰脸上的肌肉抽搐了一下，随即平静下来。

"好了。"丹宁顿笑了，转头看向贝鲁特，"青龙一族的天赋还真够厉害的，我可拿出真本事了。"

贝鲁特也笑了起来："别诉苦了，帮我审问他一番。"

"你们干什么？"大长老着急地说道。

"施展迷魂。"贝鲁特淡笑道，"他是否清白，你们接着看就知道了。"

盖斯雷森连忙对大长老使了个眼色，既然人家都已经施展迷魂了，那就顺其自然吧。

"哼。"大长老哼了一声，坐了下来，"若发现我儿不是叛徒，看你们如何收场！"

"如何收场我管不着，贝鲁特负责。"丹宁顿的脸上浮现出一丝笑容。

"弗尔翰，告诉我，敌方八名长老偷袭林雷，可是你通风报信的？是不是你告诉了八大家族林雷的行踪？"丹宁顿平静地问道。

盖斯雷森、大长老及数位长老，包括林雷他们，都紧张地看向弗尔翰。

林雷盯着下方的弗尔翰，在心中暗道："如果不是他可就难收场了。"

弗尔翰一脸平静，双眼无神，机械地回道："是。"

这声音回荡在大厅中，令一大群人顿时安静下来。

大长老戴着银色面具，无法看到她的表情，但是可以看到她双眸中的难以置信。

"听到了吗？"贝鲁特笑着看向大长老、盖斯雷森。

"怎么可能？"大厅中的众位长老十分震惊。

在被施展了迷魂的情况下，任何人都不会撒谎。

"问他，问他为什么！"大长老身体发颤，她不愿相信也不明白自己的儿子为什么会走到这一步。

丹宁顿继续开口问道："为什么通风报信？为什么害林雷？"

"他该死，"弗尔翰机械地说道，"他一个家族晚辈凭什么得到青龙之戒——老祖宗的主神器？"

"主神器？"丹宁顿不禁吃惊地看向林雷，其他长老也吃惊地看向林雷。

弗尔翰继续说道："他得了主神器就罢了，我儿因他间接损失了最强的神分身。他仅仅是中位神就这么厉害，等成了上位神定会在我之上。要我弗尔翰仰人鼻息，这简直是折磨，他一定要死。"

"中位神！"不少长老诧异地看向林雷。他们不仅不知道林雷有主神器，也不知道他是中位神。

"原来是这样，原来是这样。"大长老站了起来，喃喃道。

嗖——

大长老陡然出现在弗尔翰的身旁，猛然一掌拍击在弗尔翰的脑袋上。砰的一声，爆裂声响起，两枚神格落到了地上。

林雷倒吸了一口气："这大长老……"

整个大厅瞬间安静下来，连贝鲁特、丹宁顿也惊异地看向大长老。

"背叛家族者，所有分身都不能留！"大长老低沉地说道，眼睛湿润了，但很快就干了。

弗尔翰背叛家族，这个消息已经令不少人震撼了，现在大长老突然出手，亲手击毙了她的儿子弗尔翰，更是让整个大厅一时间寂静无声。

片刻后，低沉的叹息声响彻大厅："没想到真是他！"说话的正是盖斯雷森。

林雷则审视着大长老："大长老竟然这么果决，击毙了自己儿子！"林雷惊叹不已。

"大哥，弗尔翰已经受到惩罚了。"大长老冷冷地说道，"此事已经了结，我便退下了。"

"嗯，你回去休息吧。"盖斯雷森明白自己妹妹心里不好受。

"等一下。"一个声音忽然响起。

大长老不得不停下来，转头看向坐在主位上的贝鲁特，低沉地说道："府主大人，不知道你还有什么事情？"

她语气平静，可是林雷感受到了这其中蕴含的恼怒，不禁朝贝鲁特看去。

贝鲁特脸上带着一抹淡笑，开口说道："按照你们四神兽家族的规矩，这背叛家族者，所有分身都不能留，对吧？"

"是。"大长老仰头看着贝鲁特，"不知道府主大人问这个干什么？"

"我想知道弗尔翰有几大分身。"贝鲁特淡笑道。

大长老沉默起来。她戴着面具，没人看得到她的表情。不过，林雷看到大长老的身体在发颤。

"连本尊一共有三大分身。"大长老低沉地说道，"我儿的本尊只达到圣域境界，所以他只有两枚神格。不知道府主大人对我的回答可还满意？"

大长老很明显语气不善。

"妹妹！"盖斯雷森低喝一声。

贝鲁特淡然一笑："没事，亲手击毙自己的儿子，心情不好我能理解。不过，盖娅，我希望你记住，你儿子是家族叛徒，他该死。"贝鲁特说话毫不留情。

大长老身体一颤。

"好了，"贝鲁特站了起来，"事情已经解决，丹宁顿、普斯罗、林雷，走，我们都回去吧。"

林雷等一群人立即起身跟上。

贝鲁特经过弗尔翰的尸体时，冷冷地说道："还是尽快处理一下这里吧，躺在这里污人眼睛。"说完，贝鲁特便走了出去，丹宁顿他们也跟着离开了。

林雷离开时看了一眼大长老，只见大长老一挥手，地上的尸体便消失了。

"走吧，走吧，没想到弗尔翰竟然是叛徒。"那些长老也一一离开了大厅。

片刻后，大厅中只剩下盖斯雷森、大长老了。

大长老站在大厅中央，一动不动。

"妹妹，弗尔翰是家族叛徒，他死有余辜。"盖斯雷森走过来，一拍大长老的肩膀。

弗尔翰是家族叛徒，四神兽家族的族人都会瞧不起他，即使他死了，也不会有人怜悯他。

"我知道，"大长老声音低沉，"可我还是难受。嗯，大哥，我回去了。"大长老不再多说，掉头离开。

弗尔翰是家族叛徒，被大长老亲手击毙，恐怕整个天祭山脉最伤心的就是大长老了。

大峡谷。

林雷他们一群人飞了下来，围坐在屋前的石桌边。

"哈哈，痛快，痛快！"贝贝大笑道，"弗尔翰罪有应得！当初弗尔翰父子就眼馋老大的盘龙戒指，之后还激老大出去战斗。这次遇袭的事情，我也怀疑过他们，没想到只有弗尔翰出手。"

林雷不禁笑了。他也怀疑过弗尔翰，却没有证据。贝鲁特为什么敢那么做？难道贝鲁特就不怕冤枉了弗尔翰？

如果弄错了，贝鲁特该如何下台？林雷对此一直很疑惑。

林雷斟酌了一下，还是提出了自己的疑惑："贝鲁特大人，你怎么那么有把握弗尔翰就是叛徒？"

贝鲁特看向他，眼中有一丝戏谑之意："这可是你告诉我的。"

"我当初说我没证据，只是怀疑。"林雷连忙说道。

"哈哈——"丹宁顿似乎听到了笑话，大笑起来。

林雷一头雾水，这有什么好笑的？

贝贝开口说道："贝鲁特爷爷，难道你和主神事先知道这件事情？"

"我怎么可能事先知道？"贝鲁特笑道，"如果我事先知道，早就命人来提醒林雷了。实际上在今天之前，我也没有十足把握。"

林雷一怔，没把握？

"可贝鲁特大人，你连丹宁顿都请来了，还强行对弗尔翰施展了迷魂。如果弗尔翰不是叛徒，那不是很难堪？"林雷连忙问道。

"哈哈——"丹宁顿再次笑了起来，瞥了一眼贝鲁特，说道，"贝鲁特，你就别戏弄林雷他们了，还是我来说吧！"

丹宁顿开始揭晓真相，林雷赶紧仔细听着。

"你们这位贝鲁特大人根本没把握确定弗尔翰是叛徒。"丹宁顿笑道，"所以，他请我对弗尔翰施展迷魂之后，快速检查一下弗尔翰的记忆。"

正常情况下，神级强者的记忆是无法被探查的，可是一旦被施展了迷魂，神级强者就没有丝毫反抗能力，如丹宁顿这种逆天人物，便能轻易探查。

"在探查记忆的那一瞬间，我就知道，"丹宁顿笑道，"他是叛徒！"

"可如果他不是呢？"贝贝连忙问道。林雷也疑惑地看着丹宁顿。

丹宁顿笑着说道："如果不是，那简单。"

"我会立即让弗尔翰恢复清醒。"丹宁顿瞥了一眼贝鲁特，说道，"然后，我便夸赞一番'青龙一族果然名不虚传，连我也无法对他强行施展迷魂'。"

丹宁顿此话一出，林雷、迪莉娅、贝贝完全蒙了。

的确，被施展了迷魂的人会暂时失去意识，如果丹宁顿立即让弗尔翰清醒过来，弗尔翰只会觉得脑袋有点晕，没有其他感觉。

林雷、盖斯雷森、大长老等在一旁观看的人也不会知道弗尔翰的记忆被探查过。

"厉害。"林雷在心中暗道。

如果弗尔翰不是叛徒，丹宁顿故意说不能对他施展迷魂，那只会让盖斯雷森、大长老等人觉得有面子，因为他们会认为丹宁顿这种超级高手都无法对家族长老施展迷魂。

"真是好主意！"贝贝惊叹道。

"好什么好？"丹宁顿摸了摸自己的八字胡，"如果弗尔翰不是叛徒，那损失的可是我丹宁顿的名声。"

"放心，"贝鲁特笑了起来，"你的名声不会受损的。即使你公开说没办法对弗尔翰施展迷魂，别人也只会认为是青龙一族天赋厉害，不会认为是你实力差。"

丹宁顿扬眉一笑。他的实力可是在一场场惊天动地的大战后得到大家认可的。混乱之海主神下第一人，谁敢看不起？

"林雷、贝贝，"贝鲁特忽然说道，"经过这件事情，大长老虽然无话可说，但心中肯定不甘，我看你们还是离开天祭山脉去我那里吧。"

离开天祭山脉？林雷不由得转头看向迪莉娅。

"好啊！"贝贝欢快地说道，"在天祭山脉很无聊。爷爷的府主府邸我还没去过呢，要好好玩玩。"

"迪莉娅，你认为呢？"林雷看向迪莉娅，神识传音。

迪莉娅看了看怀中的威迪，神识传音："威迪还小，还是别在外面折腾了。等以后威迪可以独立了，我们出去逛逛也行。"

"嗯。"林雷点头，打定主意了。

"老大，去吗？"贝贝询问道。

林雷笑着摇头说道："贝鲁特大人、贝贝，我就不去了，威迪还小。更何况，我和迪莉娅是住在这条偏僻的大峡谷里，和玉兰大陆位面一脉的人住在一起，日子还是很舒坦的。至于那大长老，我若不去血战谷，她即使心里不甘，又能怎么样呢？"

"嗯。"贝鲁特淡笑着点头。

"唉！"贝贝叹气道，"老大，你就陪迪莉娅和你儿子吧，我先出去了。"

林雷笑着点头。他看得出来，贝贝虽然一直待在这里，可是心不在这里。

"估计贝贝还牵挂着妮丝吧。"林雷暗叹一声，"不过，妮丝应该在碧浮大陆。"

傍晚，贝鲁特、丹宁顿、普斯罗、贝贝离开了天祭山脉。在他们走之前，四神兽家族的四大族长等一大群人都出来送行了。

之后，林雷的日子又恢复了平静，他除了陪伴妻子、儿子，便是安心修炼。

一转眼三年过去了。

林雷在屋内看书，四大神分身则在修炼。

"父亲，雪好厚啊，你快来看啊！"一个清脆的声音忽然从屋外传来。

林雷听了不禁笑着起身，朝屋外走去。

一个全身穿得臃肿，皮肤粉嫩的孩子——威迪，正欢快地抓着雪球玩耍着，迪莉娅在一旁陪着他。

"父亲，你看，那是我堆的雪人。"威迪见林雷出来，连忙跑过去，嘴里还喊着。

威迪一蹬地面，直接跃起，一把抱住林雷："父亲，雪人在那里呢，你看。"威迪小脸粉嫩，似乎一掐就能掐出水来。

林雷看着威迪，不禁感慨万千。

当初在玉兰大陆，莎莎和泰勒处于成长阶段时，他在众神墓地和众人闯荡，没有陪过他们。现在，他能陪伴威迪成长，他感觉很幸福。

"哦，威迪，这就是你堆的？"林雷看过去。

雪人由一大一小两个雪球堆成，上面的雪球弄出了鼻子、眼睛的形状，而且雪人一共有三个，两大一小。

"嗯。"威迪郑重其事地点头，"父亲，你看，这个是你，这个是母亲，这个是我。"

林雷听得笑了起来。

"威迪，别老挂在你父亲身上，下来。"迪莉娅说道。

"哦。"威迪乖乖地松开林雷，跳了下来，可是脚下一滑，栽了一个跟头。

迪莉娅见了，赶紧上前把威迪扶起来。

林雷笑了笑，随意地走在雪地上，一步一个脚印。

雪早就停了，可是地面的积雪比较厚，乍一看，视野范围内尽是银白色。

"父亲，父亲。"后面传来威迪的喊声。

林雷转头看过去，无意中瞥到了一抹绿色。那是在不远处积雪深深凹陷下去的地方，顽强地冒出来的一抹绿色。

看着那一抹绿色，听着威迪一声声喊"父亲"，林雷的脑海中快速闪过一幕幕场景：威迪出生；迪莉娅昏迷不醒，他悲痛欲绝疯狂战斗；他满怀希望又再次失望；他失而复得后的感动；这几年既平静又幸福的生活……

轰——

林雷的灵魂海洋中迸发出一点绿光，瞬间，绿光大盛，照耀整个灵魂海洋。

第609章

生之力奥义

扶着威迪的迪莉娅突然发现林雷一动不动，连眼睛都闭上了，不禁在心中暗道："林雷怎么了？难道……"

林雷此刻的状态让迪莉娅想到了顿悟、突破。

没错，林雷现在确实顿悟了。这一刻，他终于跨过了地系元素法则中生之力奥义的门槛。

修炼元素法则中的奥义有两大难关：一为入门，二为突破。这是单靠努力不行的，需要天赋，需要机遇，需要顿悟。一旦顿悟，之后的领悟速度就是非常惊人的，不过还需要苦修。

片刻后，林雷睁开了眼睛，看到迪莉娅在看着他。

"入门了？"迪莉娅轻声问道。

林雷笑着点头，说道："嗯，生之力奥义总算入门了。果然，领悟奥义没有那么简单。经历了那么多事，心境逐渐改变，然后就顿悟了。"

迪莉娅的脸上不禁浮现出笑容。

"林雷，你不是说达到上位神境界后再去融合奥义，难度就变大了吗？"迪莉娅突然询问道。

融合某种元素法则中的奥义，最好是在某一种奥义入门后就开始与已经领悟到的奥义融合，这样融合的难度会小一些。若是将某种元素法则中的几种奥义分别修炼至大成再去融合，那就很难了。这好比一开始就在两条路上行走，最后想让两条路变成一条路，很难。

"是啊，奥义融合比奥义入门还难。"林雷感叹道，"否则无数年来，达到大圆满境界的上位神就不会那般稀少了。"

"越往后修炼，奥义融合的难度就越大。"林雷感叹道，"你看我，在地系元素法则方面已经融合了大地脉动、重力空间、土之元素三种奥义，用时不足千年。我想把力量奥义与这三种奥义融合，但现在已经过了六百多年，我也只是让力量奥义和大地脉动奥义融合罢了，还没有与其他奥义融合。"

林雷觉得自己一点进步都没有，但真的是这样吗？和其他修炼者相比，林雷的修炼速度很快了。

纵观地狱历史，修炼者如果要融合某种元素法则中的四种奥义，即使是天才，至少也要一万年。

"若是我能达到上位神境界，我的实力就会提升，也能更好地领悟奥义。"林雷十分自信，"到时候，即使面对修罗，我最起码也能保住自己的性命。"

林雷若达到了上位神境界，灵魂就会变强，再通过吸收紫晶中的灵魂能量，他的灵魂更是会强大到一个崭新境界。在这种情况下，他施展出的黑石牢狱的威力也会更大。面对这一招，就是七星使徒也难以抵抗。

"而且，只有达到上位神境界，才有希望修复盘龙戒指。"林雷感叹道，"虽然我现在能用精神力勉强修复盘龙戒指，但我毕竟只是中位神，精神力太弱，不能真正修复好。一旦我达到上位神境界，再靠紫晶，完全修复好盘龙戒指的概率就大了，届时盘龙戒指也能发挥出真正的威力。"

时光如流水悄无声息地流淌着。

林雷在大峡谷中安静地修炼着，实力在稳步提升。

威迪终于长大成人，百年期到，他也进行了宗祠洗礼。

看着威迪，林雷感慨万千。

为了成为神级强者，林雷经历了许多磨难才走到现在的位置。威迪则没有经过那么多磨难，一次宗祠洗礼就让他直接成为水系下位神。

"威迪的实力太弱，在地狱中，下位神根本不能乱闯。"林雷虽然想让威迪去外面磨炼一番，但也不愿让威迪去外面送死。

于是，林雷就让威迪经常和天祭山脉中的其他下位神切磋。

距离弗尔翰被击毙的事情已经过去了一百多年。

四神兽家族的高层感到越来越压抑，因为他们的长老损失得太多了，八大家族也越来越疯狂。

盖斯雷森住处。

"族长，"加维急切地说道，"不能再这么下去了！再这么下去，一千年内，我们青龙一族恐怕就没几个长老了。"

盖斯雷森背对着加维，沉默着。

"族长！"加维急切地喊道。

"那你说该怎么办？"盖斯雷森低沉地说道。

加维迟疑了一会儿，旋即咬牙说道："族长，将族内人马都收回吧。别管在固定线路上叫嚣的八大家族了，我们就在天祭山脉好好休养生息！"

盖斯雷森再次沉默了。

四神兽家族曾经何等荣耀，名声传遍四大至高位面、七大神位面，没有一个家族敢瞧不起他们。可在他们的四位主神陨落后，过去对他们不满的家族竟然联合起来对付他们。

家族荣耀不可侵犯。

无数年来，面对八大家族的联合进攻，四神兽家族子弟即使殒命也不低头。

四神兽家族的子弟都是高傲的！

"让我们四神兽家族屈服，龟缩在天祭山脉内不出去？"盖斯雷森低沉地说道，"加维，你知道外面会怎么传吗？他们会说我们四神兽家族被八大家族打得不敢出去，只敢偏居一隅，是一群胆小鬼！我敢肯定，八大家族一定会竭力地去宣传这件事，将其传遍地狱，传遍四大至高位面！"

有些人会觉得盖斯雷森的想法很可笑，那是因为他们没有在盖斯雷森那个位置上。

在普通的物质位面都会有人为了家族荣耀牺牲生命，更别说是在四大至高位面之一的地狱中拥有永恒生命的神级强者们了。对他们而言，家族荣耀甚至比生命更加重要！

"加维，你回去吧。"盖斯雷森叹气道。

"族长！"加维急了。

"我让你回去！"盖斯雷森重重地说道。

加维一怔，旋即无奈离去。

大厅内只剩下盖斯雷森了，他皱着眉头，心中是无尽的烦恼。

他以前从来没想过四位主神会陨落，更没想过他们陨落后，压力都到了他的身上。

大峡谷内。

林雷、迪莉娅、威迪一家三口正在一起吃饭。

此时威迪已经是一名帅气的青年了，身高比林雷还要高点，只是比林雷消瘦些。

"林雷！"一个声音突然响起。

林雷一抬头，看见加维从半空落下。

看到林雷一家三口其乐融融的画面，加维感叹一声："林雷，你的日子还真是够悠闲的，无忧无虑。"

"坐。"林雷指着对面的一条凳子，"家族的事情让你烦恼了？"

"嗯！"加维坐下。

"加维叔叔。"威迪喊道。

加维笑着点头："时间过得真快。一百多年前，你抱着威迪、迪莉娅赶回来，那次的动静可真大。"

林雷笑着点点头："对了，加维，家族又发生什么事情了？"

加维苦涩地说道："就在今天，家族又有一名长老的最强神分身陨落了！现在我们青龙一族中，是七星使徒的长老，加上林雷你也只有十七名了。"

"十七名！"林雷一怔。

他记得自己当年担任长老时，青龙一族有三十多名长老，现在却只剩下十七名了。

"我知道这个消息后想了许久，然后去找了族长。我建议族长不要让长老们再出去战斗了，都回天祭山脉。"加维提出这个建议其实心中难受得很，毕竟他也看重家族荣耀。

"族长怎么说？"林雷询问道。

"他没答应。"加维喝了一口酒，"每十年，有时候才几年，四神兽家族便有一名长老陨落。这么下去，我们四神兽家族还能有几名长老？"

林雷也感到无力。在这种家族之间的战斗中，个人力量根本微不足道。

"来，不说了，喝酒。"加维举杯。

"喝酒。"林雷回应道。

片刻后，迪莉娅和威迪离开，只剩下林雷和加维一边闲聊一边喝酒。

"嗯！"林雷仰头，嘴角有一丝笑意，"终于回来了。"

"老大！"一道身影从天而降，头上戴着一顶草帽，正是贝贝。自从那天随贝鲁特离开，贝贝这一百多年来还没回来过。

林雷起身。

"老大，想死你了！"贝贝一上来就给了林雷一个拥抱。

林雷和贝贝亲近如亲兄弟，一百多年没见，两人此刻自然开心得很。

"贝贝，好久不见。"加维也打招呼。经过一百多年前的那件事，天祭山脉的长老们都知道贝贝是幽蓝府主的孙儿了。

"加维长老。"贝贝也打了声招呼。

"这一百多年干什么去了？"林雷笑着问道。

贝贝一摸鼻子，得意地说道："这一百多年里，我逛遍了整个幽蓝府，去了好多隐秘的地方。幽蓝府还真大，一百多年，我也只是将一些重要地方逛了一遍。"

"哦，怎么不继续玩了？"林雷又问道。

贝贝撇嘴，说道："没意思了，不想玩了。"

林雷却从这句话中感受到了一丝寂寞。

这时候，迪莉娅和威迪从远处走了过来。

迪莉娅老远便笑着说道："贝贝，你出去一趟这么久啊。你看我旁边是谁，你可认识？"

"你旁边是谁？"贝贝一怔。

"威迪。"迪莉娅笑道，"想起来了吗？"

"啊，那个小家伙？"贝贝顿时笑了起来。

林雷看着和威迪高兴谈论起来的贝贝，在心中暗道："贝贝太孤独了。等家族的事情解决了，就陪贝贝去一趟碧浮大陆找妮丝吧。"

地狱，碧浮大陆，凉安府，贝斐城。

街道上，一男一女正并肩走着。

"妮妮，哥哥今天特地陪你出来逛逛，笑一笑嘛。"这一男一女正是萨洛蒙和他的妹妹妮丝。

自从贝贝跳入金色岩浆湖，妮丝认为贝贝死了后，她便受到了很大的打击，也对萨洛蒙的态度发生了变化。

"嗯。"妮丝应了一声。

此时，他们身旁有人在议论着。

"那个记忆水晶球记录的战斗还真是精彩啊！不知多少年没见过这种超级高手之间的决战了。对方有八名七星使徒，其中三个使用了主神之力。还有，那名叫林雷的青龙一族的长老，一人就解决了五名七星使徒，太可怕了！"

当年，林雷遭到八大长老的袭击，那场大战被当时围观的一些人用记忆水晶球记录下来了。很快，这些记忆水晶球流传开来，林雷的名字也传播开来。

一百多年后，这些记忆水晶球终于从血峰大陆传到了碧浮大陆。

听到熟悉的名字，萨洛蒙、妮丝都愣住了。

"林雷？"妮丝喃喃道，她一直认为林雷和贝贝都死了，"同名吗？"

"林雷？三个使用了主神之力？"萨洛蒙也十分震惊。

第610章
去意已决

这几句话的内容实在太令人震撼了，这样的记忆水晶球也很少能流传出来。

"怎么可能是林雷？"萨洛蒙觉得难以置信。

从这些议论中，萨洛蒙得知那所谓的林雷是青龙一族的，而他认识的林雷也是青龙一族的。

"难道真的是他？"萨洛蒙不敢相信，"他也就是一个中位神，怎么能解决五名七星使徒？绝对不是，绝对不是！"

一人解决五名七星使徒，令人震惊。

在萨洛蒙看来，林雷即使成长得再快也不可能达到如此地步。

"哥，你听到了吗？他们说林雷！"妮丝转头看向萨洛蒙，眼中满是难以置信，同时心中也升起了一丝希望。

她原本以为林雷、贝贝都殒命了，现在林雷活着，那贝贝也可能活着！想到贝贝可能还活着，她千余年来沉寂的心再次激动起来。

"或许是同名。"萨洛蒙不屑地说道，"你也知道林雷，一个中位神而已，即使面对普通的上位神，他应付起来都不容易。一人对付五名七星使徒，你信吗？"

妮丝一怔。

"好了，别管那些闲言闲语，估计是某个超级高手的名字和林雷一样。"萨洛蒙淡笑道，"走吧，今天去购买衣服。你喜欢什么尽管选。"

萨洛蒙不希望妮丝去看那记忆水晶球。如果不是林雷还好，一旦是林雷，以妮丝的性格，一定会去找贝贝。

"我们去看记忆水晶球吧。"妮丝说道。

萨洛蒙摇头说道："看什么记忆水晶球？你还以为林雷活着？"

"我不知道。不管是不是我们认识的林雷，就凭那个记忆水晶球记录的战斗也值得专门去看看。"妮丝转头就走。

萨洛蒙只能跟上，暗忖道："那林雷早死了。这个超级高手这么厉害，肯定不是他，只是同名罢了！"

萨洛蒙还是不相信林雷变得那么强了。

贝斐城专门看记忆水晶球的营业性场所有三家。

如今这三家场所门口都聚集了一大群人，一个个缴纳墨石进入里面观看记忆水晶球。当萨洛蒙、妮丝到了门口的时候，也惊讶于人数之多。

看完的人从侧门一个个出来，还在讨论着。

"真是精彩，那青龙一族的长老太可怕了！"

"嗯，那个青龙一族的长老的土黄色光罩一出，对方的那几名长老就变得很吃力了！"

听着旁边的议论声，萨洛蒙和妮丝愈加好奇起来，赶紧排队缴纳了一百块墨石进入里面。

在里面，观看记忆水晶球的大厅足足有六个。

"你们去五号大厅，里面刚刚结束播放，马上就会重新放映。"

萨洛蒙、妮丝进入五号大厅，寻了位子坐下。

很快，五号大厅的人越来越多。妮丝盯着大厅的最前方，身体在微微发颤。

"妮妮，放松点吧，"萨洛蒙安慰道，"别抱太大希望。"

妮丝却一言不发。

突然——

大量水系元素在大厅前方的半空凝聚，一个记忆水晶球很快就出现了，同时一个声音响起："各位，这场大战发生的地点在血峰大陆幽蓝府，密尔城外大概数千里的一处山林中。"

顿时，大厅安静下来。

那个声音还在继续解说："这些对战的高手中，至少有八名七星使徒。根据我们的推断，在幽蓝府境内，只有四神兽家族和八大家族才有可能派出那么多七星使徒。现在，大家请开始观看吧。在这个记忆水晶球开始记录的时候，已经有一名七星使徒殒命了，尸体在地上，还散发着光芒。大家仔细看，能够看到。"

说完，大厅前方半空的记忆水晶球开始播放起画面来，大厅中的所有人顿时安静下来。

记忆水晶球中出现了两场对战，一场是以普斯罗为主，一场是以特维拉为主。单单这两场对战就让观看的人十分震撼。

这些对战的人，好几个的体表散发出不同的光晕，仅凭一招一式就会令空间产生裂缝。

"这四人中就有三个使用了主神之力！"萨洛蒙十分震惊。

"林雷在哪里？"妮丝则一直在找人，"贝贝呢？"

此时，记忆水晶球中出现了一具躺在地面上的灰袍人尸体，尸体上散发着光芒。他就是战斗一开始被普斯罗解决的那名七星使徒。

画面一转，地面像波浪一样翻滚起来。

过了片刻，地面猛地爆裂开来，一道身影冲天而起。

妮丝和萨洛蒙一惊。那些尖刺、那条龙尾、那双暗金色的眼睛，是那般熟悉！

有五名七星使徒在追杀那个人。那个人体表散发着青色光晕，是因为使用了水系主神之力。追杀那个人的五名七星使徒中，有一个的体表散发着黑色的光晕。

"是林雷！"妮丝十分激动。

"这……"萨洛蒙十分震惊。

他们都见过林雷的龙化形态。

"哥，是林雷，是林雷！"妮丝压制不住内心的激动，神识传音，"肯定是他，没错！"

"妮丝，不一定。"萨洛蒙神识传音，"青龙一族人口众多，龙化形态也会有相似的。更何况这才过了千余年，你认为林雷会变强这么多？不可能的。"

妮丝一怔，难道真有人的龙化形态和林雷的相像？

妮丝对四神兽家族不是很熟悉，并不清楚林雷的龙化形态是独特的。

随即，萨洛蒙、妮丝继续观看。

记忆水晶球中，那个人开始发狂，用额头上的尖刺解决了一名七星使徒，另外四名七星使徒想逃跑，但最终被一一解决了。

那个人飞向地面，在一名躺在地面上的女子身前跪坐下来。

"迪莉娅！"妮丝的眼睛一下子瞪得滚圆。

"是迪莉娅！"萨洛蒙也愣住了。

那个人恢复了人类形态，正是萨洛蒙和妮丝当初认识的林雷。

画面中，林雷抱着婴儿，又有两个人出现了，其中一个就是妮丝日思夜想的人。

"贝贝！！！"妮丝十分惊喜。

此时，林雷、迪莉娅、贝贝都出现在了记忆水晶球中。

"怎么可能？怎么可能？"萨洛蒙还是觉得难以置信。

"哥，真是的他们，真的是他们啊！他们没死，没死！"妮丝惊喜地神识传音。

记忆水晶球中的最后一个画面——

林雷抱着迪莉娅，普斯罗抱着婴儿，并肩飞走了。

"根据当初记录的人讲述，那个青龙一族的长老名叫林雷，地面上那个女子应该是林雷长老的亲人，那个女子殒命了，林雷长老才那般悲愤。"

萨洛蒙、妮丝走在大街上，妮丝脸上有着难掩的兴奋。

"哥，他们真的没死，真的没死！"这千余年来，妮丝从来没有这么开心过，"贝贝还活着，他还活着！"

"嗯，是好消息。"萨洛蒙应道。

不过，萨洛蒙的心情复杂得很。当初，他误以为林雷告密，一怒之下要杀林雷，最后令林雷夫妻二人陷入了金色岩浆湖中。没承想，林雷活得好好的，还变得这么强。

"可是，迪莉娅怎么了？"妮丝担忧地说道，"那个声音说迪莉娅死了。"

妮丝还记得林雷在迪莉娅身旁悲愤号叫的画面。

妮丝虽然听不到记忆水晶球中的声音，但是从林雷的神态完全可以感受到他的悲痛。

"哥！"妮丝喊道。

"嗯？"萨洛蒙看向妮丝。

妮丝看着萨洛蒙，坚定地说道："哥，我决定了，去血峰大陆幽蓝府！"

"胡闹！"萨洛蒙急了，他最担心这个，"妮妮，从碧浮大陆到血峰大陆，那可不是儿戏。你一个中位神怎么过去？太危险了，不行，绝对不行！"

妮丝看了萨洛蒙一眼，不再多说。她主意已定，刚才只是和萨洛蒙说一声而已。

看到妮丝的表情，萨洛蒙更急了。

"妮妮啊，你的实力太弱，而且从碧浮大陆到血峰大陆还要过海，这一路真的太危险了。"萨洛蒙焦急地说道。

"你说也没用。"妮丝这次坚决不听萨洛蒙的了。

萨洛蒙见妮丝如此，心中感到无力。他们现在住在城内，和地狱中的其他城池一样，城内禁止动手，他不可能动手困住妮丝。妮丝真的要走，他是一点办法都没有。

"妮妮，你忍心让我担心吗？"萨洛蒙说道，"要不，你修炼到上位神境界再走？"

妮丝看了萨洛蒙一眼，不再说话。

妮丝主意已定，萨洛蒙想管也管不了，只好经常注意妮丝的行踪。

然而两个月后，妮丝还是离家出走了。

屋内。

萨洛蒙看着手中的一张字条，上面有妮丝的留言。

"唉！"萨洛蒙恨恨地将字条甩向桌面，"从碧浮大陆到血峰大陆幽蓝府，路途艰险……妮妮怎么就这么不听话呢！"

萨洛蒙着急，可他也没法子，他不知道妮丝走到哪里了。

想到这里，萨洛蒙又开始怨恨林雷了。当初，他冤枉了林雷、贝贝，以致妮丝和他关系变得生疏，而这一次，妮丝更是独自一人走了。

"林雷当初怎么就没死，还变得这么强了？"萨洛蒙还是无法理解。

碧浮大陆凉安府内发生的这个小插曲，远在血峰大陆幽蓝府的林雷、贝贝他们自然不知道，他们依旧在天祭山脉过着宁静的生活。

转眼数十年便过去了。

"林雷！"浑厚的声音响起。

"父亲，父亲，"威迪的声音响起，"二长老找你。"

林雷从屋内走了出来，瞥向远处。

二长老表情复杂地走过来，说道："林雷，走吧，我们四神兽家族要举行集体长老会议了。"

"现在就举行？"林雷有些惊讶，"这还没到一千年，还是四神兽家族一起举行？"

"嗯，在血战谷的四神兽主殿进行。"二长老叹息道，"这次召集各位长老过去，也是商量我们四神兽家族到底该怎么应对八大家族。"

林雷心中一震："看来，家族已经承受不住了……"

第611章
不甘的决定

天祭山脉血战谷，四神兽主殿。

当林雷随着二长老步入主殿时，大殿中已经有不少人了。

林雷扫了一眼，在心中暗道："包括我，现在总共有四十二名长老。"

之后又有其他长老进来了。

"林雷，"加维走过来低声说道，"族长他们终于同意了。"

林雷一怔，而后说道："加维，你的意思是？"

加维叹息道："一个月前，我们四神兽家族再次遭到重创。族长他们估计扛不下去了，所以才有了这次会议。族长他们或许摇摆不定，便让长老们来讨论，只要长老们同意，那……"

林雷明白了。

一旦长老们同意，恐怕四神兽家族就会选择龟缩在天祭山脉，不再出去。这么做虽然可以保存四神兽家族的实力，但是四神兽家族无数年积累下来的名声将会大损。

众多家族成员将家族荣耀看得比命重要，四位族长也很难抉择。

"一个月前受到重创？怎么了？"林雷连忙询问道。

"你真是什么都不管。"加维无奈地说道，"一个月前，我们四神兽家族再次损失三名长老，其中有一名长老是我们青龙一族的。如今我们青龙一族拥有七星使徒实力的长老只有十五名了。"

林雷听后觉得心里沉甸甸的。

轰隆隆——

四神兽主殿大门陡然关闭。

林雷从自己的思绪中回过神来。

加维低声说道："长老们都来齐了，过会儿四位族长该出来了。"

林雷仔细看了看，大殿中一共有五十三名长老。

片刻后，从侧厅先后走出四人，他们随即走向大殿之上，然后并排坐下，正是盖斯雷森等四位族长。

一时间，大殿安静下来。

盖斯雷森等四位族长视线扫过下方，随即互相看了看。最后，盖斯雷森开口了，浑厚的声音在大殿中响起："各位，今天将大家都请过来，相信大家心中也都有所预料了。"

此话一出，在场人的心里都不好受。

"自从四位老祖宗陨落，我们四神兽家族面临重重打击，幸而有幽蓝府主帮忙才能在天祭山脉生活，否则我们四神兽家族早在万余年前就没了。"

大殿中一片沉默。

"这万余年来，我们四神兽家族的长老们不畏死亡，为了家族荣耀和敌人战斗。万余年前，我们四神兽家族一共有两百余名长老，今天却只剩下五十三名了！这才万余年啊，就损失了近两百名长老，近两百名啊!!!"盖斯雷森的眼中依稀有泪光闪烁。

在场的长老回忆起这些年殒命的一名名长老，不禁悲从中来。

林雷想到了原本由自己带领的第十三小队中失去最强神分身的队员，还想到了失去最强神分身的索尔豪斯。

为了家族，有太多的长老牺牲了最强神分身。他们原本是实力强大的七星使徒，失去最强神分身后就只是一名普通的上位神了。

"我和其他三位族长这些年一直在想要坚持到什么时候。"盖斯雷森声音低沉，"特别是这数百年，八大家族如疯了一般，宁可同归于尽也要解决我们的长老。按照这种速度，再过几百年，我们四神兽家族恐怕就没几名长老了。"

朱雀一族族长也开口说道："对，一个月前，我们又损失了三名长老。我们四人仔细商量了，再这么下去，我们最多再扛数百年。"

白虎一族族长低沉地说道："即使再坚持下去也是让你们去送死，这又有什么意义？"

玄武一族族长也低沉地说道："我们想留下一些精英，毕竟要成为七星使徒长老不是那么容易的。"

盖斯雷森悲痛地说道："我们四人一致决定，不再和八大家族争斗，所有家族成员都进入天祭山脉休养生息！"

一群长老一下子蒙了。他们原本以为族长们会让他们讨论一番，没想到就这么宣布了。

"族长！"

"族长！"

不少长老顿时急了。

"族长！"一个焦急的声音响起，一名银发青年仰头看着四位族长，急切地说道，"难道我们就这么屈服了？就这么认输了？"

林雷看了银发青年一眼，他正是青龙一族的天才长老布鲁。

"算是认输吧！"盖斯雷森叹息道。

"布鲁，"朱雀一族族长看着他，"即使去战斗，以我们四神兽家族现有的人马还能斗多久？难道你想让我们家族最后的五十三名长老也损失掉？"

布鲁目光坚毅。

"四位族长，"布鲁微微昂首，"我布鲁也曾屈服过，那是因为我实力太弱。自从成为七星使徒，我就从未屈服过。八大家族算什么？我们四神兽家族辉煌时，他们不敢违逆，可现在……哼，让我布鲁向他们低头，不可能！"

"布鲁……"盖斯雷森不知道该怎么说。

四神兽家族怨恨八大家族也瞧不起八大家族，让他们屈服于八大家族，高傲的他们不愿意。身为族长的盖斯雷森自然也不愿意，可是为了四神兽家族今后的发展，他不得不这么做。

"族长，我明白你们的苦衷。你放心，只有我一人而已。我宁愿在战场上死亡！若我的最强神分身没了，这地狱中就再也没有七星使徒布鲁了，只有普通的上位神布鲁。那时候，我就算想战斗也有心无力了。"布鲁说道。

林雷听了心一颤。

这时，一名黑发长老站了出来，低沉地说道："族长，让家族重现荣耀，需要的是如贝鲁特、丹宁顿那等超级强者。我自知进步没希望，但也想在战场上死去！"

"族长，我们活到现在什么都尝过了，可若让我们低头，不行，死也不行！"又有一名长老站了出来。

"族长……"

林雷默默地看着眼前这一幕，思绪万千。

这些长老度过了不知多少年的漫长岁月，该经历的都经历过了，早就不惧生死了。他们当中的大部分人把家族荣耀看得极为重要，甚至到了十分固执的地步。

五十三名长老中，愿意牺牲最强神分身，给予敌人痛击的长老超过了二十名。虽然其他长老沉默着，但是林雷明白，只要族长一声令下，他们绝不会推辞。

"林雷！"一个声音忽然响起，是大长老。

林雷一怔。

大长老眼中满是焦急："林雷，你和府主大人关系好，难道你就不能厚颜去求府主大人一次吗？让他帮帮忙！以府主大人的实力，完全可以赶走八大家族。林雷，你就去求一次，为了家族去求一次！"

顿时，不少长老看向林雷，眼中满是希冀，就好像看到了一根救命稻草。

"我……"林雷不知该怎么回答。

"妹妹！"盖斯雷森低喝一声，"你让林雷去说，是让府主大人为难。府主大人之前愿意帮我们就已经很好了，而且不求回报，你还想让府主大人再出手？府主大人凭什么帮我们？"

大长老沉默了。

"能保家族不灭，我们也该知足了。"盖斯雷森叹息道。

大殿中顿时安静下来。

"各位长老，你们若想去和敌人战斗，我无法强行阻止。我只想说，让家族留存一点实力吧。"盖斯雷森起身，又看向林雷，"林雷，你也别去求府主大人。"

林雷不禁抬头看向盖斯雷森。

"府主大人的脾气我知道，如果我们太过分惹得府主大人生气，府主大人很可能会不再管我们四神兽家族。这样，八大家族就能随意来攻击我们，要真是这样，那就惨了。"

此话一出，不少长老心一颤。

现在，屈服与否，事关家族荣耀，可若惹恼了幽蓝府主，将影响家族传承。若四神兽家族都被灭了，还谈什么家族荣耀？

这次长老会议后，四神兽家族族长强调：不再和八大家族争斗，重点在于休养生息。即使八大家族有人马在固定线路上挑衅，也要求家族子弟无视。

然而，还是有不少长老不甘心，选择去战斗。因为这些长老是背水一战，战斗时更加疯狂、悲壮。其中，表现最抢眼的就是天才长老布鲁，连续击杀了八大家族的八名长老。

这一战令八大家族震惊，于是，他们派出了一名族长和数名强者与布鲁对战。

最终，布鲁的最强神分身陨落了，但是短短十余年，布鲁解决了敌方九名长老。

在自愿去战斗的长老中，布鲁的战绩是最好的，当然也有战绩差的。有些长老不仅没解决对手，反而被对方围攻致死。

这样的情况持续了近三十年。

四神兽家族中，二十二名长老的最强神分身战死，八大家族的损失更大，足有三十八名长老殒命。

之后，四神兽家族偃旗息鼓，不再踏出天祭山脉。

四神兽家族采取的行动出乎八大家族的意料，但由于无法进入天祭山脉，他们无法进行报复。这让他们感到非常不甘心，因为他们也失去了三十八名长老。

天祭山脉上空，巡逻战士在例行巡逻。

平常很少有外人来天祭山脉，然而今天，有一名女子从一个金属生命中飞出，朝天祭山脉飞来。

顿时，十名巡逻战士飞向这名女子，其中一个喝道："这里是天祭山脉，外人免进！"

这名女子扎着辫子，显得很俏皮，头上还戴着一顶草帽。这名女子连忙说道："你们好，我是你们林雷长老的朋友，我是来找他的。"

"林雷长老？"这群巡逻战士有些迟疑了。

"你有什么证据？"其中一个巡逻战士询问道。

"这……"这名女子想了一会儿，说道，"你去告诉你们林雷长老，说有个叫妮丝的人找他，这样他就知道了。"

　　"妮丝？"这支巡逻小队的队长看了她一眼，点头说道，"你在这里等等。"说完，他飞向天祭山脉深处。

第612章
妮丝来了

　　大峡谷内生活平静，可是林雷的心里不平静。他一直关注着布鲁等长老，这些长老宁可牺牲最强神分身也要争一口气。在知道他们的一项项战绩后，林雷既觉得热血沸腾，又心生悲凉。

　　"实力，还是实力不如人啊！"林雷站在屋前，仰头看着上方，在心中感叹着。

　　从玉兰大陆位面到四大至高位面之一的地狱，一路经历了这么多，林雷明白尊敬、荣耀不是别人给的，而是需要自己去努力争取的。

　　争取就要靠实力！

　　四神兽家族如今实力弱，还想保持当年的荣誉，那也是在做梦。

　　有实力，别人自然会尊敬你。如贝鲁特，仅凭自己一人就令八大家族畏惧。贝鲁特一声令下，八大家族便不敢踏入天祭山脉一步。

　　身为四神兽家族的一分子，林雷心底是想帮忙的，可他有心无力，究其根源，还是实力不够。

　　"我什么时候才能修炼到贝鲁特那个境界？"林雷心中充满渴望。

　　随即，林雷摇头一笑。贝鲁特可以说是达到了大圆满境界的上位神，要和他同一个境界，太难！

"等我修炼到上位神境界，实力应该能接近族长。"林雷有些期待。一旦达到上位神境界，即使他身体的强度比不上盖斯雷森，也能超越大多数上位神。更何况，他还有黑石牢狱这一招。

若林雷达到了上位神境界，再施展黑石牢狱，这一招的威力可媲美炼狱统领雷斯晶施展的紫晶空间。那时候，黑石牢狱就能展现真正的威力。

过了一会儿，林雷转头看向不远处，贝贝正躺在草地上。

"贝贝，在干什么呢？"林雷笑道。

"看天上。"贝贝躺着一动不动，眼睛盯着上空，透过雾气能看到那弯曲的龙形通道。

贝贝从幽蓝府邸回来后经常发呆，不是躺着发呆就是看着草帽发呆，好在他偶尔会和其他人玩闹。

林雷了解贝贝，也很清楚贝贝的心思，随着时间的流逝，贝贝会越来越思念妮丝。

"贝贝，"林雷走过来，坐在草地上，笑着看向贝贝，说道，"是不是想妮丝了？"

贝贝略微一怔，而后轻轻点头："嗯，控制不住，一旦没有专注去做一件事情就会想她。不过，想又有什么用？妮妮以为我死了。"

"贝贝，等过段日子你达到上位神境界了，或者我达到上位神境界了，我们就去一趟碧浮大陆吧。"林雷开口说道。

贝贝一下子就坐了起来，惊愕地转头看向林雷。

"怎么，你不想去？"林雷笑道。

贝贝的表情有些尴尬："老大，这说起来有点复杂。我的确想去见她，可是当初她大哥萨洛蒙那么对我们……如果不是普斯罗手下留情，老大，你和迪莉娅估计就没命了。"

当初，林雷和迪莉娅差点就死了，都是萨洛蒙导致的。

"想到那个萨洛蒙，我就一肚子火。"贝贝愤愤不平，随即又无奈地说道，"你说我们去找妮妮，要是见到萨洛蒙怎么办？"

林雷不禁笑了，原来贝贝心里有这么一个疙瘩。

"不管怎么说，贝贝，我和迪莉娅都还活着。更何况，你喜欢的是妮丝，又不是她大哥，无视她大哥就是。"林雷劝说道。

"无视？说无视就无视了？"贝贝撇嘴。

林雷忽然转头朝半空看去，只见一名巡逻战士朝他们飞来。

这名巡逻战士一眼就看到了下方的林雷，直接降落到林雷的身旁，躬身说道："林雷长老，山脉外围有一个女子说是你的朋友，名叫妮丝，想要见你。"

林雷一怔。

"妮丝！"贝贝一下子就站了起来，双眼瞪得滚圆，连忙说道，"你说那个女子叫妮丝？"

"对。"对于贝贝的反应，巡逻战士感到有些纳闷。

"告诉我她长什么样子，有什么特殊的地方！"贝贝说道。

巡逻战士迟疑了一会儿，对他而言，描述女子的长相有些难度。随即，这名巡逻战士瞥见了贝贝手中的草帽，眼睛一亮，说道："对了，那名女子头上戴着一顶和你手中一样的草帽。"

贝贝激动得脸都红了。

林雷也惊喜至极，妮丝就这样跑过来了？

"老大！"贝贝连忙转头看向林雷，"你打我两下，看我有没有在做梦！"

贝贝此刻感觉脑袋发晕，有些飘飘然，有点分不清梦境与现实了。

啪的一声，林雷一巴掌拍在贝贝的肩膀上，拍得贝贝栽了一个跟头。

"哈哈，我没做梦，我没做梦！"贝贝一骨碌爬了起来。

林雷见贝贝这么兴奋，在一旁暗自感慨。

屋外的动静令迪莉娅从屋内走了出来，她问道："发生什么事情了？"

"妮丝来了，我和贝贝准备去迎接！"林雷说着，抓着贝贝直接飞了起来。

"妮丝来了？"迪莉娅感到错愕，随即反应过来，"妮妮竟然从碧浮大陆赶过来了！"

天祭山脉外围，妮丝不停地朝山脉深处观望，心中满是忧虑："贝贝会不会不见我？他和林雷会不会还在为当初的事情生气？"

妮丝既担忧又焦虑。当年，她的大哥萨洛蒙冤枉了林雷，甚至要害林雷他们。

"妮妮！"一个爽朗的声音响起。

妮丝不禁转头看去，只见两道熟悉的身影正并肩朝她飞来，其中一个人和她一样，也戴着一顶草帽。

贝贝看到妮丝，一下子双眼放光，激动得速度飙升。

"贝贝！"妮丝也激动得飞了过去。

两人快要靠近的时候，贝贝突然一怔，速度骤降。妮丝却直接冲到了贝贝的面前，抱住了贝贝："我以为你不会来见我，呜……"说着，她竟然哭了起来。

贝贝张了张嘴巴，问道："你哥呢？"

林雷听了哭笑不得，贝贝竟然提这尴尬的事。

妮丝身体一颤，放开贝贝，盯着贝贝的眼睛，似乎想从贝贝的眼睛中看出些什么："我哥还在碧浮大陆。"

贝贝一愣，而后低声说道："你是一个人来的？从碧浮大陆到这里？"

"嗯！"妮丝轻轻点头。

"我差点就见不到你了。"说着，妮丝眼中再次泛起泪光。

林雷听了，不禁倒吸了一口气。

妮丝只是一名中位神，却从碧浮大陆凉安府穿过星辰雾海来到了血峰大陆幽蓝府，路上的艰难可想而知，妮丝就这么一个人过来了。

"你……"贝贝完全怔住了,他还以为是萨洛蒙护送妮丝来的。

"你……你真不要命了。"贝贝抱住了妮丝。

妮丝哭得双眼都红了,脸上却满是开心的笑容。

林雷在一旁看着,脸上也是笑容。贝贝和妮丝能有这么一个结果,他也为他们感到开心。

"哈哈,你们两个都抱好一会儿了,还想让巡逻战士们看多久?"林雷笑道,"走吧,先回去。"

妮丝和贝贝这才反应过来。

分别千余年后,再次相见,他们激动得根本感觉不到时间的流逝了。

好不容易和贝贝重逢,妮丝自然不会走了,于是也在这里住了下来。

之后,贝贝每天喜笑颜开的,大家的日子都过得很惬意。

八大家族,波林家族大殿。

四名族长的本尊和另外四名族长的傀儡分身聚集在一起商议事情。

"这数十年来,四神兽家族竟然不出天祭山脉了。不管我们家族的人马如何挑衅,他们都没一点反应,这是怎么回事?难道四神兽家族屈服了?"一个浑厚的声音响起。

"不可能。"一个沙哑的声音响起,"之前三十年,四神兽家族的一些长老那样疯狂,大家应该还记得。让他们屈服,没那么简单。"

"波林族长,这可不一定。"另一个声音响起。

"冥蛇,这么多年来,四神兽家族可曾屈服过?别想得那么简单。"波林族长沙哑的声音再度响起。

四神兽家族高傲,不会屈服,这是无数年来四神兽家族给外人的感觉。因此短时间内,八大家族中的大多数人不相信四神兽家族会屈服。

"我看四神兽家族可能有什么阴谋。"一个声音响起,"最近,他们的反应太奇怪，大家还是小心点。"

"阴谋，能有什么阴谋？"一个高亢的声音响起。

"好了，各位，"一个温和的声音响起，"不管四神兽家族是屈服还是有阴谋，我们先等一等，再仔细看看。再过百年，我们就能确定他们是屈服了还是有阴谋。"

"嗯，我赞同。"波林族长开口说道。

"我赞同。"

短时间内，四神兽家族的这番行为确实令八大家族不解，不过时间长了，八大家族就能确定四神兽家族的想法了。

不管四神兽家族有什么手段，八大家族自有对付的方法。

天祭山脉，大峡谷。

今天，这条偏僻的大峡谷内欢声笑语不断。

四神兽家族的四位族长，留有最强神分身的长老，失去了最强神分身的长老，在这里；贝鲁特、卡莱罗娜、普斯罗，也在这里。

因为今天是贝贝和妮丝结婚的日子。

贝贝穿得很整齐，难得这么谦逊有礼地向一位位客人打招呼。

"结婚还真累啊。"贝贝悄声对旁边的林雷说道。

林雷不禁笑了，忽然说道："你贝鲁特爷爷过来了。"

"哈哈……"贝鲁特仔细打量了一下贝贝，满意地点头，"今天还有点样子。林雷，你和贝贝还真够厉害的。贝贝和妮丝在一起几十年了，你们竟然都没告诉我，等要结婚了才通知我。"

林雷只能笑了笑。

妮丝在大峡谷中的确待了数十年。本来妮丝和贝贝根本就没想过要办婚礼，可是后来，妮丝忽然发现自己怀孕了。于是，二人紧急商量，决定赶紧结婚。

两人想办法通知了一些人，不过因为贝鲁特离这里太远，所以他们决定半年后大婚，于是便有了现在这场婚礼。

　　现在，妮丝挺着一个大肚子，已经有好几个月身孕了，林雷想到这里就想笑。

第613章
大动静

此时，大峡谷内很热闹。

四神兽家族的四位族长因为之前选择屈服退缩，一直郁郁寡欢，直到今天脸上才有了笑容。贝鲁特、卡莱罗娜最开心，和四位族长以及众位长老尽情地喝酒。

"府主大人，恭喜啊！"盖斯雷森向贝鲁特举杯。

"哈哈——"贝鲁特笑着看向盖斯雷森，随即压低声音说道，"盖斯雷森，你们四神兽家族真的不应战了？"贝鲁特关心这两方的情况。

盖斯雷森一怔，然后点了点头。

"那八大家族什么反应？"贝鲁特询问道。

"现在还没什么反应。"盖斯雷森摇头说道，"估计短时间内他们无法确定我们是不是真的屈服。"

"嗯。"贝鲁特点头，"不过你们还是要小心。一旦八大家族知道你们是真的屈服，他们即使不敢进入天祭山脉，也会想其他办法报复你们的。"

盖斯雷森自嘲道："我们都决定待在天祭山脉不出去了，他们还能怎么办？"盖斯雷森这句话透出一些悲凉。

贝鲁特不再多说。

旁边的卡莱罗娜见了，赶紧转移话题："嘿，你说妮丝生出来的孩子是男孩还是女孩？"

"这我怎么知道？"贝鲁特笑了，"不过，我肯定他不是噬神鼠。"

如果夫妻二人都是噬神鼠，那子女绝对是噬神鼠。无奈这无数位面中，也就贝鲁特、贝贝是噬神鼠。

一般来说，像噬神鼠这种逆天的神级魔兽，数量十分稀少。如青龙、白虎等，甚至冥蛇，在无数位面中虽然也是独一无二的，但他们的后代中出现神级魔兽的概率也十分低；而巴蛇、狻猊这类神级魔兽，数量就比较多了。

神级魔兽天赋神通越厉害，数量就越稀少。

转眼又过去了数月，大峡谷内，贝贝屋外。

林雷、贝鲁特、卡莱罗娜等一群人都聚集在这里，迪莉娅和妮丝则是在屋内，因为妮丝快要生了。在场最紧张、心最难安的就是贝贝了。

"要生了，要生了！"贝贝站在屋外嘴里嘀咕着，不断来回走着，根本停不下来。

"贝贝，你就坐下来吧。"林雷不禁笑道。

"我怎么坐得下来？"贝贝全身微微发颤，看了一眼林雷，"老大，我现在紧张得心都要跳出来了，你还让我坐下？唉，怎么还没出来？时间好慢啊。"

贝鲁特笑了："贝贝，妮丝才进去一会儿，还要好久呢。"

贝贝只能继续等待。对贝贝而言，现在的每一秒钟都很漫长。

"哇——"一声响亮的啼哭突然响起。

贝贝仿佛被雷电劈中，愣愣地站在原地。

嘎吱，门开了，迪莉娅走了出来，疑惑地看了一眼贝贝："贝贝，你傻站着干什么呢？还不进来？"

贝贝这才反应过来，一道黑影一闪，他已然在屋内了。

迪莉娅笑着说道："贝贝竟然发傻了。"

"当初你生威迪的时候，贝贝笑我紧张，现在他比我还紧张。"林雷笑道。

迪莉娅看了林雷一眼："别得意，当初泰勒、莎莎出生的时候，我可听说你紧张得全身冒汗啊。"

林雷只能苦笑。

片刻后，贝贝、妮丝从屋内走出来了。贝贝笑得嘴巴合不拢，怀中抱着一个婴儿。妮丝是人类，婴儿自然是人类形态。

这婴儿虽然体内蕴含神级魔兽血脉，但并不是真正的神级魔兽。

"老大！"贝贝激动地看向林雷，"你们看，这是我的孩子，这是我贝贝的孩子啊！哈哈……我贝贝也有孩子了！"贝贝此刻十分兴奋。

"来，给我抱抱。"贝鲁特笑道。

"嗯。"贝贝非常小心地将孩子抱给贝鲁特。

贝鲁特抱过来仔细看了看："哦，是个女孩，体内噬神鼠血脉还算不错，不过要引动她体内的噬神鼠血脉有些麻烦。"贝鲁特至今也没找到引动后代体内噬神鼠血脉的方法。

像四神兽家族，他们通过宗祠洗礼能让后辈子弟进行龙化，还能拥有天赋神通。当然，天赋神通的威力有强有弱，和血脉浓度有关。

贝贝不在乎血脉浓度问题，嘴巴一直咧着笑道："女孩好，女孩好！"

身为神级魔兽噬神鼠，天赋神通很逆天，会受天地法则的制约，因此他们的子女并不多。如贝鲁特，他和卡莱罗娜只有三个儿子，而且是三胞胎。在这之后，他们也没有其他孩子。

林雷虽然不是神级魔兽，但也算是神兽青龙的后代，受天地法则的制约相对小一点。在玉兰大陆位面的时候，他和迪莉娅也只有泰勒、莎莎这对龙凤胎；到了地狱后，他们才有了威迪。

从这天起，贝贝便热衷于一件事情——培养孩子。

天高气爽，林雷走出屋门，便看到远处有一名少女盘膝坐在草地上修炼。

这名少女有着黑色的秀发，皮肤更是晶莹得如同玉石。她就是贝贝和妮丝的女儿伊娜。

"伊娜想要成神，很难。"林雷在心中暗叹。

伊娜虽然体内有噬神鼠血脉，但毕竟不是噬神鼠。贝鲁特也暂时没找到引动她体内噬神鼠血脉的方法。

因此百余年过去了，伊娜还是在圣域境界。

"林雷大伯！"清脆的声音响起，伊娜已经站了起来，眼睛炯炯有神，和她父母一样，"你似乎心情很好啊，有什么喜事吗？"

林雷不禁笑了："娜娜，你的眼光还挺准，我是有些突破。"

"哦！"伊娜眼睛一亮，"哪一个元素法则突破了？"

"火系元素法则。"林雷回复。

林雷修炼的几大元素法则中，火系元素法则是进展最慢的一个。他修炼火系元素法则有千余年了，可是直到今天他才完全领悟其中的第四种奥义。至于剩下的两种奥义，他还没入门。

水系元素法则，林雷在经过四神兽家族的宗祠洗礼后，修炼速度比较快。虽然修炼时间比火系元素法则晚了六七百年，但他已经修炼到第五种奥义了。

风系元素法则，林雷已经领悟了其中七种奥义，剩下两种奥义还没入门。

地系元素法则，林雷修炼得最快，修炼到了最后一种奥义——生之力奥义，甚至已经修炼到瓶颈了，一旦突破瓶颈便能达到上位神境界，而且他开始融合力量奥义和土之元素奥义了。

"心境对修炼速度也有影响。"林雷感慨道。

"林雷大伯，你太厉害了。唉，我到现在都没成神，整个大峡谷内就我一个没成神。上一次去老祖宗那里，我见到的都是神级强者。"伊娜无奈地说道。

贝鲁特和卡莱罗娜很宠溺伊娜，经常带伊娜去其他地方逛。

"别泄气。"林雷安慰道，"修炼元素法则，要沉浸其中用心修炼，不断琢磨会有进步的。我相信你，你可比你父亲有耐心多了。"

　　"嗯。"伊娜点头笑了，"父亲修炼最没耐心了。"

　　"嘿，说我什么呢？"一个声音从不远处传来，贝贝从自己屋内走出来，瞪了一眼伊娜，"娜娜，你在说我的坏话？"

　　伊娜哼了一声，一扭头就不理贝贝了。

　　贝贝只能摸了摸鼻子："这孩子没小时候听话了。"

　　林雷哭笑不得。当初他原以为贝贝有了女儿就会变得成熟，可是他错了。即使有了女儿，贝贝还是贝贝。

　　嗡——

　　空间突然隐隐震动起来。林雷脸色一变，不禁抬头。

　　"发生什么事情了？"贝贝的表情也凝重起来，看向林雷。

　　"怎么了？"迪莉娅、妮丝、威迪都跑出来了。

　　"走，我们出去看看。"林雷带头飞向上空。于是，贝贝、迪莉娅、妮丝、伊娜、威迪跟着飞了起来。

　　当飞出峡谷口时，林雷他们目瞪口呆。

　　只见天祭山脉南方天空上，犹如蝗虫一般密密麻麻的人影飞了过来，其中有不少人施展招式，轰击下方的山林。

　　轰——轰——轰——

　　树木裂开，土地裂开，下方山林中出现了一道道深坑。林雷他们刚刚感知到的空间震荡就是这个造成的。

　　不过，这些人出手很有分寸，完全没有波及一旁的天祭山脉。

　　"这么多人！"林雷心一颤。

　　"林雷大伯，有多少人啊，少说也有数十万吧？"伊娜十分震惊。

　　"何止数十万。"林雷低沉地说道。

此刻，四神兽家族的大量族人从天祭山脉飞了出来，眺望南方上空那人山人海的可怕场景，而那些人还在轰击天祭山脉南方的山林。

"你们在这里待着，别乱跑。"林雷郑重地说道，"有危险就赶紧回大峡谷，我现在去族长那里看看。"

"放心。"贝贝点头说道。

林雷立即朝龙形通道龙首位置疾速飞去。不单单是林雷，还有几名长老也正疾速朝族长居处飞去。

途中，林雷遇到了二长老，二人并肩继续飞行。

不一会儿，林雷就看到了盖斯雷森等人，他们都在看着天祭山脉南方。

"族长。"林雷飞了过去。

"林雷，你来了。"盖斯雷森对林雷笑了笑，"你看看，八大家族到底在耍什么把戏？"

"真是八大家族的？"林雷早就怀疑了。

"看着就知道了。"盖斯雷森转头看向南方，林雷也看向南方。

八大家族的大量高手一直轰击山林，一段时间后，林雷才看出来："他们……他们在打地基！"

他们毁了一大片区域的树木，同时也打下了坚实的地基。

随即，八大家族一方的大量族人扛着巨石，开始建造一座座城堡。以神级强者们的能力，仅仅半日时间，一座座城堡就在天祭山脉南方建成了，而且被分成了八块区域。

看到这一幕，天祭山脉内四神兽家族的人都愣住了。

"他们在干什么？"加维觉得难以置信。

"干什么？住在我们旁边！"盖斯雷森脸色阴沉。

忽然——

"四神兽家族的胆小鬼们！"一个粗壮的声音响起，"没想到，四位主神的后代竟然龟缩在天祭山脉不敢出去，哈哈——"

天祭山脉内四神兽家族的人都听到了这个声音，顿时就怒了。

"你们不是能躲吗？好，让你们躲。现在，我们八大家族就在你们旁边！只要你们出来一个人，我们便解决一个。你们有本事永远当胆小鬼，永远别出来！"

"哈哈——四神兽家族？四条虫家族还差不多！哈哈——"

"有胆的就出来，我们八大家族随时有人奉陪！没胆的那就慢慢躲吧！"

一阵阵大笑声不断从天祭山脉南方传来，如响雷般在天祭山脉上空回荡。

四神兽家族的族人听到这一句句话不禁怒气上涌，忍不住咆哮起来。

"啊——"

"这些浑蛋！"

天祭山脉内，咆哮声在各处响起，一道道身影腾空而起，迅猛如闪电，朝南方冲去。

疯了！

四神兽家族的族人被气疯了，八大家族的这种做法，令高傲的他们忍受不了。

"浑蛋！"站在林雷身侧的加维也愤怒得双目发红。

四神兽家族退缩，是为了家族的长远发展而做出的无奈选择。现在，八大家族指着他们的鼻子羞辱他们，他们可忍受不了。

林雷听着对方的嘲笑声，心中也升起了怒火："这八大家族是逼我们去和他们战斗！"

"回去！都回去！"盖斯雷森大声吼道。

"都回去！"天祭山脉内响起了好几声呵斥。

然而，四神兽家族的许多普通族人没见过族长，在暴怒的情况下，哪里听得进？他们依旧朝南方冲去，一个个恨不得喝敌人的血，吃敌人的肉！

噢——

瞬间，数十万名四神兽家族的族人朝南方扑过去，施展出各自的招式。很快，物质攻击、灵魂攻击等各种攻击覆盖了天空。

"上——"

八大家族的大多数族人飞向空中，也施展出各种可怕的招式。

砰——

轰——

空中响起各种声音，一道道身影从空中坠落，一枚枚神格四处乱飞，也不知道是四神兽家族的还是八大家族的。

看着族人一个一个倒下，盖斯雷森忍不住向林雷等长老喝道："快，你们快去阻止他们！他们这是去送死！"

"是，族长！"林雷他们这群长老虽然也是怒火中烧，但还是能忍住。

他们立即朝冲向天祭山脉外的族人飞去，大声疾呼："停下，都停下！"

其实，四神兽家族决定不再和八大家族战斗的事情，只有家族族长和长老们知道，普通族人们并不知道。

好在四神兽家族的长老们很有威信，在长老们的制止下，族人们不再那么疯狂了。

即使这样，四神兽家族在刚才的战斗中就有数万族人殒命了。当然，八大家族也损失了很多族人。

"都回去！"林雷还在大声制止族人。

这么多年来，四神兽家族中认识林雷的人非常多，他长老的威严还是起了很大的作用。族人们虽然眼中尽是不甘、尽是愤怒，但不再盲目地飞向外面。

"林雷长老，难道我们不反抗？"一名青年满脸通红，焦急地说道。

林雷一滞。

"难道就让他们骑在我们的头上辱骂下去？"那名青年气得身体发颤，"我宁愿战死也不愿受这种侮辱！"

"林雷长老，我们真的不反抗了？"不少族人看向林雷，眼中有一丝绝望。

被人辱骂还不能反抗，这比杀了他们还难受。

"会报仇的！"林雷低沉地说道，"放心，一定会的！"

闻言，这些族人才安心下来，返回自己的住处。

林雷看着四神兽家族的这些族人，感慨万千。

当初林雷刚到四神兽家族时，对四神兽家族的归属感并不强。他叫林雷·巴鲁克，在心底深处，他一直认为自己是巴鲁克家族的。后来，即使他知道巴鲁克家族是青龙一族中玉兰大陆位面一脉的，对青龙一族的归属感也不强。

随着时间的推移，林雷见到的族人越来越多，对族人的了解也越来越多，在他成为家族长老后，喊他"林雷长老"的族人也越来越多。不知不觉中，林雷对家族的归属感越来越强。

"八大家族！"林雷眯起眼睛看向南方。

在安排好族人后，林雷朝盖斯雷森飞去。

就在这时候，空中又响起了令人憎恶的大笑声。

"哈哈，怎么了？你们四神兽家族就这么些有胆的？"

"你们就躲吧！我敢打赌，你们四神兽家族就算被堵在家门口被嘲笑也不敢反抗。这件事一定会在数百年内传遍整个地狱，乃至其他至高位面。哈哈，我们要让各大位面的人都知道，你们四神兽家族的人是何等懦弱，何等胆小！"

各位长老已经回到盖斯雷森的身旁了，听着这个声音，一个个怒极了。

"没想到八大家族这么卑鄙！"二长老气得胡须发颤，"如果他们将这件事传播出去，各大位面的家族也会瞧不起他们的。"

"瞧不起？"盖斯雷森冷笑一声，"你错了。八大家族在传播这件事的时候一定会大肆渲染，说是幽蓝府主阻止他们，不允许他们进入天祭山脉，因此他们只能待在山脉外围。这能提高幽蓝府主的声威，对八大家族没什么影响，可对我们四神兽家族……"

林雷明白消息一旦传出去，四神兽家族的名声绝对会受损。外人只会知道四神兽家族靠幽蓝府主庇护，被人在门口辱骂还不敢反抗。

"青龙一族族长盖斯雷森，你身为主神之子，堂堂一族之长，竟然如此胆小懦弱，真是给你父亲丢脸！哈哈——"

"盖斯雷森，你是伟大主神的耻辱啊！哈哈——"

大笑声不断响起。

盖斯雷森气得脸色阴沉。

"族长……"旁边一名长老不禁看向盖斯雷森。

"这群浑蛋！"加维低吼一声，化作一道光芒朝南方飞去。

"回来！"盖斯雷森脸色一变，连忙飞过去，林雷等其他长老也跟着飞了过去。

天祭山脉就这么大，很快，他们一群人就到了天祭山脉边缘。

"加维，你干什么？"盖斯雷森一把抓住加维。

"族长！"加维盯着盖斯雷森。

"终于敢出来了？"十几道身影悬浮在半空，遥看过来。

他们显然也看到了盖斯雷森等人："盖斯雷森，你干什么呢？自己不反抗就算了，还不准自己的人反抗？哈哈——"

盖斯雷森转头看过去。

"你是什么东西！"盖斯雷森目光冷厉，"让冥蛇、埃德里克他们几个过来！"

为首之人是一名足有三米高的壮汉，他嗤笑道："盖斯雷森，如果在百年前你说这话，我会去请族长他们过来。可惜，你现在就是一个连反抗都不敢的胆小鬼，有什么资格见我族长？和你说话，我都感到丢脸！"

"放肆！"盖斯雷森的脸上如同覆盖了一层冰霜。

"浑蛋！"加维气得咬牙切齿，准备冲过去。

"站住！"盖斯雷森抓住了加维。

"族长！"加维转头看向盖斯雷森。

"嘿，小子。"那名壮汉不屑地瞥了一眼加维，"看样子，你在四神兽家族中也身处高位啊。不过这么多年来，我们八大家族和你们战斗，可从来没见过你啊。"

闻言，加维全身一颤。这么多年以来，加维因为实力偏弱，没有进入过血战谷，也没有为家族战斗过。很多长老为家族牺牲了最强神分身，对此加维心里一直很愧疚。

"族长，我加维身为长老，这么多年来一直没机会出战。"加维双目赤红盯着盖斯雷森，"估计以后也没什么机会和八大家族战斗了。今天，你让我如愿吧。"

盖斯雷森一怔。

"加维长老……"林雷开口。

"加维，你别……"盖斯雷森也开口了，可话还没说完就听到了加维低沉的笑声。

轰——

加维身上陡然冒出一圈耀眼的青色光芒，随即，他从盖斯雷森的手中挣脱出来，身体一分为二。他那普通的地系神分身还在盖斯雷森的身旁，但他那散发出青色光晕的水系神分身已化为一道龙形幻象，呼啸着朝南方冲去。

他使用了主神之力！

"退！"那名壮汉脸色剧变，与他同行的数十人连忙朝四周逃散。

那名壮汉低吼一声，全身也冒出了青色光晕。他是巴巴里家族修炼水系元素法则的强者，也使用了主神之力。

"加维……"林雷看向南方。

加维嘴巴一张，一声龙吟响起，他身后顿时出现了一道巨大的青龙幻象。

天赋神通——龙吟！

对方数十人身影一颤，竟然不动弹了。

嗖——

加维瞬间就到了他们的面前，解决了其中两人。

当加维准备对付其他人时，对方同样使用了主神之力的那名壮汉拦住了他。

二人就这样战斗起来。

仅仅两三个回合，加维的大腿就受到了重创，鲜血直流。论实力，加维比对方差了不少。

"族长，快去救啊！"林雷低吼一声，直接冲了上去。

轰——

林雷体表散发出土黄色光晕，他使用了那滴地系主神之力。

这时，嗖嗖声不断响起，八大家族一方接连飞出六道身影，身上都散发出强大的主神之力气息，朝林雷冲过去。

林雷独自一人怎么敌得过对方六人？

盖斯雷森脸色剧变，大喝道："快退！！！"同时，他体表散发出青色光晕，化为一道青光朝半空冲去。

第615章
眼中钉

加维和敌人交手，两人散发出的主神之力气息令四神兽家族越来越多的人赶了过来。当他们遥遥看到六道人影同时冲向林雷时，一个个脸色剧变。

"不好，他们六个都使用了主神之力，其中还有两个族长！"朱雀一族族长一眼就认出了对方的高手。

"怎么会这样？八大家族都疯了！"

白虎一族族长、玄武一族族长以及众多长老都无法理解眼前这一幕。林雷再厉害也就是一名七星使徒，怎么会惹得对方八大家族不惜出动两名族长来对付他？

八大家族有八个族长，其中七个是主神使者，还有一个虽然不是主神使者，但实力很强。他们当中随便一个人就能对付林雷，可他们竟然派出了两名族长！

"林雷，快退！！！"一声暴喝在林雷的脑海中响起。

林雷也注意到了朝他冲过来的六大高手，不禁大吃一惊："六个人？还都使用了主神之力？"

这六人眼中充满杀机，就好像六只狮子欲将一只小绵羊吞噬掉。

"哈哈，族长，林雷竟然飞出了天祭山脉，真是上天赐予的好机会啊！"一名穿着白色袍子、极为壮硕的男人神识传音。

"务必抓住机会，不惜一切代价解决他！"

"他逃不掉！"

这六人死死地盯着林雷。

近千年来，八大家族疯狂地攻击四神兽家族，就是担心林雷会成为上位神，他们想逼迫林雷出来，然而林雷一直没出现。

林雷的存在让八大家族觉得如鲠在喉，他们做梦都想将这个祸患灭掉。今天，天赐良机，他们终于有机会对付林雷了。

林雷不是傻子，见到那六个人冲过来就知道是怎么回事了，立即神识传音："加维，退！"

同时，一个土黄色光晕以林雷为中心，犹如波浪弥散开来，一个直径五百米的光罩出现，笼罩住了对战中的加维。

黑石牢狱！

黑石牢狱本就与地系元素法则息息相关，今天林雷通过地系主神之力施展这一招，威力大到了一个可怕的地步。

地系中位神施展黑石牢狱，只能影响一般的七星使徒。

地系上位神施展黑石牢狱，能影响实力接近修罗的强者。也就是说，雷斯晶这种实力的强者会受到影响。

地系主神施展黑石牢狱，除非对方也是主神，或是使用了主神之力，否则根本没有人能反抗。

"啊！"巴巴里家族那名和加维战斗的壮汉突然大喊一声。在光罩中引力的作用下，他不由自主地下坠。

加维趁机一巴掌拍在那名壮汉的脑袋上。砰的一声，那名壮汉爆裂开来，神格往下坠。

巴巴里家族一名长老殒命！

就在这时，六道人影猛地冲入光罩中。光罩范围太大，他们要解决林雷，就必须拉近距离。因此，他们即使知道眼前光罩的厉害之处，也必须冲进去。

然而，这一招的威力超乎他们的想象！

黑石牢狱——最强斥力！

在冲入光罩中后，六道人影速度骤降，甚至有两道人影在斥力的作用下被弹了出来。他们之前是疾速冲刺，光罩里面又是最强斥力，两股强大力量相撞产生的反作用力令那二人身体一震，瞬间就受伤了。

这便是黑石牢狱的可怕之处！

"怎么可能？"另外四人虽然没有被反弹出去，但是速度明显变慢了。

这样，他们不可能追到林雷。

"攻击！"为首的波林族长神识传音，同时，他背后出现一对散发出白色光芒的羽翼，带着圣洁气息的白色命运主神之力从他身上弥散开来。他淡漠地看向林雷。

嗖——

一支半透明的白色箭矢瞬间划破长空射向林雷。

"哼！"一声低哼响起。

青色长眉飘舞，双目湛蓝的冷峻男子右手一甩，一柄青色弯刀飞射出去，所过之处，空间出现细细的裂缝。

一支白色箭矢、一柄青色弯刀，同时朝林雷疾速飞来。

林雷心中一动，一面面土黄色墙壁突然出现，挡在白色箭矢、青色弯刀的前面；然而，那柄青色弯刀轻易地划破了一面面墙壁。

林雷心中大惊："这弯刀……"

这些土黄色墙壁是林雷在使用了地系主神之力后形成的，按理来说，防御力堪称可怕，可是在这柄青色弯刀的面前，它们如同易碎的纸张，毫无防御作用。

"难道是主神器？"林雷一边快速后退，一边思考着。

嗖——

青色弯刀已经到林雷的身前了。

"太快了，太快了！"林雷根本无法闪躲。

关键时刻，一只戴着黑色手套的手突然出现在林雷的身前，与那柄青色弯刀相撞。

只听铿的一声，那柄青色弯刀的进攻方向改变了，擦着林雷的胸口飞了过去。

"快退！"那只戴着黑色手套的手抓住林雷快速后退。

"族长。"林雷瞥了一眼旁边的人，心中十分感激。出手救他的正是盖斯雷森。

那支半透明的白色箭矢射在了盖斯雷森的身上，盖斯雷森毫无感觉，也不反击，而是抓着林雷快速飞入天祭山脉。

从加维飞出天祭山脉与对方战斗，到林雷出手帮助加维，再到盖斯雷森出手带林雷飞回天祭山脉，其实也就一眨眼的工夫，却那般惊心动魄！

天祭山脉。

看到加维没有大问题，盖斯雷森、林雷松了一口气。实际上，在林雷出现后，八大家族就把矛头对准了林雷，加维才能趁机逃回来。

"族长，谢谢你救我一命。"林雷想到之前那一幕，一阵后怕。

"你还真够大胆的。"盖斯雷森舒了一口气，遥看南方，"对方竟然一下子出动六人，还都使用了主神之力，那文纳家族的族长竟然使用了攻击主神器。"

林雷一惊，果然是主神器。

"不过，"盖斯雷森笑着看向林雷，"你那一招黑石牢狱还真可怕，特别是在使用了地系主神之力后。同样使用了主神之力，对方两名稍弱的人竟然被斥力弹了出去，而波林族长等人根本没办法来追击我们。"

林雷那一招黑石牢狱让对方根本无法靠近他们，只能进行远程进攻。

"林雷，谢谢你。"脸色有些苍白的加维靠拢过来，感激地说道。

"林雷，"一个浑厚的声音响起，"这到底怎么回事？你一出手，那八大家族就像疯了一样，甚至派出了两名族长。他们是不是和你有大仇？"

这时，玄武一族族长、朱雀一族族长、白虎一族族长以及其他长老也都飞过来了。

"我不知道。我只是为家族出战过几次，解决了敌方几名长老而已，没其他的了。"林雷不明白八大家族怎么会那般想解决他。

殊不知，林雷解决的那几个人都是八大家族的精英，八大家族自然会将他成眼中钉。

天祭山脉南方，八大家族新的聚集地上空，聚集了八名族长以及上百名长老。

"多好的机会啊。"波林族长不甘地说道。

"这样好的机会，你们两个联手都没解决林雷！"一名笼罩在黑袍中，耳朵上还缠绕着两条绿色小蛇的阴冷男子低沉地说道，"文纳族长，你那一刀怎么会失误？"

青色长眉的冷峻男子哼了一声，没多做解释。

"现在说这个没意义。"一个温和的声音响起，埃德里克族长开口说道，"过去的就让它过去，我们现在要做的就是想办法找到机会解决林雷。林雷那一招的威力实在惊人，他不使用主神之力还好，一旦使用主神之力，只有我们几个族长有希望解决他。"

"不管是谁去解决他，现在把林雷逼出来最重要。"一个低沉的声音响起。

"我去试试，看能不能让林雷出来。"一名精灵长老飞了出来，说道。

如今，八大家族的八名族长和一大群长老就想着如何让林雷飞出天祭山脉。四神兽家族中，林雷才是他们的眼中钉、肉中刺。

四神兽家族的四名族长以及众多长老都聚集在一起，八大家族的所作所为让他们一个个愤怒至极，可是他们只能忍，毕竟双方高手数量相差太大。

"老大，你太冒险了。"这是贝贝赶过来后说的第一句话。

林雷无奈地说道："我没想到八大家族竟然会这么疯狂地对付我。"

林雷原以为自己出手，对方最多出一名长老阻拦。若是这样，他有把握救下加维，可对方的反应太夸张了，把他也吓了一大跳。

就在此时，对面又传来了嘲讽的声音。

"刚才那个应该是青龙一族的林雷长老吧？不对，是青虫一族的长老。我原以为林雷你也算是一个人物，可看林雷长老你刚才的表现，啧啧，还真让人失望！"嗤笑的声音响起，"我，埃德里克家族的一名普通长老，今天就在这里向你约战。你这青虫一族的长老可敢一战？"

讥笑的声音在天祭山脉上空响起。

青虫一族？

四神兽家族的族人们都恼怒了，特别是青龙一族的族人，他们都死死地看向天祭山脉南方——八大家族新的聚集地。

林雷不禁遥看着那说话的灰袍精灵长老，在心中暗道："八大家族怎么回事？怎么总是将矛头对准我？总想让我出战？"林雷已经感觉到了不对劲。

"林雷，你别出去。"盖斯雷森连忙嘱咐道。

"嘿——"贝贝大声喊道，"还八大家族呢，刚才六个人围攻林雷一个，其中还有两名族长呢。八大家族好厉害啊！两名族长和四名长老合力围攻林雷长老，可是林雷长老没有受一点伤呢……"

第616章

转机

天祭山脉边缘，四神兽家族的族长、众多长老都聚集在一起谈论着事情。

他们不得不承认八大家族现在使用的方法虽然算不上高明，但是够阴险，够狠！

四神兽家族当初选择退缩，那是咬牙做出的决定，现在听着八大家族的讥笑声，内心更是痛苦不堪，也更加愤怒、怨恨。

四位族长、众多长老在商量如何对付八大家族，林雷则在想其他事："八大家族到底为什么这么想解决我，甚至还派出了两名族长？"

林雷心中满是不解，不禁再次看向天祭山脉南方。

这一看，林雷忽然眉头一皱，说道："咦，他们在干什么？"

八大家族的几名战士从远处运来了一座长宽近千米，高近百米的小矮山。

"他们运一座矮山来干什么？"贝贝疑惑地看去。

盖斯雷森等四位族长以及其他长老也注意到了，都有些疑惑。

那几名战士一齐发力，将偌大的小矮山扔向天祭山脉和八大家族之间空旷的区域。

伴随着轰的一声，一名有着青色长眉的冷峻男子飞向这座矮山。

"是他！"林雷不会忘记这名男子，之前就是这名男子使用攻击主神器对付他的。

这名青色长眉冷峻男子一翻手，大量青色风刃朝那座矮山飞去。顿时，狂风呼啸，石屑乱飞。

仅仅片刻，那座矮山便模样大变，长宽八百米，高度五十米，俨然一个大型对战台！

嗖——

一名目光阴冷的消瘦青年飞到了对战台上，看向天祭山脉朗声说道，"你们说我们六个对一个？好，今天我们就一对一，其他人不得插手。林雷，你杀了我大哥，今天我在这里向你发起挑战。林雷，你可敢应战？"

响亮的声音传遍天祭山脉，在峡谷中回荡，连在那条偏僻大峡谷中的迪莉娅、威迪都听到了。听到那声音，迪莉娅、威迪不放心，朝林雷这里飞来。

此时，四神兽家族大多数人看向林雷，等待林雷答复。

"林雷，别去战斗。"盖斯雷森低声说道。

"林雷。"迪莉娅已然飞过来了。

林雷点头，向迪莉娅笑了笑。

那名目光阴冷的消瘦青年讥讽道："一对一都不敢应战，哼！"挑衅不屑之意不言而喻。

八大家族的不少人盯着林雷，看林雷的反应。

"贝贝、迪莉娅、威迪，我们回去。"林雷淡笑着转头就走。

林雷看得出来，八大家族明显想激他出去应战。经过八大家族六大高手围杀一事，林雷已经明白八大家族非常想解决他："我现在出去迎战不是英勇，而是犯傻。"

见林雷朝天祭山脉内部飞去，八大家族的族长、长老们感到无奈。

"刚才你们出手没解决林雷，我就知道林雷一定会起戒心的。现在想让他出来，难！"一个浑厚的声音响起。

"现在说这些都晚了！"

八名族长都有些后悔，刚才那么好的机会竟然没抓住。现在，就算他们想解决林雷，林雷也不会给他们机会了。

距离八大家族迁移到天祭山脉南边已经过去三天了。

这三天内，八大家族专门有一批人轮番辱骂、讽刺四神兽家族。当然，他们也有停歇的时候，不过大部分时间都在辱骂、讥讽。

他们似乎把嘲讽四神兽家族当作了一件乐事。每当嘲讽时，他们会专门提到一些族长、长老的名字，比如盖斯雷森、林雷等。

林雷即使知道对方有阴谋，听多了还是有些生气。

"林雷，这段时间你千万别出去。"盖斯雷森郑重地嘱咐道。

林雷苦笑着点头说道："族长放心，我明白。不过说实话，面对这般辱骂，再能忍的人也会一肚子火。"

"这三天里，不少族人忍不住去对战台和八大家族的人战斗了。"盖斯雷森叹息一声，"他们愤怒到了极点，连族内的命令都不顾了。八大家族竟然遵守了诺言，与我们一对一战斗。战斗结果，我们的人略占优势，可我们的强者不如他们的多啊……"

盖斯雷森感到无奈。

林雷知道这话题沉闷，连忙说道："对了，族长，那天你救我，挡下了对方的主神器。你那只黑色手套也是主神器吗？"

"不是。"盖斯雷森摇头说道，"我没有攻击主神器。那只黑色手套是府主大人赠送给我的，是一件神格兵器。"

"神格兵器！"林雷眼睛一亮，贝贝也有一件神格兵器。

神格坚不可摧，神格兵器当然不凡。

"主神器经主神滋养，蕴含极为惊人的能量，攻击力非常可怕。神格兵器并没有什么能量，不过有一个优点——坚硬！"盖斯雷森笑着说道，"凭借这件神格兵器，我也敢去抵挡主神器。不过那天，那件风属性的攻击主神器威力太可怕了，我也只能抵挡一下，不能持续抵挡，毕竟神格兵器比主神器略差一筹。"

林雷点头。

在坚硬度上，神格兵器或许不比主神器弱，可主神器毕竟由主神的主神之力滋养而成，攻击力十分可怕。

"有机会，你也可以向府主大人索要一件神格兵器，府主大人会给你的。"盖斯雷森笑着说道，"你的黑石牢狱用来防御威力大，可是你的攻击力还是弱了些，若有一件神格兵器在手，那就强多了。"

林雷心中一动，神格兵器比他的鳞甲要坚硬得多。

"这些人也不累。"盖斯雷森一皱眉头，仰头看向上方。

"四条虫家族，你们来的人怎么一个个都是普通的上位神？长老们呢？小人物出来战斗，长老们反而胆小得躲起来啊。哈哈——"讥讽声在天祭山脉外回荡着。

林雷听了不禁皱眉。他即使能强忍怒气，可听多了也觉得烦，一烦就易怒。

"再忍几天吧。族内正在准备巨型魔法阵，打算弄一个巨型元素罩，到时候能将外界声音完全隔绝。"盖斯雷森无奈地说道。

时刻听着那声音，真的是一种折磨。

很快，一个巨型元素罩在天祭山脉上空形成，隔绝了外界的声音。任凭八大家族的人如何说，里面的人都听不到，不过大家心里依旧不好受。

这种堵住耳朵的行为让他们感到耻辱。

"生之力奥义这瓶颈还真难突破。"林雷盘膝坐在草坪上感慨道。

林雷一直抓紧时间修炼，想将生之力奥义练至大成，好让自己在地系元素法则上达到上位神境界，这样他就能出去对付八大家族的人了。

八大家族的事情，林雷一直记在心里，因此更加勤奋地修炼。

"老大，"贝贝的声音突然响起，"贝鲁特爷爷来了！"

林雷睁开眼睛，看到贝鲁特、贝贝、普斯罗向他飞来，贝鲁特的脸上还带着一抹笑意。林雷连忙站起来向他们走去。

"林雷，你还真静得下心啊。"贝鲁特笑呵呵地道。

"不静下心又能怎么样？"林雷无奈地说道。

"现在外面不是一对一战斗吗？你怎么不去？"普斯罗饶有兴味地询问道。

林雷说道："普斯罗，八大家族一心要解决我，我现在实力还差些，不是对方八名族长的对手。"

普斯罗笑道："我跟你说，你现在不去，以后怕是难找到机会去战斗了。"

"什么意思？"林雷不理解。

林雷看向普斯罗、贝鲁特，猜测道："贝鲁特大人，你们是要出手了？"

"这场闹剧也该结束了。"贝鲁特淡笑道，"走吧，你带我去见你族长。"

"贝鲁特爷爷，族长不知道你们来？"贝贝感到错愕。

普斯罗笑道："你爷爷想早点见到你，直接飞过来了。那名巡逻队长认识我和贝鲁特，自然不敢挡。"

这时，阵阵风声响起。

"府主大人。"盖斯雷森等人飞了过来。

"府主大人，你过来也不通知我一下，我好去迎接啊。"盖斯雷森笑着说道。

贝鲁特淡笑道："好了，盖斯雷森，你赶快传令下去，将那几名族长以及重要人员都召集过来吧。今天，我帮你们四神兽家族和八大家族了结一下恩怨。"

盖斯雷森一怔，他身后的几名长老也愣住了。

自从八大家族迁移到天祭山脉南边，盖斯雷森他们一群人就觉得特别压抑，心中也早已十分疲累，不知道何时是个尽头。有时候，他们也想和普通族人一样疯狂一把，去和对方尽情战斗，可他们是族长、长老，必须为家族考虑。这种压抑的日子，令他们快发狂了。

"府主大人，你……你刚才说什么？"盖斯雷森结结巴巴，觉得难以置信。

"你不是一直想让我这么做吗？"贝鲁特淡笑道。

盖斯雷森瞬间狂喜，竟然砰的一声重重跪下，眼中泪光闪烁："府主大人，我……你这大恩，我们四神兽家族永不会忘记！"

他身后的几名长老眼中也有了泪水。

"你们快去请其他三名族长过来，让大长老他们也过来。"盖斯雷森连忙吩咐道。

"是，族长！"

这几名长老此刻干劲十足。

林雷则一直盯着贝鲁特。

贝鲁特感受到林雷的视线，转头看过来："林雷，你这么看着我干什么？"

"我……我有些不敢相信。"林雷感觉在做梦。

八大家族中虽然无人敌得过贝鲁特，但他们背后也有好几名主神使者。贝鲁特要解决这恩怨，难道不怕惹上一堆麻烦？

"族长，大事不好了！"一道身影疾速飞来，"大长老……大长老去了对战台，正在和八大家族的人战斗！"

"什么？"盖斯雷森顿时急了。

"走，去看看。"贝鲁特说道。

第617章
差不多了

"大长老去了对战台！"林雷十分吃惊，然后他跟着贝鲁特、普斯罗等人一起朝大峡谷外飞去。

飞出大峡谷，盖斯雷森瞥了一眼笼罩整个天祭山脉的元素罩，便对龙形通道上的一群巡逻战士喝道："传我命令，将元素罩全部撤掉！"

"呃……是，族长！"那些巡逻战士有些吃惊，但很快就反应过来了。

林雷看着那笼罩整个天祭山脉的元素罩，在心中暗道："这是耻辱，家族的耻辱！"

被别人辱骂，自己堵住耳朵还不敢反抗，这不是耻辱是什么？

天祭山脉和八大家族之间的那个对战台，在经历了一次次战斗后，早已千疮百孔，变成了暗红色。

"哼！"

一只龙爪猛然抓向对方，随即快速收回。龙化形态的大长老淡漠地睥睨一眼远处："下一个！"

这是她在对战台上解决的第三个人。

第一个，是一名普通的上位神；

第二个，是一名六星使徒；

第三个，是一名七星使徒长老。

"盖娅，看来你今天是来找死了！"八大家族的高手们赶过来了。

"找死？我倒要看看你们八大家族今天谁能解决我。"大长老冷冷地扫了他们一眼，丝毫不惧。

这一万多年来，大长老被逼得要发疯了。父亲（青龙）陨落，令她痛苦万分；家族逃难途中，她丈夫殒命；数百年前，她唯一的儿子弗尔翰因背叛家族，被她亲手击杀。大长老心中的痛苦，外人岂能想象？不过为了家族，她一直在忍着、坚持着。

这段日子，八大家族不断辱骂、讥讽四神兽家族，逼得四神兽家族弄出了一个巨型元素罩。

这种堵住自己耳朵的行为让大长老感到十分耻辱。她再也忍受不了了，也不想再压制自己了，她怕自己发疯！

战斗吧！尽情战斗吧！唯有战斗才能发泄她心中的悲愤。

大长老傲然站立在对战台上，银色面具上沾了一丝血迹。

"你们谁来跟我斗？不管谁来我都接着。"大长老扫了一眼赶过来的八名族长，嗤笑道。

此时，八大家族的八名族长也觉得有些棘手。

在四神兽家族中，第二代成员都有主神器。如盖斯雷森，他有灵魂防御主神器；大长老盖娅则拥有融合在鳞甲中的防御主神器。

拥有防御主神器，大长老无惧他人的物质攻击，还可以用强悍的身体攻击对方。她的灵魂防御也厉害，她不仅有普通的灵魂防御神器，还有青龙一族的天赋神通。

"巴巴里族长，你应付起来应该轻松点，你去吧。"波林族长说道。

巴巴里族长看过去，微微点头，随即身影一动，便飞上了对战台。

"我就知道不是你就是德恩，其他六个都没胆。"大长老嗤笑一声。

"盖娅，今天便是你的死期！"一个浑厚的声音响起。

身高超过三米的巴巴里族长右手一甩，一条足有数十米长的青色鞭子出现，犹如一条青色大蟒蛇。

"谁死还不一定呢！"大长老厉声说道，随即身影一闪，跨过对战台。

巴巴里族长大步一跨，长鞭一甩，向大长老挥去。

当贝鲁特、盖斯雷森等人赶到天祭山脉边缘的时候，大长老和巴巴里族长处于胶着状态，不过大长老处于劣势。

"这……这就是大长老的实力？"林雷震惊地看着眼前一幕。

大长老和巴巴里族长完全化作了两道幻影，只能听到低沉的如擂鼓般的撞击声，看到空间爆裂的场景。

贝鲁特瞥了林雷一眼，淡笑道："林雷，不必吃惊。盖娅的鳞甲中融合了防御主神器，拳脚当然强。她对手手中的那条长鞭也是主神器，主神器和主神器碰撞，威力大很正常。"

林雷深吸了一口气。

"林雷，你的武器威力弱了些，想要一件威力大点的武器吗？"贝鲁特淡笑道。

林雷转头看向贝鲁特，眼中满是错愕。林雷即使再迟钝也明白了，贝鲁特打算给他一件厉害的武器。

什么武器？林雷第一个想到的就是神格兵器。

"我制作神格兵器也不轻松。"贝鲁特看穿了林雷的想法，淡笑道，"你自己先努力，等你达到上位神境界的那天，我就开始为你制作一件神格兵器。"

林雷十分激动。拥有一件神格兵器，在面对对方主神器攻击的时候，他至少有抵挡的能力了。

"好好努力吧，早点达到上位神境界。"贝鲁特笑吟吟地说道。

林雷兴奋地点头，随即转头看向对战台上的大战。

大长老和巴巴里族长的战斗已经到了最激烈的阶段。那条长鞭仿佛化作了无数条大蛇，覆盖了整个对战台。

"怎么会变成这样？"林雷惊异地看着对战台中央。

对战台中央，巴巴里族长越战越轻松。他那条长鞭竟然有千百条长鞭的效果，似乎要包裹住大长老。

林雷越看越感受到了奥义的玄妙，不禁进入了领悟的状态中。

"这水系元素法则修炼得不错。"贝鲁特赞道。

"嗯？"贝鲁特的余光扫到了林雷，"这小子还真容易投入修炼。"贝鲁特有点明白林雷为什么会进步得那么快了。

当贝鲁特他们一群人在观战时，八大家族的族长、长老们都震惊地看着对面："贝鲁特来了，他竟然也来了！"

"贝鲁特不会插手吧？"波林族长眼中闪过一丝惶恐。

"我们没有违背他的命令，他不会插手的。"雷纳尔斯族长说道。

可是，他们还是很担忧。

像四神兽家族族长、八大家族族长，抑或是大长老这种境界的，他们的实力媲美地狱修罗。在灵魂防御、物质防御方面，他们都没什么弱点。若这种境界的人对战，不知道要战斗到什么时候才能分出胜负。

不过，他们虽然实力强，但也没有强到逆天的地步。

可是贝鲁特不同！

如贝鲁特、丹宁顿这种人物，据说是达到了大圆满境界，可以轻易地解决地狱修罗。这样的强者十分可怕。

贝鲁特如果要对付八大家族，那是轻而易举的事情。因此，八大家族从心底畏惧贝鲁特。

当八大家族因贝鲁特的出现而不安时，林雷已经沉浸在领悟中了。

"生生不息，连绵不断……生生不息，连绵不断……"林雷喃喃道，竟然闭上了眼眸，脑海中浮现出那条鞭子不断变幻的场景。

七大元素法则、四大规则，虽然各自蕴含的奥义不同，但有一些共同点。比如风系元素法则、雷电系元素法则、光明系元素法则中，都有速度方面的奥义。

那些灵魂变异的人可以融合不同的奥义，他们为什么能融合？因为不同的奥义有共同点。

虽然巴巴里族长运用水系元素法则中的奥义施展出了招数，但是林雷从那一招中感知到了地系元素法则中的生之力奥义，于是赶紧领悟起来。

一旁的盖斯雷森看着对战台上的局势，有些焦急："府主大人，我妹妹的情况越来越糟糕了，让他们住手吧。"

盖斯雷森就算想让他们住手，也没那能力。两件主神器的碰撞，他敢插手吗？

"这种战斗的确没意思。"贝鲁特淡然一笑。

嗖——

贝鲁特瞬间就出现在了对战台的中央，一手抓住长鞭，一手抓住大长老的龙爪。

"啊！"贝贝瞪大了眼睛。

"太强了！"盖斯雷森等四名族长以及众位长老不禁心一颤。

大长老的拳头相当于一件主神器，那长鞭也是一件主神器，而且变幻莫测。贝鲁特却一手抓一个，轻而易举。

盖斯雷森他们知道贝鲁特强大，但是看到眼前这一幕，还是十分震惊。贝鲁特空手去抓主神器，就这一点，地狱中没几个强者做得到。

"好了，结束吧。"贝鲁特淡然说道。

大长老和巴巴里族长一怔，然后大长老沉默地退回去了。

巴巴里族长嘴巴动了动，最后说道："既然府主大人出面了，我便饶她一命。"说完，他也只能飞回去。

八大家族、四神兽家族的无数高手都看着对战台中央的贝鲁特。

"府主大人，你来了怎么也不通知我们？"波林族长笑呵呵地说道，显得很友好。

贝鲁特这种逆天的人物，没哪个家族敢惹。就是当初处在全盛时期，背后有主神的四神兽家族也不愿意惹这种人物。

"哦，我今天来是帮你们两方了结恩怨的。"贝鲁特淡笑道。

闻言，八大家族的族长们、长老们神情一僵。

"一万多年了，你们在我幽蓝府的战斗，我都看在眼里。如今，四神兽家族殒命的长老够多了，名声也大损。这惩罚差不多了。我看，你们八大家族哪里来的就回哪里去吧。"贝鲁特淡然说道。

哪里来的就回哪里去？

八大家族的族长们气得脸都红了，长老们也一个个十分生气。

"府主大人！"埃德里克族长难忍怒气，说道，"我们八大家族这么多年来一直没违背过你的话，从没进入过天祭山脉。你当初也说了，只要我们不进入天祭山脉，你便不插手。你怎么今天插手了？"

八大族长恨贝鲁特不守信。

贝鲁特却淡然一笑，没说话。

波林族长也说道："府主大人，四神兽家族殒命的人是多，难道我们八大家族殒命的人就少？当初四位主神在的时候，他们四神兽家族就欠下了我们笔笔血债。我的儿子当初就是被他们杀死的。"

"府主大人，"冥蛇族长低沉地说道，"我原本有九个子女，可是现在呢？只剩下一个了！不说巴巴里家族其他血债，就这一点，我能不怨吗？"

"贝鲁特，"雷纳尔斯低沉地说道，"你我同为血峰主神座下使者，我的事情想必你也知道。你说，这仇我能轻易放下吗？"

"府主大人……"

八大家族的八名族长忍不住一个个诉苦。他们对付四神兽家族的人轻松吗？不，他们家族的主神之力储量没四神兽家族多，在战斗过程中，他们损失的长老更多。

这么多年来，八大家族殒命的长老有两百多个了，他们原本是各家族的顶梁柱。八大家族很痛心，也很舍不得。

可是一万多年来，八大家族和四神兽家族之间的仇怨实在是太大了。

为了对付四神兽家族，他们宁愿全族迁移到地狱位面，宁愿用长老的命去拼，甚至用语言来辱骂、讥讽四神兽家族。他们也是要脸面的，可是没办法，谁让四神兽家族待在天祭山脉中不出来，他们只能这么干！

"我知道你们八大家族和四神兽家族有大仇，你们的死伤人数也不少，但是已经够了。"贝鲁特说道，"更何况，四神兽家族当初也没有对你们斩尽杀绝。"

"府主大人，可是你当初说过，只要我们不进入天祭山脉，你就不插手，怎么今天……"波林族长不死心地说道。八大家族的其他七名族长以及一大群长老看向贝鲁特。

四神兽家族的族人也看向贝鲁特。他们快被逼疯了，现在最希望两方的事情结束。

"我的确承诺过，"贝鲁特淡笑道，"你们也的确没进入这天祭山脉。然而，今天不是我插手这件事情，是伟大的主神！"

贝鲁特一翻手，手中出现了一张有着复杂魔法纹路的羊皮纸。

哧哧——

羊皮纸燃烧起来，一股奇特的能量弥散开来。

八大族长愣住了。

"主神？"他们不相信。

就在这时候，一股奇特的能量在空中聚集。只见黑色的能量越来越多，赫然是毁灭主神之力。很快，一张足有数十米高的黑色巨脸出现在空中。

"主神！"雷纳尔斯第一个虔诚地跪了下来，他一眼便认出这正是他服侍的血峰主神。

黑色巨脸俯瞰着四神兽家族和八大家族的一名名族长、长老，以及双方的族人。

在场的人不禁屏住呼吸，逐一跪伏下来，一个个紧张万分。

"主神。"贝鲁特躬身。

黑色巨脸对贝鲁特露出一丝笑意，随即大声说道："八大家族和四神兽家族的事情到此为止，哪里来的回哪里去。"

"是！"雷纳尔斯第一个应声。

另外七人虽然心中不愿，但还是恭敬地回道："是！"

"贝鲁特。"黑色巨脸的眼睛朝贝鲁特射出两道光柱。

"主神。"贝鲁特躬身。

"那边站着的青年是谁？"黑色巨脸说道，"这里除了你以外，也就那个青年站着。"

主神降临，谁还敢这么嚣张地站着？

贝鲁特疑惑地转头看去，盖斯雷森等人也看了过去。

只见林雷闭着眼睛站在那里一动不动，脸上还有一丝笑意。

"林雷！"贝鲁特感到惊愕。

刚才主神降临，盖斯雷森等一大群人都紧张地跪伏下来听主神说话，谁会注意到旁边的林雷？就是有人注意到了，也不敢吭声啊。

"老大——"贝贝急得连忙灵魂传音，可是林雷一丝反应都没有。

"主神，他就是我跟你提过的林雷。"贝鲁特低沉地说道。

"哦。"黑色巨脸饶有兴味地看着林雷，眼睛射出的两道光柱落在了林雷的身上，"竟然有人在我降临的时候沉浸于顿悟中，这种情况可是从来没出现过啊。"

就在此刻——

嗡的一声，天地法则降临。这种天地法则降临带来的空间波动，在场的人实在太熟悉了，这是成神或者神格蜕变引起的。

只见林雷体内飞出了一枚散发着土黄色光芒的神格。在天地法则的影响下，这枚神格正在蜕变，同时，林雷的灵魂也在蜕变……

血峰主神、四神兽家族族长、八大家族族长、数百名长老……无数人都在看着林雷变为上位神，这恐怕是地狱中最受瞩目的一次上位神蜕变了。

许久，林雷睁开了眼睛。

"怎么了？"林雷看到无数人看着他，吓了一大跳。

随即，林雷感受到了一股可怕的气息，不禁抬头看去。高空中，一张黑色巨脸正看着他。

被那双巨大的眼睛盯着，林雷感到心悸，同时回想起了看过的记忆水晶球，瞬间就明白了。

"主神！主神是什么时候来的？"林雷觉得不可思议。

黑色巨脸的嘴角微微上翘："有意思，有意思！"随即，黑色巨脸轰然消失，好像从未出现过。

贝鲁特飞了过来，哭笑不得地看着林雷："林雷，我说你达到上位神境界就给你制作一件神格兵器，你也不必在这个时候突破啊。"

"我……"林雷有口难言，他也不知道自己会在这个时候顿悟啊。

第618章
神格兵器

主神降临时，林雷竟然顿悟达到了上位神境界，这令贝鲁特等人感到高兴，也令在场不少人感到吃惊，最震惊的还是八大家族的人。

"林雷还是成为上位神了！"波林族长遥看着林雷。

"竟然成为上位神了！"埃德里克族长等人的表情也复杂得很。

"就是主神这次没有降临，我们恐怕也得走了。"冥蛇族长叹息道。

他们这近千年来那般疯狂地对付四神兽家族，就是忌惮林雷。他们认为，中位神的林雷至少融合了五种奥义才会这般可怕。一旦达到上位神境界，林雷恐怕会融合六种奥义，那就离大圆满境界不远了。若真是这样，他的可怕程度绝不低于贝鲁特。

"幸好他没更早突破。"雷纳尔斯族长舒了一口气。

"嗯。"其他族长此刻心中复杂，乱得很。

主神之令让他们不甘心但又不敢违背，已经达到上位神境界的林雷也令他们感到害怕。

一名快达到大圆满境界的上位神一旦发狂，他们八大家族的强者就是当靶子的。

"四神兽家族也是运气好，冒出这么个天才。"巴巴里族长低沉地说道，

"我们还是赶紧走吧。"

"也该回去了。"

八大族长一个个转头离开。

不管怎样，四神兽家族和八大家族的恩怨就此了结。

此时，四神兽家族的所有族人都十分兴奋，不少族人当场就流下了眼泪。从今天起，他们四神兽家族不必再过危机重重、充满屈辱的日子了。

"结束了！"

"哈哈，终于结束了！"

许多族人激动得跪了下来。对四神兽家族而言，之前八大家族对他们的辱骂、讥讽是一种精神折磨。

现在，终于结束了！

"八大家族的人开始走了。"贝贝开口说道。

林雷转头看去，只见浩浩荡荡的八大家族族人在族长们、长老们的统筹安排下，分别乘坐一个个金属生命快速离开了，只留下一大片空荡荡的城堡建筑。

"都结束了！"盖斯雷森的表情复杂得很。

白虎一族族长也感叹一声："这一万多年，噩梦一样的一万多年，终于结束了！族人们不必再躲在天祭山脉，不必再担惊受怕了。"

四神兽家族的族人现在都感到十分轻松。

"贝鲁特大人，你的大恩，我们会永远记住的！"盖斯雷森第一个躬身行礼。随即，其他三名族长以及众位长老也都恭敬行礼。

贝鲁特淡笑着说道："你们要感谢，就感谢血峰主神吧。"

盖斯雷森等人明白，血峰主神和他们四神兽家族没什么瓜葛，如果血峰主神要救他们四神兽家族，早就现身了，何必等到现在？

血峰主神现身估计与贝鲁特有关。

"各位！"盖斯雷森陡然大声喊道，"今天是一个大喜日子。一万多年来，我们四神兽家族一直背负着压力，一名名长老为了家族战死。今天，我们四神兽家族的族人终于能够再次自由地飞行在地狱的高空。为了这件大喜事，定要好好庆贺一番，所有族人大庆三日！"

"好！"

"大庆三日——"

顿时，欢呼声响彻天祭山脉。

"贝鲁特大人、普斯罗，你们两位一定要参加我们这次的庆贺会。"盖斯雷森看向贝鲁特。

"一定。"贝鲁特淡笑着点头。

普斯罗笑了笑，瞥向旁边的林雷，不禁哈哈笑道，"林雷，你在主神降临的时候顿悟突破，我普斯罗活了这么多年，还没见过这一幕呢。"

林雷只能尴尬地笑了笑。

"见到主神了吧？"贝鲁特笑道。

"才看了一眼，主神就消失了。"林雷感到遗憾。

其实在主神来临之前，林雷就已经沉浸在感悟中了。至于主神何时来的，说了些什么，林雷都不知道。不过从刚才众人的对话中，林雷已经了解到八大家族离去是因为听了主神的命令。

"主神就是主神，仅仅一句话就能让八大家族乖乖离开。"林雷还记得出现在高空中的那张足有数十米高的黑色巨脸，也记得那让人心悸的双眸。

主神的威势，林雷感受过一次便永远忘不掉了。

"走吧，你们家族可是要大大庆贺一番的。"贝鲁特笑着飞了起来。

林雷、贝贝、普斯罗、迪莉娅等人也飞了起来，跟在贝鲁特的身后。

盖斯雷森等四位族长早就去安排庆贺会了。这次庆贺会，天祭山脉的所有族人都要参加。

贝鲁特飞着飞着，不禁笑了起来。

林雷抬头看过去。

贝鲁特瞥了林雷一眼，无奈地说道："林雷，我还真是自讨苦吃。之前只想鼓励你一下，说等你达到上位神境界就送你一件神格兵器。没承想，你转眼就突破了。"

林雷这效率也太高了。

"贝鲁特爷爷，你可一定要为老大炼制一件好的神格兵器。"贝贝连忙说道。

"我既然说了，自然就会做到。"贝鲁特点头，随即看向林雷，"林雷，你说吧，你想让我为你炼制什么兵器？"

普斯罗说道："林雷，贝鲁特炼制的神格兵器虽然与主神器相比有一定差距，但是坚硬度堪比主神器。在地狱中，贝鲁特炼制的神格兵器有价无市。"

"我想想……"林雷仔细思考了一下。他有盘龙戒指，能炼化紫晶，紫晶中的灵魂能量能被灵魂吸收，这样他的灵魂就会得到提升。在灵魂提升方面，他无须担心。不过，在物质防御和物质攻击方面，他还有所欠缺。

"贝鲁特大人，你为我炼制一套能融合鳞甲的神格铠甲吧，和大长老的一样。那样，拳脚的威力也会大得很。"林雷期盼地说道。那样一套铠甲，不但可以用来防御，还能用来进攻，一举两得。

原本笑容满面的贝鲁特愣住了。

"老大，你要一套铠甲？"贝贝瞪大眼睛看向林雷。

"林雷，你也太夸张了吧。"普斯罗哭笑不得地看着林雷。

林雷感到愕然，疑惑地看着他们："怎么了？难道我提出的要求很高？"

贝鲁特的表情很古怪，一时间不知道该说什么。

贝贝解释道："老大，炼制神格兵器是我们噬神鼠独有的能力。将神格吞噬，在体内炼化得到精华，将这些精华聚集在一起，再炼制成一件兵器。

"一枚神格就那么一点点大，炼化后得到的精华更是少得可怜。炼制大件兵器，得要多少枚神格啊，而且费时费力，太难了。因此，神格兵器一般都不大。"

林雷有些明白了。他想起来了，贝贝有一件神格兵器，是一柄匕首；盖斯雷森也有一件神格兵器，是一只手套。这两件神格兵器都不大。

他想要的是一套覆盖全身的铠甲，论大小，不知比贝贝的那柄匕首大了多少。

"一套覆盖全身的铠甲，要炼制这个，我恐怕数千年都不得休息了。"贝鲁特感受到了压力，可是他把话都说出去了，不好意思拒绝。

"贝鲁特大人，抱歉，我不懂神格兵器的炼制。"林雷连忙说道，他不想让对方为难，"你为我炼制一柄利剑吧，长度和紫血神剑相当即可。"

林雷觉得自己的攻击力还是弱了，若有一柄锋利至极的神格兵器，他的攻击力就会变强不少。

"和紫血神剑相当。"贝鲁特松了一口气。

对贝鲁特而言，炼制一柄利剑需要的神格比炼制匕首、手套的要多些，但是总比炼制一套铠甲的要少，而且，林雷要的显然是那种比较薄的锋利的剑。这样一来，需要的神格只是比一柄匕首的多数倍罢了。

"贝鲁特大人，我现在的攻击力还不强，这件神格兵器越锋利越好。"林雷说道。

贝鲁特自信地说道："用坚硬的神格炼制一件锋利的神格兵器，很简单。不过，我估计要花费百年左右，你还需要等待。"

"不急，我不急。"林雷笑道。

如今四神兽家族安定下来了，他也达到了上位神境界，他暂时还不知道自己要做什么事情。如果非得说做什么，恐怕就是陪陪亲人，然后就是追求修炼的巅峰吧。

四神兽家族的庆贺会持续了整整三天。

无论是族长的住处还是像大峡谷这种偏僻的地方，到处都摆满了酒席，大家都在尽情狂欢。

大峡谷。

"族人们都开心疯了。"林雷笑着看向窗外。

三天的疯狂庆贺，令整个天祭山脉到处都是喜庆的气息。

一万多年来，四神兽家族族人的阴郁心情终于一扫而空，大家的脸上都洋溢着笑容。

"这三天，我看你一直在笑。"迪莉娅不禁笑道。

林雷笑着点头说道："对了，迪莉娅，那天我达到上位神境界，还没仔细感受一番呢，这三天一直没时间。你先出去忙吧，我现在该好好感受一番了。"林雷说着便盘膝坐在了床上。

迪莉娅见状，笑着走出了屋子。

如今，林雷在地系元素法则达到了上位神境界，接受了天地法则的洗礼，地系神分身的灵魂又变强了。虽然他其他神分身的灵魂并没有明显变强，但是不管怎么说，这都是他的灵魂，本就是一体的。在地系神分身灵魂的影响下，其他神分身的灵魂也会慢慢变强。

其实，林雷只要将地系神分身和本尊融合，那地系神分身的灵魂便是本尊的灵魂，不过他不想这么做。

"等一会儿就好好炼化一些紫晶。"林雷突然心中一动，眼一闭，神识就到了那处奇特的地方。那是无边空间的核心所在，一个浩瀚无边的位面，是只有神级强者才能感知到的地方——元素海洋！

此时，元素海洋泛着土黄色光芒，越是深入元素海洋，里面的地属性神力就越精纯。

林雷已经是上位神了，自然能够感知到元素海洋的深处。

"好精纯的地属性神力！之前达到上位神境界的时候，因为担心家族的事情，还没认真感知底层有什么。"林雷努力控制神识朝元素海洋深处延伸。

很快，他就感知到了一股强横至极的气息以及一股股土黄色的水流。

那些土黄色的水流和普通的神力液体泾渭分明。

"这应该是……"林雷的神识已经无法再往下延伸，"主神之力的气息？对，就是主神之力的气息！"

辨别了许久，林雷才完全确定元素海洋深处有什么，毕竟他能感知到的深度还是有限的。

"元素海洋的深处竟然有主神之力！"林雷觉得难以置信。

这么多的主神之力绝对让人眼馋，可是上位神的神识能感知到的就那么多，他也暂时没办法弄到那些主神之力。

元素海洋深处，是由地系主神之力汇聚成的无尽水流。

"看得到却得不到。"林雷感慨。

每一个神级强者都能够感知到元素海洋，不过只有上位神才能在元素海洋中感知到深处的主神之力区域。

"主神的灵魂比我们上位神的灵魂要强得多。"林雷再次感慨。

"不知道主神之力区域下方是否还有更强大的能量区域。"林雷脑海中突然冒出了这个念头，随即他摇头不再多想，"连主神之力都得不到还想其他的。话说回来，这神级强者分为下位神、中位神、上位神，这神力自然也是分等级的，那这主神之力呢……"

林雷在四神兽家族待了一千余年，对七大元素、四大规则有了更深的了解。在玉兰大陆位面的时候，他只知道一系有七位主神；到了这里后，他才知道七位主神由一位上位主神、两位中位主神、四位下位主神组成。

显然，这主神也是分等级的。

"可是没听说过主神之力分等级。"林雷非常疑惑。

四神兽家族、八大家族都有主神之力。林雷自己使用过主神之力，也与使用主神之力的人战斗过，他并没有感觉到哪家的主神之力更高级些。在他看来，都一样。

"难道不同级别的主神的主神之力一样？"林雷想不明白便不再多想。随即，林雷开始感知灵魂海洋中由灵魂防御主神器形成的透明薄膜。此时，道道灵魂能量在透明薄膜上流转，原本的那个豁口在慢慢变小。

"果然，只有达到了上位神境界，才能真正开始修复灵魂防御主神器。"林雷惊叹不已。这修复速度比在中位神境界时快多了。

这就好比用石头阻拦洪水。如果洪水来袭，往水中扔小石头，即使小石头的数量多，也会被洪水轻易冲掉；如果往水中扔巨石，多扔几回，洪水还是有可能被拦住的。

自从主神降临，四神兽家族和八大家族的事情了结后，天祭山脉四神兽家族的族人们就过上了平静的生活。林雷他们一家子、贝贝一家子也在大峡谷中过着宁静的生活。

林雷现在的主要目标就是强大自己的灵魂。他通过盘龙戒指炼化紫晶，吸收里面的灵魂能量。

很快，林雷就将自己的紫晶消耗光了，还和贝贝要了许多紫晶继续吸收灵魂能量。

当林雷去问贝贝时，贝贝大方地说道："老大，你尽管去炼化，要多少我提供多少。"

当年，贝贝在紫晶山脉的整整十年里搜集了很多紫晶。

转眼，又过了一百年。

大峡谷，林雷屋外。

草地上有一张长餐桌，林雷一家三口、贝贝一家三口都聚集在一起。

迪莉娅、妮丝、威迪、伊娜在端菜，林雷、贝贝在交谈。

"老大，你的灵魂现在还能继续吸收灵魂能量？"贝贝说道，"你已经消耗了那么多紫晶。"

达到上位神境界后，林雷不仅炼化紫晶的速度快了数十倍，吸收灵魂能量的速度也快了数十倍。

"怎么，嫉妒了？"林雷笑着说道，"贝贝，我记得你当初要和我比谁先达到上位神境界吧？"

贝贝摸了摸鼻子，只能无奈一笑。

那次去密尔城，贝贝从卡莱罗娜那里得到了第五份剥离的灵魂碎片。之后，贝贝融合了第五份灵魂碎片，只差一步便能达到上位神境界。

不过，贝贝的修炼速度明显比林雷慢多了，林雷已经突破瓶颈了，他还没有。

"老大，你厉害，行了吧。"贝贝苦着脸无奈地说道，"不过，贝鲁特爷爷说了，等我达到上位神境界，我的实力就接近他了。老大，你现在厉害，等我达到上位神境界，说不定就比你还强喽。"

"比我强才好。"林雷笑了。

林雷很清楚贝贝的天赋。贝贝的天赋神通——噬神，堪称同级别中的无敌手。等达到上位神境界，贝贝施展噬神，有几人能抵挡？或许只有达到大圆满境界的上位神才能抵挡吧。

不仅如此，贝贝的身体也会变得很强悍，看贝鲁特空手接主神器就知道噬神鼠达到上位神境界后的惊人之处了。

贝贝现在还没有融合奥义，等达到上位神境界后，他靠着天赋便能赶上林雷。

对此，林雷毫不妒忌。林雷和贝贝早已亲如兄弟，在林雷看来，贝贝越强越好。

"我也想顿悟、突破啊，可是怎么这么难呢！"贝贝长叹一声。

这时候，威迪端着菜走了过来，听到这话不禁说道："贝贝叔，我也想突破呢。当初，我还是靠宗祠洗礼成为下位神的，若是靠自己，难。"

"哼！"一声不满的低哼响起，伊娜也端着菜走了出来，"威迪哥哥，你别抱怨了好吗？我到现在还没成为神级强者呢。"

闻言，林雷、贝贝不禁笑了起来。

"父亲，大伯！"伊娜瞪眼。

林雷和贝贝笑得更欢了。

"哈哈，什么事情笑得这么开心？"一声爽朗的大笑响起，两道身影从高空降临。

林雷抬头看去，正是一袭黑袍的贝鲁特以及一袭红袍的卡莱罗娜。

看到贝鲁特出现，林雷眼睛一亮，因为他想到了自己的那件神格兵器。

这一百年来，贝鲁特还没来过这里。他这次过来，难道是将神格兵器炼制成功了？

"贝鲁特爷爷！"贝贝开心万分。

贝鲁特却笑着转头看向伊娜："娜娜，快过来。"

贝鲁特和卡莱罗娜都很宠溺伊娜，伊娜连忙迎上去，和贝鲁特、卡莱罗娜亲热一番。

"贝鲁特爷爷，你这次过来，难道是那件神格兵器炼制好了？"贝贝开门见山。

贝鲁特一听，转头看向林雷，哈哈笑道："林雷，为了你这件神格兵器，我花费了整整百年，总算成功了。接着！"

说着，贝鲁特单手一挥，一柄利剑向林雷飞去，速度很快。

林雷连忙伸手去抓这柄利剑，却只抓到了剑刃，手掌立马渗出了一丝血。

"好锋利！"林雷感慨道。

他低头一看，剑身修长，薄如蝉翼，表面近乎透明，仔细观察能看到剑体内部有黑色光晕流转，诡异至极。一般来说，神剑都是表面有光晕流转，这柄神剑却是内部有光晕流转。这柄神剑的锋利程度也让人胆寒。

林雷现在不是龙化形态，可不管怎么说也是上位神，身体还是很强悍的，然而，他只是用手抓住了这柄神剑的剑刃，手掌就被划破了。

"够锋利吧？"贝鲁特笑道。

林雷连忙点头："的确锋利得很，我从来没见过如此锋利的武器。"

"贝鲁特爷爷，你是怎么炼制的？我的匕首怎么没这么锋利？"贝贝连忙问道。

贝鲁特笑着说道："其实，这柄神剑为什么会炼制成这样，我也有些迷惑呢。"

此话一出，林雷、迪莉娅、贝贝他们都疑惑了。

贝鲁特接着说道："我知道林雷你领悟了地、风、水、火四种元素法则，所以在为你炼制这柄剑的时候，我只吞噬了地、风、水、火这四种属性的上位神神格。"

林雷闻言不禁有些感动。

其实，炼制神格兵器，随便弄些神格来炼化也能炼制出一件神格兵器，可是贝鲁特为了林雷，专门找来四种符合林雷属性的神格。

"我炼制得很小心。炼制到后期，"贝鲁特笑着说道，"这四种不同属性的神格竟然完美融合了。这么多年来，这件神格兵器是我炼制得最好的一件。"

林雷心中十分激动。

"贝鲁特大人，谢谢！"林雷感激地说道。贝鲁特为了他这件兵器，的确耗费了不少心力。

"贝贝，你那柄匕首，我只吞噬了黑暗属性神格用来炼制，毕竟你是修炼黑暗系元素法则成神的。"贝鲁特淡笑道，"不过，林雷这柄剑为什么威力这么大，我也不明白。"

要制作出一件完美的作品，有时候是需要机遇的。

林雷认真地抚摸着这柄神剑。之前，他的手掌渗出的血液已经融入神剑中，这柄从未有过主人的神剑很快就接受了林雷。

"奇特，奇特。"林雷发现，剑体内部流转的黑色光晕竟然可以隐藏。只要他心中一动，剑身就会变得透明，乍一看，他手中就好像没有拿剑一般。

"林雷，起个名字吧。"贝鲁特笑道。

林雷看着这柄神剑说道："一旦挥出这柄神剑，连高手都只能感知到一道模糊的影子，那就叫留影吧。"

林雷的第三件兵器——留影剑！

自从得到这柄留影剑，林雷便经常使用它。用得越多，林雷就越喜欢它。

在使用主神之力的情况下使用这柄留影剑，再配合龙化形态身体的强横力量，一剑的威力让林雷感到震惊。

林雷当初用拳头施展圆空裂，可以令空间出现窟窿，现在他用留影剑施展圆空裂，剑影所过之处，空间震颤，出现道道裂缝。

大峡谷，林雷屋外草地上。

林雷持着留影剑随意舞动，整个人如一阵风。旁人看不清他手中的那柄留影剑，只能看到模糊的剑影。

扑哧——

剑影所过之处，空间出现道道裂缝。

林雷在人类形态下使用留影剑就有这么大的威力，若是在龙化形态下使用留影剑，威力恐怕会更大。

"大伯好厉害！"伊娜远远地看着，眼睛发亮。

嗡——

天地法则陡然降临，令在试剑中的林雷停了下来。

林雷转头看去："是贝贝的住处，难道贝贝突破了？"

林雷还记得贝贝说的那句话："等我达到上位神境界，说不定就比你还强喽。"

第620章

追求

　　天地法则降临引起了大峡谷中许多人的注意，玉兰大陆位面一脉的众多族人一个个赶了过来，看到林雷、伊娜、迪莉娅等人守在一栋小楼外。

　　族人们见巴鲁克过来了，当即让开一条道。

　　巴鲁克朝林雷走来，问道："林雷，谁突破了？是贝贝吗？"巴鲁克知道这栋小楼是贝贝的住处才会这么问。

　　林雷笑着点了点头。

　　"贝贝竟然达到上位神境界了，速度比我还快。"巴鲁克摇头笑道。巴鲁克修炼水系元素法则到瓶颈了，差一步就能达到上位神境界。

　　"族长，说不定你明天就能达到上位神境界。"林雷安慰道。

　　不过林雷知道，贝贝是因为有剥离的灵魂碎片，修炼速度才会这么快。

　　"大伯，我父亲达到了上位神境界，能有大伯你厉害吗？"伊娜眼睛发亮，看着林雷。

　　"没那么快。"旁边的威迪肯定地说道，"贝贝叔才达到上位神境界，还要好好修炼。我父亲没到上位神境界就能对付七星使徒，现在更厉害！"威迪为父亲感到自豪。

　　"可父亲他说……"伊娜不解地说道。

"赶得上的。"林雷淡笑道。

"父亲……"威迪疑惑地看向林雷。

"威迪,你贝贝叔的天赋神通,我都没信心接下。"林雷说道。

达到上位神境界的贝贝发出的普通攻击的威力或许一般,可是他的天赋神通噬神绝对是霸道至极的招数。噬神一出,有几个上位神能抵挡?

"老大,你就别吹捧我了。"一个声音响起,戴着草帽的贝贝嬉笑着走了出来。

这可一点不像贝贝说的话。

"父亲!"伊娜立即跑了过去。

林雷笑着说道:"贝贝,难得啊,今天这么谦虚!"

"到厅内坐吧。"妮丝热情地招呼道。

于是,林雷、巴鲁克等人进入大厅,妮丝连忙准备酒水。

贝贝此刻满脸笑容,眉毛都扬起来了,哈哈笑道:"老大,你就别吹捧我了。达到上位神境界后,我就知道自己是什么水平了。"

"哦?"林雷有些疑惑。

"我终于明白了,贝鲁特爷爷他在耍我。"贝贝无奈地说道。

贝鲁特对贝贝说过,贝贝达到上位神境界,实力就接近他了。

"我的最强攻击也就是天赋神通,威力的确接近贝鲁特爷爷的这一招,但天赋神通最多施展两次,我的精神力就差不多消耗殆尽了。没了天赋神通,我就只是扛打而已,一个打不死的人形傀儡。"贝贝有些不满,"和贝鲁特爷爷比,我差得太远了。"

林雷笑了。

"贝贝,能施展天赋神通说明你短时间内至少能解决两个超级强者,这已经很厉害了。"林雷说道,"你爷爷不算欺骗你。一旦你施展天赋神通,有几个上位神能和你一战?"

贝贝感叹道:"我听说当年贝鲁特爷爷阻止八大家族的时候,只持着一根黑色长棍,凡是碰到黑色长棍的人就会殒命。即使是拥有主神器的人,碰到了也会受重伤。贝鲁特爷爷还没施展天赋神通呢。"

林雷不禁摇头。

"贝贝,你贝鲁特爷爷融合了不少奥义。"林雷说道,"你都没融合过奥义,怎么和你贝鲁特爷爷比?"

旁边的巴鲁克朗声说道:"贝贝,即使天赋好,也需要自身努力。我听说你的身体很强悍,比林雷的龙化形态还强,可你还没融合过奥义。我想,贝鲁特大人这么厉害,一定融合了不少奥义。"

"嗯。"贝贝点头。

林雷在一旁思考着。达到上位神境界的噬神鼠,身体强度堪比坚不可摧的神格,估计比自己龙化形态的身体强数十倍乃至百倍。至于奥义,贝鲁特只要融合四五种奥义就足以纵横地狱了,更何况贝鲁特还有主神器。

"不知道贝鲁特融合了几种奥义。"林雷十分好奇。

当年在玉兰大陆位面,贝鲁特和林雷谈过。林雷知道贝鲁特并没有达到大圆满境界。不过,贝鲁特天赋厉害,即使只融合了四五种奥义,实力也堪比达到大圆满境界的上位神。

"我要努力融合法则中的奥义。"贝贝一咬牙。

看到贝贝这副表情,林雷不禁笑道:"贝贝,我就看你能融合到什么程度了。"

"贝贝。"旁边的妮丝忽然开口了。

"嗯?"贝贝看向妮丝。

"你是不是忘记什么事情了,"妮丝盯着贝贝,"一件很重要的事情!"

贝贝被妮丝盯得有些不自在,不禁摸了摸脑袋:"什么事情?"

妮丝有些生气,说道:"你当初说过,等你达到上位神境界就……"

"哦，你是说去看你哥哥萨洛蒙？"贝贝恍然大悟，随即苦着脸说道，"你不会当真了吧？"

妮丝顿时脸色一变，开始沉默起来。

大厅里的气氛瞬间变得压抑。

林雷眉头一皱，连忙神识传音："贝贝，到底怎么回事？"

今天明明是个好日子，怎么搞得这么不愉快了？

"老大，妮妮在这里待了这么多年，想她哥哥萨洛蒙了，想回碧浮大陆去看看她哥哥。你也知道萨洛蒙那个忘恩负义的家伙，我没对付他就不错了，还去看他？我当时不想让妮妮伤心，就哄她说我实力还不够，回去路上有危险，等达到上位神境界就能护送她去碧浮大陆。没承想，她一直记在心里。"贝贝神识传音，面带忧愁。

林雷明白了。贝贝只是随口一说，妮丝却一直记在心里。

不管怎么说，妮丝只有萨洛蒙这么一个哥哥，萨洛蒙虽然对林雷他们不仗义，可对妹妹还是很好的。

"你过去是哄我的？"妮丝终于开口了，眼中有泪。

贝贝一怔。当初，他气得用那柄黑色匕首去对付萨洛蒙，最后，七星使徒阿斯奎恩出手阻挡，救下了萨洛蒙。

在这种情况下，贝贝怎么愿意去见萨洛蒙？恐怕萨洛蒙对贝贝也有一丝恨意吧。

"妮妮，你哥哥他当年对我、我老大、迪莉娅下手毫不留情……"

贝贝还没有说完，妮丝的眼泪就流下来了。

迪莉娅见状，连忙神识传音："贝贝，别这么说。当初，萨洛蒙确实做得不厚道，但是我们现在都还好好的。看在妮丝的分上，你还是陪她回去一趟吧，不然妮丝会永远记得这事的……林雷也是这么想的。"

显然，迪莉娅明白林雷说的话对贝贝作用最大。

"算了吧，贝贝，给萨洛蒙一个机会。如果萨洛蒙死不悔改，到时候再说。"林雷神识传音。

林雷明白妮丝的感受，毕竟在这件事情中，妮丝是无辜的。

"好，老大，就给那家伙一个机会！"贝贝神识传音。

贝贝看了林雷一眼，对妮丝说道："你哥那么做，真的很过分！"

"我哥已经后悔了，他当时误会了你们才会那样做。"妮丝连忙说道。

贝贝伸手握住妮丝的手，说道："妮妮，看在你的面子上，我陪你去见一次你大哥，至于到时候给不给你哥脸面，还要看他的态度。如果你哥还那样，那就不能怪我了。"

贝贝依旧咽不下那口气。

"嗯，我哥一定会道歉的。"妮丝连忙说道，脸上再次有了笑容。

"父亲、母亲，"伊娜这时候才敢开口，"我要跟你们一起去！"

"不行！"贝贝皱着眉说道，"娜娜，你不是神级强者，实力不够。我们去碧浮大陆，路途遥远，一旦途中遇到危险，你就可能有性命之忧。"

妮丝也赞同，说道："娜娜，以再说后吧。"

伊娜见父亲、母亲意见一致，感到无奈，只好不去了。

第二天，贝贝和妮丝就离开了天祭山脉，出发前往碧浮大陆凉安府。路途遥远，一来一回，估计要一百年。

林雷、迪莉娅则带着威迪、伊娜，开始游览幽蓝府。他们在幽蓝府待了这么多年，还没去出去游览过。途中，他们自然会遇到一些麻烦，不过有林雷在，这些麻烦都能轻易解决。

一转眼，便过去了一百年。

其间，林雷的四大神分身一直在潜心修炼。在水系元素法则上，林雷的水系神分身修炼速度极快，已经修炼到第六种奥义了；在风系元素法则上，林雷的风系神分身已经修炼到第八种奥义了；在火系元素法则上，林雷的火系神分身依旧停留在第四种奥义，另外两种奥义还没有入门。至于在地系元素法则上，林雷的地系神分身已经达到上位神境界了，他只要思考奥义融合的事情就行了。

显然，和其他元素法则相比，林雷修炼火系元素法则的进展最慢。

一个金属生命内，林雷悠闲地坐在椅子上。

"林雷，水系元素法则修炼到第六种奥义，看把你高兴的。"迪莉娅把菜肴、美酒递了过来。

林雷双眼发亮，说道："错了，我高兴不是因为这个，而是因为我找到了地系元素法则中力量奥义和重力空间奥义融合的契机。"林雷开心至极，"自从四神兽家族和八大家族事情了结，已经过去了两百多年。在地系元素法则上，我总算有了一点点进步！这一点点进步代表我有希望融合四种奥义。"

"什么时候能融合？"迪莉娅问道。

"不确定。如今，我只是找到了力量奥义分别与土之元素奥义、重力空间奥义融合的契机，还没有开始融合它们。幸好，我已经融合了力量奥义和大地脉动奥义。等力量奥义分别与土之元素奥义、重力空间奥义融合，之后，我才能融合力量奥义、土之元素奥义、重力空间奥义、大地脉动奥义。"林雷很清楚，要融合这四种奥义，必须让力量奥义分别和其他三种奥义融合，然后才能进行整体融合。

"要多久？"迪莉娅继续问道。

"短则数百年、上千年，长则万年吧。"林雷笑道。

"那么久？"迪莉娅笑了。

林雷正色说道："迪莉娅，我修炼至今还没有两千年呢。这么修炼下去，一万年内我就能融合四种奥义。这是一件值得开心的事。"

林雷透过透明金属部分看向外面。

"如今，我没什么遗憾了，只想有朝一日达到修炼的巅峰。无论是一万年，还是百万年乃至更久，我会一直追求下去。"林雷眼中满是期待。

　　当年，在德林·柯沃特的引领下，林雷走上了修炼这条道路。起初他是为了复仇，后来随着修炼的进行，他喜欢上了修炼，喜欢上了不断突破的感觉。

　　"林雷，你一定会成功的，我会一直陪着你！"迪莉娅不禁握住林雷的手，轻声说道。

第621章

铁刀峡

林雷也紧紧握住迪莉娅的手。

"巅峰……嗯，一定会有那么一天的！"林雷的脑海中浮现出贝鲁特、丹宁顿的身影，他们就是他的目标！

忽然，旁边传来笑声。

林雷转头看去，只见威迪和伊娜正偷偷朝这边看。见被林雷看到了，二人立即缩了回去。

林雷不禁笑着招呼道："威迪、娜娜，快过来。对了，娜娜，你父母亲已经回到血峰大陆了，正朝幽蓝府赶，估计一年半载就能赶回来。"

"父亲他们要回来了？"伊娜冒出头，一脸惊喜。

林雷笑着点头。他和贝贝灵魂相连，自然能感知到对方的位置。

"哦，还真快。"旁边的迪莉娅说道，"贝贝和妮丝这一来一回，也就一百多年。看来，他们在凉安府并没有停留太久。不知道贝贝和萨洛蒙的关系处理得怎么样了。"

林雷淡笑道："不管怎么样，贝贝不会吃亏。"

以贝贝如今的实力，萨洛蒙不是贝贝的对手。林雷很清楚贝贝的脾气，即使萨洛蒙是妮丝的哥哥，只要萨洛蒙过分了，贝贝也会对萨洛蒙出手。

"林雷，我们去一趟贝鲁特大人那里吧。这么多年了，我们还没去过，顺便在那里等贝贝他们。"迪莉娅建议道。

"好、好，去老祖宗那里。"伊娜第一个响应。

幽蓝府主府邸，林雷一次都没去过。他当即笑着点头："好，去贝鲁特大人那里，贝贝也会直接过去。"

于是，林雷他们乘坐的金属生命改变了前进方向，朝幽蓝府主府邸赶去。

幽蓝府主府邸位于幽蓝府十大城池之首幽蓝城的北城区域。

北城近乎大半土地是属于府主的，府主的亲兵、仆人等，数以万计。

林雷他们自然受到了贝鲁特的热情招待，就这么住下来了。

转眼，一年即将过去。

林雷、迪莉娅在花园中散步。

花园中，花卉种类繁多，花香四溢，不同颜色的花遍布各处，在里面行走，的确是一种享受。

突然，林雷转头看向西方，微微一笑，随即又转头看向旁边的迪莉娅："迪莉娅，贝贝和妮丝已经抵达幽蓝城，估计过一会儿就到这里了。"

"过一会儿就到?!"迪莉娅不禁面露喜色，随即又有些迟疑。

"迪莉娅，有事情？说吧。"和迪莉娅相处了这么多年，看到迪莉娅的一个眼神、一个表情，林雷就能猜出迪莉娅在想什么。

迪莉娅迟疑一下，说道："林雷，我们来地狱快两千年了，如今四神兽家族的危难已经解除，你也达到了上位神境界，我看我们是不是回玉兰大陆一趟？莎莎和泰勒两个孩子，我真的很想他们。"

林雷一怔，回玉兰大陆？

一瞬间，林雷脑海中浮现出一幅幅画面：恩斯特魔法学院求学，与耶鲁、乔治、雷诺嬉戏玩闹；与贝贝闯荡魔兽山脉，刻苦修炼；沃顿等一大群关心自己的亲人……

林雷之前没想过这事，现在听迪莉娅这么一提，感觉胸口似有一股暖流在澎湃涌动："对，回玉兰大陆，也该回去看一看了！这么多年了，不知道耶鲁老大他们怎么样了，也不知道沃顿一家人、莎莎和泰勒现在什么情况。"

林雷心中满是期待。

"嗯，一起回去！"迪莉娅见林雷同意了，十分开心，"不知道我哥现在怎么样了。"

林雷也记得迪克西。当初进入恩斯特魔法学院时，他就听说迪克西被称为学院第一天才。后来，在他的努力下，他和迪克西被恩斯特魔法学院称为两大超级天才。

"贝贝也很久没回去了，现在他回来了，我们就一起回玉兰大陆一趟。"林雷期待地说道，"说实话，我到现在都好奇玉兰大陆众神墓地上面那几层到底有什么。这一次，也顺便去看看。"

如今，众神墓地里的东西对林雷的吸引力已经没有那么大了，但林雷的好奇心还是有的。他依旧记得当年他们一群人在众神墓地中闯荡的情景。对当时的他们而言，里面危险重重，但对如今的他而言，众神墓地已经没多大挑战性了。

"众神墓地！"迪莉娅感叹道，"当初，你在众神墓地待了足足十年，我在龙血城堡中一直担心你。"

林雷听了，现在还是觉得不好意思。

"老大！"贝贝的声音隔老远便传过来了。

"贝贝来了，走，我们出去。"林雷当即和迪莉娅一同走向外面。

当走到外面时，林雷、迪莉娅才发现贝鲁特、威迪、伊娜等人已经在外面迎接了。

贝贝、妮丝正热情地和贝鲁特、伊娜交谈着。

看到林雷，贝贝立即笑道："老大，这么长时间不见了啊。"说着，他给了林雷一个大大的拥抱。

林雷笑着问道："这次去碧浮大陆感觉怎么样？"

"能怎么样？"贝贝一撇嘴。

林雷不禁疑惑地看向贝贝。

"萨洛蒙还不是连忙道歉！还好他识相，要不然……哼哼。"贝贝哼了两声。

林雷听了松了一口气，看来萨洛蒙还是懂分寸的。

实际上，萨洛蒙从妮丝那里知道贝贝和幽蓝府主贝鲁特的关系后，对贝贝就一直很好，毕竟贝贝是贝鲁特的孙子。

"哈哈，大家到大厅再详谈。"贝鲁特笑着说道。

走向大厅时，林雷对贝贝灵魂传音："贝贝，我和迪莉娅谈过了，我们准备回玉兰大陆一趟。在地狱这么多年了，一直没回去过，你和我们一起吗？"

贝贝听了双眼发光。

"去，当然要去！"贝贝立即灵魂传音，"老大，我和妮妮谈一下，她一定会同意的。"

一群人在大厅内坐下，仆人们端出了各种美食。

林雷直接开口说道："贝鲁特大人，我们在地狱待了这么久，我和贝贝商量过了，准备回玉兰大陆一趟。"

"回玉兰大陆？我要去！"

"我也要去！"

威迪和伊娜几乎同时喊了出来。

贝鲁特吃了一惊，旋即笑着点头："也对，你们来地狱很久了。你们要回玉兰大陆，需要从我们血峰大陆的铁刀峡传送通道传送过去。"

林雷清楚地狱中的五大陆地以及两大海洋有各自的传送通道，不过使用传送通道的费用极高。

“贝鲁特大人，传送费用是多少？”林雷询问道。

“一般来说，至高位面、神位面之间的传送费用低些；从至高位面、神位面传送到物质位面，费用极高；从物质位面传送到至高位面、神位面，那是免费的。”贝鲁特说道。

林雷也知道贝鲁特说的这些："不知道我身上的这些墨石够不够用。”林雷有点志忑。

贝鲁特笑道："不过，你们只要持有这块令牌，就可以免费使用传送通道。”贝鲁特一翻手，手中出现了一块血色令牌，上面散发出让人心悸的气息。

林雷等几人都看了过来。

“免费使用传送通道？”贝贝眼睛亮了，"爷爷，送给我们吧。”

“嘿，这只能借给你们用。”贝鲁特连忙说道，"这令牌是主神赐予我的。我当年去过那么多位面，靠的就是它，否则，我有再多的金钱也付不起一次次的传送费用。你们用了后要记得归还，若你们以后要用，我可以再借给你们。”

贝贝不由得撇嘴，显然有些不满。

“谢谢贝鲁特大人了！”林雷连忙说道。

“哈哈……”贝鲁特笑道，"你们到了玉兰大陆后，如果有什么事情，尽管去黑暗之森找我，我的神分身一直在黑暗之森。”

“神分身？”林雷感到惊讶。

贝鲁特笑着点头。

林雷不禁想起了当初在玉兰大陆见到的贝鲁特。他当时看到的贝鲁特和眼前的贝鲁特一样，那他当初见到的贝鲁特是眼前的这个还是那个处于黑暗之森中的神分身呢？

“这块令牌给你们，可别弄丢了。”贝鲁特郑重地说道，随即将令牌抛给了贝贝。

贝贝接过令牌，说道："放心，在我手上不会弄丢的。”

于是，林雷一家三口、贝贝一家三口开始准备回玉兰大陆。

在得到血色令牌的第二天，林雷他们一行六人出发前往铁刀峡。

铁刀峡，血峰大陆的传送通道。

当林雷他们飞向铁刀峡时，隔老远就看到了铁刀峡。铁刀峡十分好辨认，除了因为它本身的模样特殊外，周围还有大量巡逻的血峰军战士。

"来者止步！"血峰军战士喝道。

林雷他们立即降落下来。

为首的血峰军战士有一头金色短发，他冷厉的目光扫向林雷他们一群人，喝问道："你们来铁刀峡有什么事情？"

"我们打算使用传送通道返回物质位面。"林雷开口说道。

为首的金色短发壮汉一惊。使用传送通道去其他至高位面、神位面的人不少，毕竟费用不高，可返回物质位面的人就很少了，因为价格高得可怕。

"哦，那跟我来。"金色短发壮汉在前面带路。

于是，林雷他们一行六人跟着这名血峰军战士前往铁刀峡内部。

片刻后，林雷他们便来到了铁刀峡上面那座城堡内的传送通道处。传送通道的魔法阵和林雷、迪莉娅、贝贝来地狱时看到的魔法阵一模一样。

"竟然有六个人！"守在此处的血峰军战士感到诧异。

其中一名血峰军战士打量着林雷他们一群人："三名上位神、一名中位神、一名下位神、一名圣域级强者。按照规矩，回物质位面，一名上位神的传送费用为一万亿块墨石，每名上位神可带十名中位神……"

林雷光是听到"一万亿块墨石"就吓了一大跳。他总算明白为什么从玉兰大陆位面前往其他位面的强者没有几个回去的了，因为这价格太夸张了。一万亿块墨石，恐怕就是一名七星使徒的全部财产了，普通上位神根本不可能负担得起。

"所以你们需要付三万亿块墨石，呃……"这名血峰军战士的话说到一半就止住了，因为他看到了贝贝手中的那块令牌。

"赶快启动传送魔法阵。"贝贝淡然说道。

"是！"见到这块令牌后，所有的血峰军战士立即站得笔直，然后飞速开启了魔法阵。

片刻后，一名血峰军战士转头看过来："几位大人，你们要去哪里？"

"玉兰大陆位面。"林雷开口说道。

第622章

回来了，玉兰大陆！

寒风呼啸，席卷天地，无数冰屑肆意飞扬。

在这个冰冷的世界中，一座座冰山冲天而起，每一座冰山的表面都十分光滑，甚至可以映照出人的模样。最高的一座冰山之上，有十一个复杂的六芒星形状的魔法阵，不远处有一座冰屋。

此刻，一名白发老者从冰屋中走出来，用那双天蓝色眼眸扫向四面八方："在这北极冰原想见到一个人真难！这么多年来，来北极冰原的圣域级强者越来越少了。看来，我也该出去走一趟，好好逛逛玉兰大陆了。"

此人正是霍丹——玉兰大陆位面的位面监守者。

当霍丹准备飞离的时候，一个魔法阵陡然亮起了绚丽的光芒，道道光线冲天而起。

霍丹转头看去，不禁大吃一惊："竟然有人从至高位面地狱返回玉兰大陆这物质位面！"

霍丹很清楚传送费用是何等惊人，一般的七星使徒是舍不得花这个钱的。

当初他们家族以萨狄斯塔为首来了一批人，其中，只有萨狄斯塔一名上位神。一名上位神传送过来时，可以带领一定数量的中位神和下位神。

那一次，他们家族便消耗了一万亿块墨石！

"不知道是什么人物。"霍丹在心中暗道，不禁躬下身来。能够从地狱返回玉兰大陆的人物，他霍丹怎么敢不恭敬？不过，他还是盯着那魔法阵内部，很想知道来人到底是谁。

迷蒙的光线中渐渐出现六道人影。魔法阵光芒消散，六道身影越来越清晰。

"林……林雷！"霍丹看着眼前六人，觉得难以置信。

"霍丹，快两千年不见，你还是和过去一样。"林雷淡笑着说道。

霍丹目光扫过林雷他们六人，心中大惊："这六人中，有三个我根本察觉不到气息，竟然有三个上位神。按照规矩，传送费用就要三万亿块墨石啊。"霍丹被这个天文数字吓住了，"林雷去地狱还没有两千年，怎么变得如此厉害了？"

在两百余年前，雷纳尔斯等八大家族便不再和四神兽家族争斗了。霍丹只是雷纳尔斯家族的一个小人物，又长期生活在玉兰大陆位面，对家族的许多事情不清楚，自然不明白林雷的身份。如果霍丹知道林雷是青龙一族的长老，估计会更震惊。

"林雷大人，你比过去强多了！"霍丹恭敬得很，他一个中位神敢对上位神不尊敬吗？

林雷转头看向无边的冰雪世界，苍茫天地一片冰冷，可是他感到温暖，因为这里是家乡！

"威迪，这里就是北极冰原。"林雷此刻显得有些激动，"玉兰大陆位面的北极冰原！玉兰大陆，我的家乡啊！将近两千年了，我终于回来了！终于回来了啊，哈哈……"林雷激动得忍不住放声大笑。

迪莉娅的眼眸也湿润了，喜极而泣。

"回来了！不知道我莱恩家族怎么样了，我哥可还好……"迪莉娅也激动万分。

"这就是父亲的家乡吗？"威迪好奇地看向四周。

"玉兰大陆还在南边。"林雷笑着说道，"走，去玉兰大陆。霍丹先生，那我们先走了。”

在林雷的大笑声中，一股地属性神力笼罩住了众人，一群人疾速飞离北极冰原，朝玉兰大陆飞去。

霍丹看着林雷离去的背影，感慨道："没想到，不足两千年，他就能从地狱回来，可怕，可怕！"

能从地狱归来，也是强者实力的一种表现。普通的上位神可不是随随便便就能从至高位面返回普通物质位面的。

地狱中的引力比玉兰大陆位面的引力大，在地狱中飞行受到的束缚自然更大一些。一回到玉兰大陆位面，林雷便觉得飞行速度大增，比在地狱中快了十倍。他用地属性神力笼罩住众人，一群人的飞行速度十分快。

很快，林雷便遥遥看到了玉兰大陆蜿蜒漫长的北海海岸线。

"老大，玉兰大陆到了！"贝贝激动地欢呼起来。

"那就是玉兰大陆？"伊娜好奇地看过去。

林雷、迪莉娅的脸上不禁泛出红晕，显然都很激动，毕竟他们离开将近两千年了。

迪莉娅转头看向林雷："林雷，我们现在先去哪里？是去黑暗之森还是去龙血城堡？"

林雷叹了一口气，说道："这么多年了，我还没祭拜过父亲，去乌山镇遗址吧。"

不知为何，林雷最想去的是乌山镇。或许是因为他的童年在那里度过，或许是因为他在那里遇到了德林爷爷，或许是因为他在那里遇到了贝贝。

"乌山镇，对，去乌山镇。"贝贝也说道。

"我当年就是在乌山镇出生的。"贝贝回头对妮丝、伊娜说道。

对林雷、贝贝而言，乌山镇的意义极大，那里是他们走向外面广阔世界的开始。

"好，去乌山镇。我要去看看！"伊娜欢呼道。

"乌山镇估计还是遍布魔兽呢。"林雷感叹道，"过去将近两千年了，也不知道那里变成什么样子了。"

将近两千年可以发生很多很多事情。

"父亲，我想见见你说过的祖屋。"威迪也期待得很。

"那就出发吧。"林雷当即带着大家朝魔兽山脉西边的乌山镇疾速飞去。

因为飞行速度快，林雷他们很快就飞过了魔兽山脉。

"那个时候，我从神圣同盟赶到奥布莱恩帝国要大半年，现在从北海海岸边飞到这里，只是喝一口水的时间……哦，乌山镇到了！"林雷高兴地说道。

可是飞到乌山镇上空后，林雷他们六人一时间又疑惑了。

"大伯，你刚才说乌山镇魔兽聚集，一路飞来，我们却看到了大量的村庄和人。"伊娜不解地说道，"这里是乌山镇吗？就我们刚才看到的，就有数万了人吧？"

"对，这里就是过去的乌山镇。"林雷十分确定。

"你看，那边是乌山！乌山还在，这里就是乌山镇。"林雷指向东方。

东方的确有一座山脉。虽然将近两千年了，但是和过去相比，乌山没多大变化。不过，乌山西边的变化十分大。这里建设了一座非常漂亮的学院，学员数量极为惊人。论大小，这学院可比当初的乌山镇要大得多。

"怎么回事？"林雷满是不解。

迪莉娅也很疑惑。当年毁灭之日后，神圣同盟和黑暗同盟的大片区域被魔兽占领。没想到在将近两千年后，这块区域竟然重回人类手中了。

"将近两千年，发生的事情太多了。"林雷感叹一声，"走，我们去祖屋看看。"

林雷说着继续带领大家朝前面飞行。

林雷他们六人在空中飞行，地面上的人们完全看不到他们，因为他们飞得很高，身边还有云朵。

　　林雷一边飞行，一边朝下方仔细看去，一眼便看到了学院的核心区域——那座祖屋。

　　"祖屋还在？"林雷十分吃惊。

　　"老大，那座祖屋还好好的，而且比我们上次来看到的要好上很多。"贝贝也十分吃惊。

　　这座学院，除了那座祖屋，其他地方都是新建的。在长期的维护修缮下，祖屋被保护得很好。

　　林雷、贝贝看得有些激动，毕竟这里有他们的美好回忆。

　　"下去。"林雷低声说道。

　　嗖——

　　六道身影向那座祖屋疾速飞去。因为速度很快，平常人根本看不到林雷他们的身影。

　　祖屋内。

　　"一切都好好的，都好好的。"林雷站在前院中，仔细观看着。

　　看到前院中的那把躺椅，林雷顿时眼睛泛红："这把躺椅还在……"他不禁回忆起了父亲霍格当初躺在那把椅子上看书的画面。

　　林雷深吸了一口气，再次认真看向那把躺椅。这回他看出来了，那把躺椅不是父亲当年的那把。时隔近两千年，那把躺椅恐怕早就腐烂了。

　　"威迪，你爷爷当初经常坐在这样的躺椅上看书。"林雷指着那把躺椅，"还有那个地方，当初，我就是在那里接受你爷爷的文化教育。"

　　林雷还记得自己当时每天都要在那里认真阅读各种书，还要接受霍格的考验。

　　威迪瞪大眼睛，仔细观看每一处。

　　"这是我当初睡觉的地方，贝贝也是和我住在一起的。"林雷一指旁边的屋子。

贝贝不禁笑了起来。

"走,去后院,那里有我们的家族宗祠。当初,我和贝贝就是在那里相遇的。"林雷脸上满是笑容。

贝贝也笑着说道:"当年,老大就是用烤鸡、野兔什么的把我给吸引住了。我当初太单纯喽。"

林雷、贝贝笑着朝后院走去,心中感到温暖。

就在这时——

"嗯?有人来了。"林雷、贝贝他们一群人立即闪入后院。

嘎吱,祖屋正门被推开。

一名老者带领数十名青年、少年走入这屋子,老者说道:"各位,这里就是天才石雕宗师、战士魔法双修天才、巴鲁克帝国开国大帝、圣地龙血城堡主人,也是最传奇的神级强者林雷·巴鲁克童年时期住的地方。你们都小心点,只准看,不准碰。"

老者介绍道:"这是林雷宗师当初居住的屋子。"

"啊,林雷宗师住的地方!我要是也能住在这里就好喽。"一些少年低声说着,双眼发亮。

"哼。"老者不由得眉头一皱,扫了一眼那些学员,"都认真点,这里是林雷宗师的祖屋。在学院期间,你们只有一次参观的机会,以后可就没机会了!好了,现在我们去书房,那是林雷宗师童年时期读书的地方。"

第623章

沧海桑田

祖屋后院中，林雷惊愕地听着前院传来的声音。

"老大！"贝贝笑着向林雷竖起大拇指。

威迪、伊娜则崇拜地看着林雷，伊娜还重复道："天才石雕宗师、战士魔法双修天才、巴鲁克帝国开国大帝、圣地龙血城堡的主人，也是最传奇的神级强者林雷·巴鲁克！大伯，你有这么多称号，太厉害了！"

"那人少说了一个，终极战士——龙血战士！"贝贝在一旁嬉笑道。

林雷笑了笑。

那些学员只参观了前院的一些地方，而后便统一离开了。显然，祖屋的后院是不对学院开放的。也对，家族宗祠岂能让他人随便参观？

其实，巴鲁克家族的宗祠早就搬迁到龙血城堡了，祖屋的宗祠内并没有什么东西。

"刚才还说到了圣地龙血城堡，龙血城堡也成圣地了。"林雷慨叹一声。

迪莉娅笑道："你那么出名，龙血城堡自然也成圣地了啊！"

"父亲，"伊娜对贝贝说道，"你当初的出生地在哪里啊？"

贝贝笑着带领妮丝、伊娜朝旁边的院子走去。

林雷则朝宗祠走去，迪莉娅、威迪紧随其后。

嘎吱——

门被推开，林雷仔细地观看宗祠。

和当年比，宗祠几乎没什么变化，显然修缮得很好，原本摆放的大量灵位早就移送到了龙血城堡。

林雷看着这宗祠，脑海中浮现出当初父亲霍格第一次向他介绍巴鲁克家族的情景——"四大终极战士其实代表着四个古老的家族，而我们巴鲁克家族，正是蕴含高贵的龙血战士血脉的古老家族！"

父亲在宗祠中激动叙说的场景，似乎发生在昨天一般，然而，父亲已经死了。

"父亲，你可知道我已经去了四大至高位面之一的地狱，见到了族长巴鲁克，还有瑞恩、哈泽德等众多家族先辈？他们都过得很好，很好！"林雷心中感到酸楚。

父亲一直希望家族复兴，家族复兴了，可是父亲永远看不到了。

迪莉娅、威迪在一旁静静地看着，不敢打扰林雷。

林雷忽然眉头一皱："有人来了。"

"你们是什么人？"一声呵斥从不远处传来。

"出去看看。"林雷、威迪、迪莉娅朝外面走去，等走到外面，便看到一名穿着一袭灰色魔法袍的中年人正盯着贝贝、妮丝、伊娜。

当林雷他们三人走出来的时候，这名中年人更震惊了："竟然有六个？"

这名中年人是学院院长，圣域级强者哈姆林。

哈姆林已然是圣域级极限强者。在经过祖屋的时候，他感知到里面有人，便进来查看。其实，哈姆林只感知到了伊娜的存在，没有感知到其他五人。

他原以为祖屋里只有一人，没承想竟然有六人。

显然，另外五人的实力都超过了他。

"你是谁？"林雷看着他。

哈姆林正色说道："我是学院院长哈姆林。这是我们林雷学院的核心重地，你们怎么进来了？"

"嘿，你说什么学院？"贝贝连忙问道。

林雷也吓了一跳，眼前这个哈姆林刚才提到了"林雷学院"。

哈姆林疑惑不解地看着这六人："怎么？难道你们连玉兰大陆三大学院之一的林雷学院都不知道？难道你们没看到我们学院大门内的林雷宗师雕像？"

这是尽人皆知的常识，可林雷他们这副表情让哈姆林感到疑惑。

"林雷学院？"威迪瞪大眼睛，随即转头看向林雷，"父亲，听到了没？林雷学院啊！"

林雷一时无话可说。

其实，哈姆林见过林雷的雕像，不过，一来那尊雕像的水平未到宗师水准；二来，林雷现在的气质和圣域境界时相比有了很大的变化。因此，哈姆林根本没将眼前的人和大陆传奇人物林雷联系起来。

"我们只是来看看。"林雷淡笑道，"好了，我们走吧。"

林雷身上地属性神力弥散开来，包裹住了伊娜、威迪他们。土黄色光芒一闪，林雷他们六人便消失在天际。

"这速度，"哈姆林十分震惊，"比老师还要快得多啊，雷诺老师可是神级强者啊。他们到底是什么人？"

巴鲁克帝国有将近两千年的历史了，帝国圣地便是龙血城堡。

历代帝国皇帝退位后，大多数会居住在龙血城堡中。龙血城堡中有许多神级强者，还有许多圣域级魔兽。

没人敢在龙血城堡放肆。

龙血城堡早就扩建了，如今的面积比过去大了数倍。

龙血城堡黑钰园是沃顿的住处。

此刻，黑钰园草地上，两个青年模样的男子正盘膝坐在草地上，相对而坐，饮酒交谈。

"泰勒，怎么了？"

"沃顿叔，我感到疲倦了。"浓眉大眼的青年正是泰勒。

跟林雷离开时相比，泰勒的模样没多大变化。泰勒叹了一口气，说道，"沃顿叔，我们拥有永恒的生命，可是自己的妻子呢？眼睁睁地看着妻子老去、死去，这种感觉太痛苦了。"

将近两千年来，泰勒先后有过两名妻子。可她们先后都老死了，泰勒感到痛苦至极。

"唉。"沃顿也叹了一口气，说道，"当年，大哥为了让我娶到尼娜，和奥利维亚战斗。数百年过去，尼娜也禁不住时间……尼娜已经去世一千多年了，大哥离开玉兰大陆去地狱也快两千年了。"沃顿自嘲道，"拥有永恒的生命有时候也很痛苦。"

达到圣域境界就能拥有永恒的生命，可是对许多普通人而言，这很难，因为还需要天赋、机遇等。

"盖茨他们倒是幸运。"沃顿感叹一声。

巴克五兄弟中，巴克、盖茨分别娶了丽贝卡姐妹。丽贝卡姐妹灵魂纯洁，修炼亡灵魔法的天赋极高，用了一百余年便达到了圣域境界。

夫妻都能拥有永恒生命才完美，若一方生命永恒，看着另一方慢慢逝去，这的确很痛苦。

"沃顿叔，我看什么时候我们也去地狱看看吧。"泰勒说道。

"去地狱？"沃顿微微点头，"也好。至于我们和奥丁帝国之间的大仇，我们也无能为力。等过段时间我们就去地狱。快两千年没见过大哥了，我真的好想他。"

"我也想见父亲。"泰勒低声说道。

"沃顿、泰勒！"一个声音在沃顿、泰勒的脑海中响起。

沃顿、泰勒仿佛触电般一颤，然后对视一眼，都是一副难以置信的样子。同时，他们感知到一股强大的气息从龙血城堡前院练武场散发开来。这股气息强大，也让他们感觉很熟悉。这是林雷的气息！

　　嗖——

　　沃顿、泰勒化作两道闪电疾速飞向龙血城堡前院练武场。

　　龙血城堡前院练武场，林雷他们六人站在空地上。

　　林雷正在主动散发气息，同时神识传音招呼一个个熟悉的人。

　　然而在展开神识的时候，他发现许多过去熟悉的人已经不在了，如希里爷爷、希尔曼叔叔、詹尼、沃顿的妻子尼娜……

　　"都去世了吗？"林雷在心中暗道。

　　他们不在龙血城堡，不代表就一定去世了。其实林雷明白，普通人类能活到三四百岁就不错了，活到五百岁便是极限，只有达到圣域境界的人才能拥有漫长永恒的生命。

　　此时，一道道人影从龙血城堡各处疾速飞来。

　　"父亲！"一个浑厚的声音响起，是泰勒。

　　"大哥！"是沃顿。

　　"林雷大人！"身材壮硕至极的是巴克。

　　一大群人飞速赶过来，练武场上一瞬间便聚集了近百人。这近百人中，林雷认识的只是少部分，不认识的更多。不过，见到一个个熟悉的人，林雷忍不住激动起来。这都是他的兄弟、朋友、亲人。

　　"哥！"沃顿直接给林雷来了一个大大的拥抱。

　　"沃顿！"林雷抱着自己的亲弟弟，十分兴奋。

　　"主人！"

　　林雷转头看去，那一袭黑色长袍的男子是已经化成人类形态的黑纹云豹黑鲁。

黑鲁也激动地看着林雷。能成为魔兽中的王者，黑鲁十分感激林雷。

过了好一会儿，沃顿才松开林雷，激动地说道："哥，我没想到你会回来，我刚才还说准备去地狱找你。哥，这里的许多人你都不认识吧，我来给你介绍，这是阿诺的儿子……"

沃顿一口气介绍了十余名重要成员。

那些人一个个盯着林雷，眼中满是惊奇、崇拜。

"威迪，来，见过你叔叔。还有，这是你哥泰勒……"林雷此刻开心得不得了。

"老三！"一个声音突然从后面响起。

林雷转头看去。

那人是一名下位神，穿着一身黑色长袍，那双眼睛还是和过去一样炯炯有神，只是多了一丝沧桑。这正是林雷当初的铁杆兄弟，老四雷诺。

"老四！"林雷连忙迎过去，给了雷诺一个大大的拥抱。

"老三！"雷诺的眼睛湿润了。他们已经将近两千年没有见过面了，他原本以为再也没有机会看到林雷，此刻相见，他怎么能不激动？

"老三，多少年了啊！"雷诺激动得身体发颤。

"嗯。"林雷也激动地点头。

随即，林雷想到了耶鲁和乔治，不禁问道："对了，老四，老大和老二呢？他们两个怎么样？"

林雷有一丝期盼，耶鲁和乔治或许也能达到圣域境界。

"都死了。"雷诺的声音变得低沉。

林雷一怔，而后叹息道："死了……"

林雷虽然已经有这方面的心理准备，但还是有些伤感。将近两千年，凡是没达到圣域境界的人都已经逝去了。此时，他不禁在心里再次感谢贝鲁特。当初，他和迪莉娅大婚，迪莉娅收到了贝鲁特的礼物——一枚风属性神格，之后，迪莉娅才能达到圣域境界、神域境界，他才能和迪莉娅相知相伴这么久。

若修炼者没有达到圣域境界，得到神格也不能进行炼化。迪莉娅当初的修炼速度变快和神格本身没有关系，而是与那枚神格表层的物质有关。须知，风属性神格本身会散发出淡青色光芒，可迪莉娅收到的那枚神格根本没有一丝光芒，很普通。

为了让迪莉娅更容易感知到元素，贝鲁特花费了不少心思在这枚神格的外部上。因此，迪莉娅的修炼速度才会快速提升。

当林雷还在想着神格的事情时，雷诺接下来的一句话让他大吃一惊。

雷诺低沉地说道："不过，耶鲁和乔治不是老死的。"

林雷一怔，而后吃惊地问道："什么？"

"哥，还是到厅内再说吧。"沃顿走过来说道。

林雷盯着雷诺，雷诺也叹息道："老三，到大厅内再慢慢说。"

林雷感觉情况不太对，忍住心中的疑惑，和雷诺、沃顿他们一同朝城堡议事大厅走去。真正进入大厅的也就二十几人，其他晚辈被拦在外面。

大厅内。

林雷、贝贝、迪莉娅，以及沃顿、泰勒、莎莎、赛斯勒、巴克五兄弟等人聚集过来。

"老四，到底怎么回事？你说老大和老二不是正常死去的？"林雷开口问道。

"是的。"雷诺低沉地说道，"老三，你听完别着急，必须冷静。"

"快说。"林雷忍不住说道。

雷诺点头说道："老三，如今玉兰大陆上只有两个帝国，一个是巴鲁克帝国，一个是奥丁帝国。至于魔兽山脉以西，原先神圣同盟、黑暗同盟的区域，则有大量散乱分布的公国、王国，不值一提。"

"奥丁帝国？"林雷眉头一皱。

"是的，原先的奥布莱恩帝国、玉兰帝国、莱茵帝国、罗奥帝国，甚至极东大草原区域都被统治了，成了奥丁帝国。"雷诺说道。

林雷一惊，奥丁帝国的面积都赶得上一大半玉兰大陆了。

"当初你离开后不久，贝鲁特大人就神识传音，告知了所有神级强者一条信息，之后那些神级强者便不打算进入众神墓地了，一个个前往至高位面、神位面。"雷诺缓缓说道，"当时，玉兰帝国和奥布莱恩帝国已经复国了。乔治成为玉兰帝国的柱石之臣，耶鲁老大则一心忙于道森商会的事情。在我们的帮忙下，道森商会吞并了其他两大商会，成为玉兰大陆的第一商会。"

林雷认真地听着。

"这种平静生活只持续了两百年，然后一个人物出现了。"雷诺低沉地说道，"他叫奥丁。他在短短一年内统治了其他几大帝国，甚至还想灭了巴鲁克帝国。当他杀过来的时候，贝鲁特大人出面制止了他。自此，他不再侵犯巴鲁克帝国。根据贝鲁特大人的消息，奥丁是戈巴达位面监狱五大王者之一，被称为邪恶王者。"

第624章

遗言！

"五大王者之一？"林雷不禁眯起眼睛。

戈巴达位面监狱五大王者都是超级高手，青火（雷林）便是五大王者之一。奥丁既然能和青火并列，那实力就绝对达到了惊人的境界。

"耶鲁老大和乔治的死和他有关？"林雷忍不住问道。

"是的，老三。你知道的，乔治的魔法天赋很高，修炼也勤奋，在你离开一百余年后，他便达到了圣域境界，原本他能拥有永恒生命，可是——"

雷诺脸色发青，心中满是怒气，不过他在强忍着，好让自己能继续叙说下去："奥丁第一次出手是在玉兰帝国帝都。奥丁一翻手，帝都毁灭近半。他还有一批手下，都达到了神域境界。

"奥丁下了一个命令：帝都境内，圣域以及圣域境界以上的修炼者全部杀死，一个不留！"

"乔治就是那时被杀死的。"雷诺声音低沉，眼泪流了下来。

林雷虽然有所准备，但是听到这个消息还是愣了一会儿。当初他们四兄弟中，乔治是最和善，脾气最好的。

"乔治就这么死了？"林雷不敢相信那个有着宏大目标的乔治就这么死了。

兄弟横死，林雷岂能咽下这口气？

"奥丁！"林雷脸色铁青。

"哥！"沃顿连忙喊道。

"老三！"雷诺也喊道。

"雷诺，你……你说……"一个颤抖的声音响起，站在林雷旁边的迪莉娅紧张地看着雷诺，眼中满是担忧、惊恐，"你说玉兰帝国帝都境内圣域以及圣域境界以上的修炼者都被杀死了？我哥呢？我哥他怎么样了？"

当时莱恩家族中，除了迪莉娅，达到圣域境界的也就迪克西了。

将近两千年过去了，当年的亲人肯定早已化为尘土。

迪莉娅这次归来，特别想见见她的大哥迪克西，那个从小就照顾她的天才哥哥。

"迪克西？"雷诺一怔。

"对，我哥！我哥他还活着吧？"迪莉娅的身体隐隐发颤。

"迪莉娅。"林雷不禁握住迪莉娅的手，清晰地感受到了迪莉娅的手在颤抖。

"迪克西他死了。"沃顿开口说道，"当时玉兰帝国帝都内，近十名圣域级强者全部被杀死了，包括迪克西。奥丁和他的手下太强了，他的手下中就有上位神。这样的实力，圣域级强者怎么逃得掉？"

迪莉娅脸色陡然变得煞白。

"我哥他死了……"迪莉娅仰头闭眼，流下两行清泪。

"迪莉娅！"林雷担忧地喊道。

迪莉娅忽然睁开眼睛，咬牙切齿地说道："奥丁，我不会放过他！"迪莉娅转头看向林雷，"林雷，我一定要解决他，一定要！！！"

"一定！一定！"林雷心中满是怒气。

"不要！"泰勒紧张万分，"母亲、父亲，你们千万别去。奥丁实在太强了。当初奥丁杀向我们龙血城堡，还是贝鲁特大人出面阻止的。贝鲁特大人说了，奥丁在至高位面也算是顶尖高手。"

"对。"雷诺也紧张地说道，"老三，你可千万别去冒险。"

"我记得贝鲁特大人提过什么七星使徒，说奥丁算是七星使徒。"莎莎也连忙说道。

显然，他们都还记得当年奥丁杀来时贝鲁特现身救他们的场面。虽然他们对奥丁恨得咬牙切齿，但是贝鲁特郑重警告过他们，奥丁实力强，他们去也是送死。

"七星使徒！"林雷目光冷厉。

旁边的贝贝也生气地说道："就是修罗也别想活！"

雷诺等人听得心中不解，都不理解七星使徒或是修罗的含义。

"对了，耶鲁老大呢？"林雷想到了耶鲁。

耶鲁是道森商会的人，奥丁就算要统领帝国，怎么会牵扯耶鲁？

"老三，你先冷静下来，别头脑发热。"雷诺说道。

雷诺、沃顿等人担心林雷会一怒发狂直接去找奥丁的麻烦。在他们看来，林雷即使是天才，修炼时间也不到两千年，比奥丁的修炼时间短得多，而且，奥丁比当年的阿德金斯等人要强大得多。

"好，我不头脑发热，你快说。"林雷表面平静，心中早已燃起了熊熊怒火。无论是乔治的死还是迪莉娅哥哥的死，他都不会不管！

"好，我说。"雷诺闭上眼睛，深吸了一口气才睁开眼睛，可是眼中还是有一丝泪花，"耶鲁老大年轻的时候修炼不够勤奋，资质在我们四兄弟中是最差的一个。他止步于八级魔法师境界，不过这不影响他担任商会会长。"

林雷微微点头。他还记得，耶鲁说过希望道森商会能吞并其他两大商会，成为玉兰大陆最强最大的商会。

"当年，玉兰帝国、奥布莱恩帝国虽然复国了，但是高手太少，实力太弱。在整个玉兰大陆上，巴鲁克帝国是最强的。"雷诺缓缓说道，"在我们的帮助下，道森商会自然如鱼得水，规模不断扩大。后来，另外两大商会被道森商会吞并。耶鲁老大实现了目标，非常开心，我、乔治还有耶鲁老大，为了这件事情聚集在一起好好庆贺了一番。"

雷诺不禁想到了当年的情景："当年，我们在一起庆贺的时候还感叹过'可惜老三不在，否则我们四兄弟就能在一起庆贺了'。"

听到这儿，林雷愤怒的心中生出了一丝柔情，那是属于他们兄弟四人的感情。

"然而，那次我们三人分别后不久，邪恶王者奥丁就现身了。他以强横的姿态、无可匹敌的力量快速控制了几大帝国，形成了奥丁帝国。"雷诺低沉地说道，"不过，奥丁不满足，盯上了道森商会。道森商会虽然只是一个商会，但是作为玉兰大陆的第一商会，拥有着极为惊人的隐藏势力。"

林雷脸色阴沉。

当初道森商会只是三大商会之一时，隐藏势力就很强大了。林雷完全能想象吞并了另外两大商会后，道森商会的隐藏势力会有多强大。

"奥丁有一个神分身修炼死亡规则，"雷诺低沉地说道，"当初他能轻易控制几大帝国，就是因为他控制了各帝国一些关键人物的灵魂。耶鲁老大的灵魂就是被他控制住了。"

林雷不禁感到痛心。当年，耶鲁老大也被控制过灵魂，那次是他救了耶鲁老大。可是后来他不在，没人能救耶鲁老大了。

"短短一年内，在耶鲁老大的配合下，道森商会管理层急剧变化，被奥丁派遣的人马掌控。可以说，道森商会高层除了耶鲁老大，其他重要人员没有是一个道森家族的，都是奥丁的人马。"雷诺声音沙哑，忽然看向林雷，悲凉一笑，"老三，你知道奥丁为什么叫邪恶王者吗？"

林雷一怔，而后开口问道："为什么？"

"因为他邪恶！不但攻击邪恶，为人更邪恶！"雷诺忍不住悲愤说道，"在道森商会被控制的情况下，这浑蛋竟然控制耶鲁老大解决了道森家族一个又一个成员，其中有耶鲁老大的儿子、妻子、兄弟……道森家族最后只剩耶鲁老大了！”

林雷感到心里发凉。

"耶鲁老大没利用价值了，奥丁没直接杀死耶鲁老大，而是让耶鲁老大清醒过来！"雷诺低沉地说道。

"这……那人……那人浑蛋！该死！"伊娜忍不住吼道。

林雷沉默，脸色铁青。

"耶鲁老大清醒后，还记得自己被控制时做的那些事。想到自己的儿子、妻子、兄弟等人都命丧自己手中，耶鲁老大痛苦得发疯……"

雷诺说着，身体隐隐发颤。

林雷听着，感觉仿佛有无数把刀在切割自己的心脏。

"奥丁将耶鲁老大的魔法封印起来，并将耶鲁老大捆绑起来，吊在奥丁皇宫的大树上。"雷诺说着眼泪已经流下来了，"奥丁悠闲地坐在大树下喝着美酒，享受着宫女的服侍，听着耶鲁老大疯狂的咒骂。他很享受耶鲁老大那般疯狂的状态！"

林雷觉得自己的脑袋要爆炸了。

奥丁将耶鲁经营了一生的道森商会夺取了，还让耶鲁对自己的所有亲人下手，最后还让耶鲁清醒过来！

邪恶？

奥丁何止邪恶，根本就是一个疯子！

"当我得知这一切赶到奥丁皇宫的时候，"雷诺苦涩地说道，"耶鲁老大已经奄奄一息了。我悄悄地展开神识进入耶鲁老大的脑海，和耶鲁老大交谈。

"耶鲁老大当时快崩溃了！我无法想象他被吊着的那段时间受过多少精神折磨。我只知道当初那个意气风发、潇洒不羁的耶鲁老大快崩溃了！"

林雷已经愤怒得说不出话了，只是盯着雷诺。

"我神识传音，耶鲁老大终于有了一丝反应。他不断和我说他有罪。"雷诺声音发颤，"他央求我杀了他。他魔法被封印，又被那般吊着，想死也做不到。他让我杀了他，让他解脱！"

林雷身体一颤。

"我答应了。"雷诺低沉地说道，"我从来没见过那样的耶鲁老大。"

"临死前，耶鲁老大告诉我，奥丁非常强，比上位神阿德金斯强得多。他最后只说了一句'老四，你和老三千万别为我报仇，不要为我报仇！！！'"耶鲁说到这里，脸上已满是泪水。

林雷怔怔地站着，耳边只有一句"你和老三千万别为我报仇，不要为我报仇"。

轰——

林雷突然感觉脑袋里有什么东西炸开了。

"啊——"林雷吼叫一声，痛苦地跪在地上。

"老三！"雷诺连忙去扶林雷。他完全能想象林雷有多痛苦。当初，他见到耶鲁的惨状痛苦至极，甚至还得亲手让耶鲁解脱。

跪在地上的林雷抬头，眼睛泛红，全身肌肉颤抖，大吼道："奥丁！！！我不会放过你的！绝对不会！！！"

这每一个字仿佛是从牙齿中挤出来的一般。

第625章

旷世奇宝

"老三，冷静！"雷诺连忙说道。

"父亲！"莎莎、泰勒惶恐地喊道。

他们最担心的就是林雷知道这件事情后，会忍不住直接去找奥丁。他们都明白上位神巅峰是什么含义，这也是耶鲁即使悲愤痛苦地死去，临死前也让林雷、雷诺别报仇的原因。

耶鲁不想林雷、雷诺因他而死！

"老大，我们去找那个什么奥丁！"贝贝早就听不下去了，当即朝外面冲去。

林雷却右手一伸，抓住贝贝，说道："贝贝，别急！"

"对，别冲动。"沃顿急切地说道，"贝贝，你和我哥先冷静下来。在没有十足把握前，我们必须忍！"

"忍什么啊！"贝贝愤愤地说道，"七星使徒又怎么样？老大数百年前还不是上位神的时候，就能对付五名七星使徒了，更何况是现在！那个奥丁别说是七星使徒，就是地狱修罗，我和老大也不怕！"

林雷从中位神境界达到上位神境界后，实力提升了很多，不仅拥有神格兵器，还有主神之力！

至于贝贝，他的天赋神通噬神就是强大到逆天的招数。虽然贝贝的普通攻击不强，但是他的天赋神通威力赶得上贝鲁特！

林雷、贝贝联手，有几个能抵挡？

"你……你说什么？"沃顿一怔。

"未突破时就能对付五名七星使徒！"雷诺等一群人也怔住了。

他们虽然不了解七星使徒的含义，但是根据当初贝鲁特说话的语气明白，七星使徒应该是上位神中的巅峰强者。

"放心，我有把握解决奥丁。"林雷低沉地说道，"如果我和贝贝都解决不了奥丁，贝鲁特大人在地狱的时候估计就提醒我了。"

玉兰大陆发生了什么，贝鲁特一清二楚，可贝鲁特没说过这件事。

林雷不怨贝鲁特，毕竟贝鲁特不可能时刻注意沃顿他们。

"贝鲁特大人没有提过这件事情，很明显是要把这件事情留给了我，让我来解决。"林雷目光冷厉。

"老三，你有把握对付奥丁？"雷诺看向林雷，觉得难以置信。

"哥！"沃顿既震惊又惊喜地看着林雷。

"有十足把握。"林雷声音冰冷，随即瞥了一眼贝贝，"贝贝，奥丁号称邪恶王者，把耶鲁老大折磨得生不如死，他怎么能轻轻松松死掉？"

"老三！"雷诺陡然大声喊道，林雷转头看了过来。

雷诺满脸泪痕，眼中满是复杂的情绪："老三，不能让老大和老二白白死去，不然，他们在冥界的魂魄也不能安息啊！"

这么多年来，雷诺一直想着如何对付奥丁，但却没有这个实力。他不甘心！他恨自己无能！

"靠你了！"雷诺盯着林雷，把希望完全寄托在林雷的身上。

"放心。"林雷又转头看向沃顿，"沃顿，你赶快去安排一下，将奥丁的所有情报搜集过来，包括奥丁手下的成员。"

"好。"沃顿连忙去安排。

林雷看向旁边满脸泪水的迪莉娅，低声说道："迪莉娅，放心，奥丁不会好过的，我发誓！"

巴鲁克帝国建国将近两千年，情报人员遍布整个玉兰大陆，自然能轻易知晓奥丁帝国皇宫中发生的事情。更何况，巴鲁克帝国一直在搜集奥丁帝国重要成员的情报，此刻林雷一声令下，大量整理好的情报很快就送到了林雷的桌上。

仅仅一夜，林雷便有了计划。

奥丁帝国，埃德行省省城的一座豪奢府邸。

花园内，一名穿着华贵长袍的贵族青年正倚在一把大型躺椅上。说是躺椅，大小却如一张床。这把躺椅上蜷缩着一名美貌的侍女，而这名贵族青年就靠在这名侍女的怀里。

"速度还真慢！"贵族青年不满地低哼一声。

这时候，一名又一名美貌的女子从花园外走了进来，一共是二十五名面容姣好、身材婀娜的年轻女子。

一名管家也走了进来，呵斥道："快点，都站去那边，五个一排，站好。"

这二十五名女子都有些紧张地排列站好。

"殿下，都准备好了。"这名管家朝贵族青年走过来，恭敬地说道。

"嗯。"贵族青年应了一声，眼睛却盯着那二十五名女子。

随即，他的脸上多了一丝诡异笑容："年轻就是好，不像戈巴达位面监狱里的那些老女人，一点女人味都没有。"

随即他一翻手，手中出现了一枚飞镖，他朗声笑道："各位美女，现在我和你们玩一个游戏。我随意扔这些飞镖，飞镖落到谁的身上，谁就要站出来，明白吗？"

二十五名女子身体一颤，却不敢说不。

"放心，你们不会有事的。"贵族青年笑着说道。

他一甩手，一枚飞镖从这群女子中穿过，一眨眼又回到了他的手中。

"啊——"一声惊呼响起。

那名管家见贵族青年玩得开心，便默默退出了花园。

突然，狂风呼啸，二十五名女子瞬间就没了意识。

"嗯？"贵族青年还清醒着，转头看去，目光冷厉。

一名棕发男子突然出现，一身白色孝服，头上也扎着白色绸带，正一步步走过来。

"你是谁？"贵族青年脸色一变。

"奥丁是你父亲吧。"林雷开口说道。

"知道还嚣张！"贵族青年嘴里说着，身体却陡然移动。

嗡——

一股奇特的能量波动弥散开来，贵族青年瞬间双眼无神，变得浑浑噩噩。

灵魂混乱！

当林雷还是中位神时，他这一招就能让普通的上位神变得不清醒，更何况他现在已经是上位神了。

"一个靠炼化神格达到上位神境界的小子还想逃？"林雷睥睨一眼。

林雷手一挥，砰的一声，贵族青年就没了气息。

林雷抓着贵族青年的尸体，身影一动，便消失不见了。

林雷离开后，那些女子才清醒过来，不知道之前发生了什么。

那名管家知道自家殿下是上位神，认为在玉兰大陆上没什么能威胁到殿下的，因此没有在意突然不见的殿下，还以为殿下只是有事情出去了。

奥丁帝国帝都是在原先玉兰帝国帝都遗址上重建的，皇宫更加宏伟。

今天，奥丁帝国帝都很热闹，因为巴鲁克帝国的使者来拜见奥丁陛下了。自从一千多年前奥丁帝国成立，巴鲁克帝国和奥丁帝国的关系就很僵。

现在，巴鲁克帝国竟然派遣使者来拜见奥丁陛下，这可是难得的一件事情。

奥丁帝国，皇宫大殿。

奥丁帝国的大臣们站在大殿之下，一个个脸上有着笑容。在他们看来，巴鲁克帝国派遣使者来拜见奥丁陛下，是服软的表现，这令他们有一种压过巴鲁克帝国一头的感觉。

"陛下，使者已经在殿外了。"宫廷侍者恭敬地说道。

"哈哈，让他们进来。"坐在大殿之上的奥丁大笑着说道。

奥丁是一个很要面子、追求完美的人。他喜欢高高在上、无数人向他俯首称臣的感觉，喜欢掌控他人生命的感觉，更喜欢玩弄人的感觉。

"伟大的奥丁陛下，我代表巴鲁克帝国陛下向你致以最诚挚的问候。"巴鲁克帝国的使者微微躬身，说道，"这一次，我们巴鲁克帝国准备了两件旷世奇宝献给奥丁陛下。"

奥丁脸上露出了一丝笑容："抬上来看看。"

于是，侍卫们将两个大箱子从大殿之外搬了进来，而后重重地放在大殿内。

"打开。"奥丁淡笑道。

"奥丁陛下，请看。"巴鲁克帝国的使者掀开第一个大箱子，大殿内顿时响起一片惊呼声。

大殿之上的奥丁一眼就看到了箱内的"宝物"，脸色大变，惊呼道："尼莫拉！不——"

尼莫拉是奥丁的唯一的兄弟。

"这……这……"奥丁帝国的大臣们都惊呆了，一时间不知道该说什么。

巴鲁克帝国的使者却冷笑着翻开了另外一个箱子。

哐当——

箱盖砸在地面上。

奥丁感到自己的心在狠狠抽搐，他死死地盯着箱子内躺着的尸体："儿子，我的儿子！"奥丁觉得难以置信，不禁连连摇头。

奥丁疯狂、好斗，喜欢玩弄别人，却很在乎自己的亲人。在危险的戈巴达位面监狱那么多年，他一直奋力保护自己的儿子和兄弟。当在戈巴达位面监狱发现那空间薄弱处时，奥丁就决定带自己的儿子和兄弟去玉兰大陆。

于是，奥丁带他们逃离了戈巴达位面监狱，在玉兰大陆建立了奥丁帝国。

可是今天，他的儿子、兄弟就这么躺在箱子里面。

"不，不——"奥丁愤怒地吼起来。

"抓住他！"奥丁猛地盯着那名巴鲁克帝国的使者。

大量士兵拥上去，直接押住了巴鲁克帝国的使者。

奥丁身影一闪，到了两个箱子旁边。他看看左边的箱子，又看看右边的箱子，脸色铁青："尼莫拉，切斯特，你们……你们怎么……"他全身哆嗦，脸上无一丝血色。

"我的兄弟、我的儿子，你们放心，我一定会为你们报仇，一定会的！！！我会让他后悔，我会让他生不如死！！！"

奥丁猛地转头看向巴鲁克帝国的使者。

"告诉我，是谁！"奥丁呵斥道。他很清楚，能解决自己儿子、兄弟的强者，肯定达到了上位神境界。

"哼！"巴鲁克帝国的使者却冷笑了一声。

"我！"一个冰冷的声音在大殿之外响起。

顿时，大殿内的众人都转头看去。

一道身影突然出现在大殿门口，然后一步步走进来，旁边的士兵竟然无法靠近阻拦他。

他头上扎着白色绸带，身上穿着白色孝服。

见到这一幕，奥丁帝国的大臣们都震惊了。

奥丁死死地盯着林雷，眼里似乎在喷火。

"你是谁？"奥丁吼道。

"如果你记性好，应该记得你害死过两个人，一个是我二哥，一个是我大哥！"林雷低沉地说道。

林雷将近两千年没在玉兰大陆出现过，现在大殿内自然没人能认出他。

奥丁皱起眉头，根本不知道眼前人是谁。

"看来，你害死的人太多。"林雷冷冷地看着奥丁，"你听清楚了，我，林雷·巴鲁克！"

大殿内再次一片哗然，在场人都难以置信。

眼前这个穿着孝服的青年竟然是巴鲁克帝国的开国大帝，已经在玉兰大陆成为传奇的林雷·巴鲁克。

第626章
战！

"林雷·巴鲁克！"奥丁立即知晓来人是谁了。

林雷在玉兰大陆的名声实在太大了。论地位，他比当年的武神、大圣司在玉兰大陆的地位还要高一筹，毕竟林雷的成就太具有传奇性。

奥丁脸色铁青，死死地盯着林雷，咬牙切齿地说道："你还敢来！"

"不来怎么对付你？"林雷声音冰冷。

"哈哈——"奥丁怒极而笑。

他知道林雷的事情，林雷在约两千年前踏入了神域境界。在他看来，即使林雷是天才，现在能达到上位神境界就不错了，至于融合奥义，在他看来是不可能的。

奥丁怒笑着，陡然化作一道幻影朝林雷撞去。

砰的一声，林雷被撞出了大殿。奥丁冷冷一笑，身影一闪，飞了出去。

"林雷和奥丁陛下大战……"

顿时，一群大臣熙熙攘攘地朝大殿外跑去，连大量的宫廷侍卫也跑出了大殿。他们一个个朝四面八方看去，想找到林雷和奥丁的身影。

"你们说陛下和林雷宗师谁会赢？"大臣们小声地议论。

"当年，陛下翻手间就把玉兰帝国帝灭了大半，有这样的实力，他肯定会赢。"

"林雷宗师将近两千年没出来了，以他那般天赋，现在肯定更强了。"

正当这群大臣在低声议论的时候，可怕的爆炸声陡然从皇宫的一个角落传来。

砰——

远处一座宫殿猛然爆炸，无数碎石瓦片迸溅，在宫墙上留下一个个大窟窿。被碎石瓦片砸到的人不禁发出惨叫声。

不过，大部分的人还是仰头看向空中，只见奥丁帝国的皇宫上空，林雷、奥丁凌空而立。

林雷此刻已经是龙化形态，鳞甲覆盖全身，一双暗金色的眼睛冷冷地盯着奥丁。

奥丁则是一脸难以置信："不……不可能，不可能！"刚才的短暂交手让奥丁惊呆了。

"物质攻击？"林雷冷冷地说道，"我知道你擅长用死亡规则进行攻击，怎么不用？"

和林雷交手时，奥丁使用的是风系元素法则，因此体表散发出风属性气息。

据林雷所知，奥丁号称"邪恶王者"，修炼死亡规则。

奥丁一咬牙，死死地盯着林雷："对付你，还不需要！我会让你知道什么是后悔！"说完，他身体一动，天地间陡然出现一阵龙卷风。

处于龙卷风中央的奥丁携着毁天灭地的气势，瞬间就到了林雷的身前，狠狠一掌劈向林雷。

咔——

空间立即出现了一条清晰的裂缝。在普通的物质位面，上位神能轻易撕裂空间。

"可笑。"林雷冲向奥丁，毫不抵挡任凭那一掌劈在自己的身上。

锵——

金属撞击声响起，林雷的鳞甲上只出现了一条淡淡的白印，这一幕让奥丁目瞪口呆。

林雷趁势用龙爪猛地抓住奥丁的右臂，用力一扯。紧接着，林雷用自己的龙尾扫向奥丁。

奥丁在损失一只右臂后，快速闪躲，可还是被龙尾抽中了，腹部出现一道深深的伤口，鲜血直流。

奥丁看着林雷，十分震惊，说道："你的身体怎么……"他一边说着，一边用神力修复自己的伤口。

"太弱，太弱。"林雷冷冷地说道。

其实，奥丁刚才施展物质攻击引起的龙卷风已然毁掉了皇宫不少地方，那些大臣灰头土脸地躲在皇宫高手的身后。

"不可能！"奥丁咆哮一声再次冲上来，他的体表出现一道巨型剑形幻象，直接斩向林雷。

林雷冷漠一笑，速度陡然提升，避开那一剑，同时用龙爪去抓奥丁的脸。

顿时，奥丁的脸上出现一道大伤口，整个人被掀飞了。

"速度太慢。"林雷继续说道。

达到上位神境界后，配合强悍的身体，林雷的速度比原来快了数倍，远超奥丁的风系神分身。面对这样的林雷，奥丁毫无反抗能力，毕竟奥丁现在使用的是风系神分身，并不是最强的死亡属性神分身。

奥丁转头看向林雷，眼中既惊又怒，无法接受眼前这一幕。

"他怎么会这么强？"奥丁无法相信。

"你的死亡属性神分身呢？"话音刚落，林雷已经到了奥丁的身边，同时，如战刀般的右腿直接踢向奥丁的颈部。

奥丁吓得连忙往后飞。好不容易躲过这一腿，他还没来得及缓一口气，砰的一声，他又被林雷的龙尾抽中了腹部。

"你不是厉害吗？"林雷的声音响起。

砰的一声，林雷一拳砸在奥丁的胸腔上。

奥丁的身体虽然受到了重创，但是在神力的作用下，在不断恢复。他猛然朝林雷挥出自己的左臂。

砰！林雷一脚踢在奥丁的左臂上："你不是邪恶王者吗？"

奥丁又被踢飞了。

"你不是要让我后悔吗？"林雷一巴掌拍向奥丁。

奥丁如同离弦之箭，砰的一声砸在地面的石板上，石板被震得龟裂开来，奥丁整个人完全陷进去了。

林雷缓缓下降，冷冷地说道："出来吧，我知道你没死。"

观看这一战的人不少，单单神级强者就有数十个，都是奥丁的手下。

此刻眼前发生的一幕令他们难以置信，他们心中的无敌王者竟然毫无反抗能力！

"陛下他……"那些大臣也傻眼了。

"哼，你们奥丁帝国完蛋了！"那名被捆住的巴鲁克帝国使者昂首说道。

这时候，远处天空飞来一群人，正是贝贝、沃顿、迪莉娅、泰勒等人。

很快，他们就飞入了皇宫中。对他们而言，进出皇宫很方便，无人能挡。

雷诺看到这一幕，不禁流出了眼泪："老大、老二，你们可以安息了！"

此时，一道人影缓缓站了起来，正是奥丁。奥丁全身已经完全修复，可他眼中满是愤怒、不甘。

"还有什么绝招？"林雷冷笑道。随即，林雷陡然前移，又一次狠狠踢向奥丁。

一声惨叫响起，奥丁再次被踢飞，随即落到了地上。

"你的死亡属性神分身呢？"林雷冷冷地看着奥丁，"难道你宁愿牺牲这风系神分身也不想让死亡属性神分身出来？"林雷看得出来，奥丁的风系神分身实力不强，林雷真正想解决的是对方的死亡属性神分身。

"你……你……"奥丁怨恨至极地看着林雷。他想解决林雷，可没办法。

"林雷，你够狠、够毒！"奥丁愤愤地说道，"可你解决不了我！"咆哮一声，奥丁一瞬间化为近千道身影，同时朝四面八方逃散。

风系元素法则中的分身术！

林雷见状却一动不动。

突然——

一个泛着土黄色光芒的罩子出现，笼罩住了方圆千米范围。

林雷的绝招——黑石牢狱！

光罩里的可怕引力作用在奥丁的所有分身上，在这光罩里观战的侍女、侍卫、雷诺、贝贝等人却丝毫没有受到影响。

砰砰的爆炸声不断响起，狂暴的能量令皇宫的地面、宫墙再次遭受破坏，一片狼藉。

仅仅片刻，奥丁只剩下那个风系神分身了。

在林雷达到了上位神境界后，黑石牢狱的威力提升了十倍左右，比之前强多了，里面的引力也变得十分可怕，即使是七星使徒，恐怕也极难抵抗这引力。如果身体不够强悍，很有可能爆裂。

奥丁极力抵抗那股引力，身体却不由自主地朝林雷飞去。

"这……这……"奥丁不敢相信。

"你的死亡属性神分身还不现身？"林雷冷笑道。刚才，他已经展开神识覆盖了整个玉兰大陆，可是根本感知不到奥丁其他的神分身。

"佩服。"奥丁恢复了冷静，"不到两千年，你竟然变得如此强。你这一招的确很强，你杀了我吧。"

奥丁竟然不反抗了，不是他不愿反抗，而是他意识到自己没能力反抗。

他选择死！

"想死？"林雷冷冷地说道，"你忘记了你是怎么对我耶鲁老大的吗？"

奥丁一怔。

嗡——

灵魂之力弥散开来，灵魂混乱直接作用在奥丁的灵魂上。

自从林雷达到了上位神境界，他这一招灵魂混乱变得更厉害了，能够轻易令一般的五星使徒、六星使徒陷入浑浑噩噩的状态，变得毫无知觉。

很快，奥丁就双眼无神了。

"他的风系神分身也就五星使徒的实力，最多接近六星使徒。"林雷恢复人类形态，身上还是那套白色的服装。

奥丁却呆呆地站在原地。

林雷环顾四周，朗声说道："奥丁已经没反抗能力了。"说着，他推了一下奥丁，奥丁仿佛一个木头人直接倒在了地上，不再动弹。

显然，奥丁已经没意识了。围观的人看到这一幕，十分震惊。

"现在，帝都内的八十二名神级强者给我全部来皇宫！"林雷神识传音。

这八十二名神级强者都是奥丁的属下，在听到脑海中的声音后，吓得一个个立即飞向皇宫。

林雷看向奥丁，目光冷厉。

第627章
侮辱

不一会儿，皇宫上空就出现了数十道身影。原先就在皇宫中的数十名神级强者也胆战心惊地出来了。

很快，八十二名神级强者聚集在一起了。他们惊恐地看着林雷，不知道林雷会怎么对付他们。

其实，他们很纳闷为什么林雷这么强。之前，他们和奥丁从戈巴达位面监狱来到玉兰大陆，没有将所谓的传奇人物林雷放在眼里。现在看来，林雷强得过分了。

"林雷大人，那些事情和我们没有关系，我们只是听命于奥丁大人。"一名绿发中年人说道。

"和我们没有关系，还请林雷大人饶我们一命。"

在看到皇宫的惨状以及倒在地上的奥丁后，这八十二人就知道了林雷的实力，接连求饶起来。他们明白，林雷一人就能对付他们八十二人，而且他们不可能逃掉。

"闭嘴。"林雷冷冷地说道。

八十二名神级强者的求饶声戛然而止，残破的皇宫顿时一片沉寂。

远处那些大臣、宫廷侍者、护卫都胆战心惊看着。这么多年来，他们都知道奥丁陛下以及麾下那一群强者的强大，可今天，奥丁陛下毫无知觉地躺在地上，那八十二名神级强者噤若寒蝉地站在那里。造成这一切的，都是那名棕发男子。

"老四、迪莉娅，你们想做什么就去做吧。"林雷神识传音。

林雷不能封印奥丁的神力，因为奥丁也是上位神。林雷施展了灵魂混乱才令奥丁变得浑浑噩噩，毫无知觉。

"这个浑蛋！"雷诺咆哮一声，全身烧起火焰，疾速飞向奥丁。在快靠近奥丁时，他的右腿狠狠踢向奥丁。

奥丁被踢得滑向远处，直接撞在了一根残破的石柱上，石柱瞬间爆裂开来。

"浑蛋！浑蛋！"雷诺愤愤地说着，双眼泛红，又飞向奥丁……

林雷冷冷地看着这一切，一挥手，他的头顶上方出现了一个水晶球。他对这个水晶球施展了浮影术，然后水晶球发出了一道青光，照向奥丁。林雷通过水系元素法则让这个普通的水晶球变成了一个记忆水晶球，记录正在发生的一切。

"雷诺。"迪莉娅上前。

雷诺停下来，回头看了迪莉娅一眼，让开来。

迪莉娅持着哥特斯长矛狠狠朝奥丁刺去，泪水却流了下来："哥……"

一想到迪克西的死，迪莉娅就十分悲愤。

看到迪莉娅的状态，林雷完全能感受到迪莉娅心中的痛苦，因为他也同样痛苦！

死亡并不可怕，但是像耶鲁那样在精神上被折磨致死，那才可怕。

过了一会儿，迪莉娅停了下来。

"你们。"林雷转头看向八十二名神级强者。

"林雷大人。"这八十二名神级强者恭敬得很。

林雷冷冷地说道："你们给我想尽办法去侮辱奥丁。记住，是侮辱！"

八十二名神级强者一怔。

"嗯？"林雷目光冷厉，扫了他们一眼。

八十二名神级强者相互看了看，迟疑了一下，还是走向了奥丁。他们知道，奥丁这次是必死无疑了。

仅仅片刻，奥丁变得惨不忍睹。

"哥，准备好了。"一个声音响起，正是沃顿。

"将那些人带过来。"林雷说道。

不一会儿，从皇宫断裂的墙壁缺口中走进来一个又一个脏兮兮的乞丐，足足数百名。

这些是在帝都生存的乞丐。帝都虽然豪奢，但是也有贫民区，也有大量乞丐。

"啊，这是皇宫。"那些乞丐一个个睁大了眼睛。

"去吧，尽情侮辱那个倒在地上的人。你们每一个都会得到一枚金币，谁做得最好，那就赐予一百枚金币。"带领这群乞丐的一名青年男子朗声说道。

"一百枚金币？"那些乞丐眼睛一亮，争先恐后地冲了过去。

他们不知道地上躺着的是一个上位神，更不知道那个上位神就是奥丁帝国的皇帝，他们只知道做到最好就能得到一百枚金币。

对这群乞丐而言，一百枚金币足以令他们疯狂。

"一个个来。"那名青年男子在维持秩序。

于是，一个又一个乞丐做了他们认为很侮辱人的事情。

那八十二名神级强者神见到这一幕，不禁脸色发白。

那些大臣也看不下去了。

林雷看着眼前这一切，表情冷漠，心里想到了耶鲁。

之前，大巫师用魂丝控制耶鲁，让耶鲁做出了伤害家族之人的事情，耶鲁清醒后就十分后悔，但好歹还有亲人陪伴。可奥丁呢？他控制耶鲁的灵魂，让耶鲁亲手解决了自己的所有亲人，之后还让耶鲁清醒过来。

清醒过来的耶鲁想到自己的所作所为，想到道森家族就只有他一个人了，崩溃得想死。可是，他想死也死不了，奥丁竟然把他吊在皇宫的大树上……

一想到耶鲁经历的一切，林雷就觉得奥丁现在经历的一切都算不上什么。

一段时间后，林雷冷冷地说道："让他们都走吧。"

"是。"那名青年男子恭敬地说道，当即带领那群乞丐离开了。

林雷看着远处那肮脏破烂的身体，脸上毫无表情。他一挥手，光罩消失，灵魂混乱这一招也消失了。

奥丁的双眸突然睁开！

奥丁看向自身，脸色一变。

嗡——

风属性神力在奥丁体表流转，很快他就变干净了，身上也出现了一套长袍。

奥丁努力地站起来，盯着林雷："你到底对我做了什么？"

"做了什么？"林雷冷笑道，"你自己不会看？"

林雷心中一动，头顶上方的记忆水晶球开始播放刚才记录的一切。

看到记忆水晶球播放的画面，奥丁气得说不出话来。特别是看到乞丐们的一系列举动后，奥丁气得全身颤抖。

侮辱！

无尽的侮辱！

比死还难受！

"林雷，你一定会死在我手里，一定会！！！"奥丁死死地盯着林雷。

"奥丁，这只是第一天。"林雷冷冷地说道。

奥丁气得紧咬嘴唇，嘴角都流出了一丝鲜血。

陡然，奥丁仰天疯狂大笑："哈哈——"随即，奥丁盯着林雷，"林雷，不得不说你侮辱人的手段还很稚嫩，和我对付你大哥耶鲁的手段相比差得远了！你知道我将他吊在皇宫的大树上是怎么折磨他的吗？哈哈，我想，他都不敢说吧，连回忆都不敢吧，哈哈——"

奥丁嘴上这么说着，其实已经被折磨得发狂了。

林雷依旧冷冷地看着奥丁。

"你再了不起也只能毁掉我的风系神分身，我最重要的是死亡属性神分身。对我而言，损失一个风系神分身没什么大不了的。哈哈，我告诉你，我的死亡属性神分身早就去了冥界，你有本事去冥界找我啊！哈哈，至于侮辱我，哈哈，做梦！"

砰——

奥丁突然自爆了。

周围一大群人都愣住了，没想到奥丁就这么死了。显然，奥丁承受不了这种折磨，宁愿自杀。

林雷目光冷厉。

"冥界？"林雷喃喃道。

奥丁突然自爆，令那八十二名神级强者一惊，心里十分忐忑。

突然，林雷转头看向他们。

"林雷大人，我们依照你的命令去做了，还请饶了我们吧。"

"过去的事情都是奥丁大人吩咐的，我们没办法啊。"

一片求饶声。

"父亲，不能饶了他们！"后面的泰勒焦急地喊道。

"嗯？"林雷转头看去。

泰勒旁边的雷诺也急切地说道："老三，绝对不能饶了这八十二人，当初杀死那些圣域级强者的可不是奥丁，而是他们。乔治就是被这群人杀死的，迪克西也是！"

"是他们！"迪莉娅看过去，眼中满是恨意。

那八十二人惊慌起来，求饶道："林雷大人，这不怪我们，是奥丁大人下的命令啊！"

林雷冷冷地扫了他们一眼。

"快逃！"一名神级强者吓得立即飞走，并且神识传音告知他的同伴。从林雷的目光中，他感觉情况不妙。

一人逃，其他八十一人也跟着逃，有飞天的、有遁地的。

嗡——

土黄色光芒弥散开去，一个直径数千米的光罩出现，笼罩住了这八十二名神级强者。

黑石牢狱！

砰砰声不断响起，在光罩中强烈引力的作用下，部分人的身体直接爆裂。

"林雷大人，饶了我们吧！"幸存的神级强者连忙求饶。

"父亲，不能放了他们！"泰勒急切地喊道。

"老三！"雷诺也忍不住开口。

林雷扫了一眼这些人，冷漠地说道："对，你们是奥丁的手下，需要听从他的命令。可是你们这一千多年来，是甘愿留在这里的，是自愿听奥丁命令的。"

这些人如果想脱离奥丁直接去北极冰原前往至高位面，奥丁其实是管不了的。

"林雷，你……你……"

这些人或是求饶，或是怒骂，或是自言自语，可不管怎么样，他们还是在引力的作用下被迫飞向林雷。

突然，林雷体表的地属性神力流转起来，然后仿佛利箭般射向光罩里数十名神级强者。

低沉的轰鸣声响起，数十名神级强者化为齑粉。

"沃顿，这些东西你处理吧。"林雷说道。

地面上那些神格、空间戒指、神器直接被一股神力控制着，飘浮到了沃顿的面前。在物质位面，这些下位神神格、中位神神格还是很珍贵的。

沃顿连忙将这些东西收好。

"我们回去。"林雷脸上没一丝笑容，直接冲天而起。

龙血城堡其他人也跟着一同飞向空中，只留下两名圣域级强者扫尾。

这两名圣域级强者直接朝被绑住了的巴鲁克帝国的使者走去。奥丁帝国的士兵们见了，吓得连忙松绑。

"哈哈，你们奥丁帝国完了！"巴鲁克帝国的使者朗声说道。

奥丁帝国的大臣们相互看了看，他们明白在巴鲁克帝国强大的力量面前，奥丁帝国的确完了。

"奥丁帝国完了。"

奥丁帝国帝都，林雷突然现身，解决了奥丁和八十二名神级强者，搅得玉兰大陆一片混乱，原先因奥丁强大的实力被迫臣服的强者们此刻怎么会继续效忠奥丁帝国？

一夜之间，奥丁帝国分崩离析。

奥丁麾下的神级强者其实不止那八十二人，还有少数人在玉兰大陆其他地方。当知道奥丁以及八十二名神级强者被解决了的消息时，他们吓得立即逃到北极冰原，一个个前往至高位面了。

不久之后，巴鲁克帝国以惊人的速度不断扩张，玉兰大陆上再次传出林雷以及这一战的消息。

"林雷宗师消失将近两千年，竟然又冒出来了。"

"那个奥丁大帝竟然被杀了。"

龙血城堡。

很快就过去半个月了。

这半个月，林雷、贝贝他们一直待在龙血城堡。

林雷虽然知道奥丁的最强死亡属性神分身在冥界，可是冥界实在太广阔了，他怎么去寻找？这根本是大海捞针。

"老三，少喝点。"雷诺开口说道。

此刻，林雷、雷诺在庭院内相对而坐，饮酒聊天。

没承想，一谈到奥丁、耶鲁的事情，林雷就不断地喝起酒来，一瓶瓶酒被林雷灌入肚子。

"老三。"雷诺一把抓住林雷的手臂，让林雷停下。

林雷将酒瓶重重地放在一旁，苦涩地看着雷诺，叹了一口气："老四，我心里难受！"

林雷仰头，眼中泪光闪烁："一想到耶鲁老大的事情，我心里就难受。我这算为他报仇吗？我只是解决了奥丁的风系神分身，而奥丁最强的死亡属性神分身还在冥界逍遥。"

林雷一想到耶鲁经历的那些事情就不忿，气得胸口疼："我真想去冥界将奥丁揪出来，只是冥界的范围实在太大了，找奥丁太难了！"

冥界和地狱都是至高位面，都广袤无垠，看看地狱的面积就明白。如果奥丁躲在冥界某个旮旯儿，林雷就是花费亿万年去找估计都找不到奥丁。

"老三，"雷诺安慰道，"这不怪你。耶鲁老大的确死得冤，可如果不是你这次回来，我们其他人连解决奥丁风系神分身的能力都没有。你已经做得够好了，我想如果耶鲁老大知道，一定会感到安慰的。"

林雷苦笑。论痛苦、论屈辱、论折磨，耶鲁经受的要比奥丁多得多。

风系神分身的损失对奥丁影响不大，奥丁依旧是七星使徒，在冥界中能成为一方豪雄。

一想到奥丁在冥界过得洒脱自在，林雷就感到不平。

"奥丁真该死！"林雷忍不住说道。

"是该死，死一万次都不够。"雷诺也狠狠地说道，"他如果干脆地解决了耶鲁老大，我恨他也不会恨到这地步，可他……"

雷诺一想起当初见耶鲁最后一面的场景就心痛，耶鲁那时崩溃的样子至今还印在他的脑海里。

耶鲁太可怜了！

"唉！"林雷气急，不禁一拳砸在桌上。砰的一声，桌子碎裂开来。

"老大，老大！"一个声音从远处传来。

林雷转头看去，只见一袭黑袍的贝鲁特和贝贝一同走进来，而沃顿、迪莉娅、妮丝、威迪等人都跟在后面。

贝鲁特看着那碎裂的桌子，惊讶地说道："林雷，怎么回事？怎么将桌子弄碎了？"

"贝鲁特大人。"林雷努力挤出一丝笑容，他心情的确不好。

"在为你兄弟的事情愤愤不平？"贝鲁特淡笑道。

林雷没有吭声。其实，他心底深处还是有些埋怨贝鲁特的。贝鲁特是玉兰位面的王者，肯定知道奥丁的死亡属性神分身去冥界的事情，可是贝鲁特没有拦住奥丁。

不过话说回来，林雷知道这并不能怪贝鲁特，毕竟贝鲁特没有义务帮助他。贝鲁特能偶尔帮帮他就很不错了，不可能事事帮忙。

"事情的经过我都清楚。"贝鲁特叹了一口气，说道，"原本我想将奥丁留下让你来解决，但是后来我要去众神墓地查看。那段日子，奥丁的死亡属性神分身就去了冥界。"

贝鲁特的一番解释倒是让林雷有些感动。其实，贝鲁特不需要解释，但他解释了，说明他将林雷看成自家人。

"冥界，"迪莉娅摇头说道，"冥界太大，找奥丁太难了。"

"可惜啊。"贝鲁特感叹一声。

贝贝也无奈地说道："贝鲁特爷爷竟然在那个时候去了众神墓地，真是……"忽然，贝贝眼睛一亮，抬头看向贝鲁特，"贝鲁特爷爷，我老大说这次我们要去闯一闯众神墓地，你什么时候能帮忙开启众神墓地一次？"

这是在地狱时，林雷和贝贝谈过的事情。他们此次返回玉兰大陆位面，探索众神墓地是计划之中的事情。

可经历了奥丁这件事情，林雷已经没有探索众神墓地的心情了。

"探索众神墓地？"贝鲁特眉毛一扬，摇头说道，"贝贝，你去众神墓地没意义。至于林雷……"贝鲁特看向林雷。

林雷虽然没有多少探索众神墓地的心情了，但是也忍不住仔细聆听，在心中暗道："当初我去众神墓地时，就感知到众神墓地有什么东西在召唤我，不知道那里到底有什么。"

"林雷，你的确应该再进入众神墓地一趟。"贝鲁特淡笑道，"不过，你现在的实力还不够。"

"不够？"林雷一怔。他觉得自己实力不错，应该接近修罗的水平了。然而在贝鲁特看来，他的实力竟然还不够。

"据我所知，你的实力能达到现在的程度，应该跟紫荆主神有关吧。"贝鲁特笑道，"你自身的实力还远远不够。"

"贝鲁特大人，什么时候才够？"林雷追问道。

贝鲁特轻笑道："达到青火的层次。"

青火的层次？

林雷有些疑惑，随即又不想思考这件事了。耶鲁的事情让他很疲倦、很累，让他提不起精神去想其他事情。

"唉，你的兄弟死得够冤啊。"贝鲁特感叹一声，"可惜我不是冥界主神的使者，否则就可以请求冥界主神帮忙找到你兄弟的灵魂进入冥界后形成的亡灵——特殊形态的灵魂。主神出手，自然能轻易让他们生前恢复记忆。"

林雷一怔。

"灵魂进入冥界？"林雷突然灵光一闪，"对啊，灵魂不灭就代表还没真正死去，即使灵魂进入冥界成了特殊形态的灵魂，可依旧是灵魂啊！还能让他们恢复记忆啊！对，耶鲁老大、乔治、迪克西，还有……还有我的父亲！！！"

林雷的脸一下子涨得通红，他是激动成这样的。

林雷最大的遗憾便是父亲早逝。父亲不知道林雷为他报了仇，也不知道巴鲁克家族已经复兴了。

"贝鲁特大人……"林雷连忙开口。

"贝鲁特大人，我哥他……"迪莉娅焦急地开口。

"贝鲁特大人，耶鲁老大他……"雷诺也开口了。

一瞬间，大家都激动焦急地询问。

第629章

初入冥界

　　林雷感觉心脏要爆炸了，从来没这么激动过："父亲还可以恢复记忆，还可以活过来！还有耶鲁、乔治、迪克西……"

　　林雷激动万分，这些天压抑的情绪一扫而空，感觉天地似乎一瞬间变得亮丽起来。

　　"别急，你们别急。"贝鲁特连忙说道。

　　"我也就这么一说。"贝鲁特说道，"普通人死后，灵魂进入冥界变成了特殊形态的灵魂。想要找到这个形态的灵魂，上位神不可能做到，只有掌控冥界的七位冥界主神才有能力找到。不过主神毕竟是主神，你想让他做他就会做？"

　　顿时，一群人哑然。的确，主神高高在上，恐怕不会在意一个上位神的请求。

　　"不试试怎么知道？"林雷说道。不管是为了耶鲁、乔治、迪克西，还是为了父亲，林雷都不愿放弃。

　　"试试或许可以。"迪莉娅也开口说道。

　　贝鲁特摇头，无奈地说道："要做成这件事情有两大难题：一是找到主神、见到主神，二是让主神答应帮你。林雷，我知道你想再见到你的父亲、你的兄弟，可是你知道冥界主神住在哪里吗？"

　　林雷一滞。主神住在哪里，这是很秘密的事情。如紫荆主神的住址，他虽然去过紫晶山脉，但也是后来才知晓那里是紫荆主神住的地方。

"要找到主神很难。如果你在某个地方正好碰见主神，主神不想见你，你又能怎么办？"贝鲁特说道，"即使你见到了主神，主神会轻易答应你一个上位神的请求吗？"

难度很大！

"我想试试。"林雷坚定地说道，"不管怎么样，我都不会放弃。冥界主神一共有七个，我会去寻找，若一个失败了，再去找另外一个。"

贝鲁特听了不由得摇头："真是够倔强。"

"好吧。"贝鲁特一翻手，手中出现了一本足有十厘米厚的书，"林雷，这本书是详细介绍冥界的，你看看，好对冥界多些了解。"

"谢谢。"林雷接过这本书。

在地狱的时候，他的确没仔细了解过冥界，也没想过去冥界。没承想，因玉兰大陆发生的这些事情，他不得不去一趟冥界。

"你如果真要去冥界，我给你一个建议。"贝鲁特无奈地说道，"这也算不上建议，估计你自己能想到。要找冥界主神，你得先找冥界主神使者。主神使者不少，你应该能找到。如果找不到，你就去找一府府主。那些府主或许知道管理他们的主神在哪里。"

林雷点了点头。

找到主神使者、府主，或许能通过他们找到主神，可人家主神使者、府主愿意告诉你吗？

"那块我借给你们的令牌，你继续带着。"贝鲁特说道，"那块令牌毕竟代表血峰主神，有了那块令牌，你此行或许会轻松点。"

林雷眼睛一亮。对，令牌！那可是血峰主神赐予贝鲁特的。有了它，或许冥界主神能听自己说几句话。

"贝鲁特爷爷，谢谢啊！"贝贝眉开眼笑。

"否则，你会说爷爷我吝啬的！"贝鲁特哈哈笑道。

贝贝咧嘴一笑，冥界这一趟他们去定了。

"谢谢贝鲁特大人！"迪莉娅也感激地说道。

贝鲁特笑道："好了，那就先这样吧。我回去了，如果有什么事情，去黑暗之森找我。"说完，贝鲁特身影一闪，化作一道黑色光芒离开了。

半空，贝鲁特回头遥看龙血城堡，嘴角泛起一丝意味深长的笑意："和我意料的一样，就看这小子争不争气了。"随即，他笑吟吟地朝黑暗之森飞去。

此时，龙血城堡的一群人都十分兴奋。不过兴奋之余，他们又感受到了压力，毕竟找主神办事，难度实在太大。大家开始担心林雷是否能做到，也担心主神会不会出手对付林雷。

"主神应该不会喜怒无常吧。"威迪担心地说道。

"别乱说。"迪莉娅连忙说道。

贝贝笑着说道："放心，冥界主神看到我和老大的那块血峰主神令牌，应该不会出手对付我们的。"

贝贝看上去自信，其实还是有些忐忑。冥界主神一定会给血峰主神面子吗？说不定见到的冥界主神刚好和血峰主神有仇呢，这个谁也说不准。

"主神高高在上，我们只要不冒犯他，他就不会降低身份来对付我们。"林雷平静地说道，"这次去冥界，就我和贝贝去吧。"

林雷和贝贝已然交流过了，他们不知道这次去冥界会经历什么，如果只是他们两人去，他们倒是不惧危险；可如果还有其他人，在危险情况下，他们估计照顾不来。

"嗯。"迪莉娅听话地点头。

"贝贝。"妮丝有些不舍。

"很快就会回来的。"贝贝安慰道。

这时候，一个火红色头发的林雷出现了。

"迪莉娅，我的火系神分身留在这里。妮丝，如果有什么事情，你告诉我的火系神分身，我知道后会立即通知贝贝的。"林雷淡笑着说道，准备让火系神分身做沟通的桥梁。

妮丝、迪莉娅这才感到安心。林雷的火系神分身在这里，她们便能时刻知晓林雷他们在冥界中的情况了。

晚上，林雷就将那本关于冥界的书好好阅读了一遍，对冥界有了一个大概的了解。

第二天，林雷和贝贝便出发前往冥界。

冥界，亡灵圣山。

这是一座通体泛白的足有数万米高的大山。大山之巅，有一座笼罩在黑色雾气中的通体黝黑的古朴城堡，不知道在这里存在多少亿年了。

时而有金属生命从城堡中飞出，时而有声音从里面传出来。

地狱的传送地点有七个，可是冥界只有两个，这座圣山便是其中之一。

"嘿，都乖乖地站到边上去。"一群披着白袍的战士随意地喊道。

只见那巨大的传送阵中光芒四射，时而有人影出现。这些人有的是圣域级强者，有的是下位神，中位神很少出现，至于上位神，那就更少了。

"才达到圣域境界就来冥界，简直是来送死。"一个看似少年的黑发白袍战士将一个中年人模样的圣域级强者踢到了院墙的一个角落。

被踢的人转过头，怒视着那个黑发白袍战士。

"看什么看，想打一场？"黑发白袍战士说道。

那个圣域级强者一咬牙，低着头靠在角落不吭声。

黑发白袍战士见这人不反抗，摇头笑了笑："在冥界，遍地都是圣域级强者，如果不学会隐忍，估计活不过第一天。"

"布斯尔，你还是喜欢戏弄他们啊。"一个倚在墙角喝着酒的白袍战士笑道。

布斯尔笑道："现在不让他们知道规矩，估计他们会死得更快。"

此刻，已经有不少人被传送过来了。

"又有人来了。"布斯耳立即转头看去。

只见那巨大的传送阵再次亮起迷蒙的光芒，两道人影在阵法中出现。

渐渐地，光芒消散。

"上位神！"

周围的那些白袍战士立即转头看来，连一些坐着的白袍战士都站了起来。

在传送通道中是很少出现上位神的，如果出现了，一般是从其他高等位面过来的，而且通常不是普通人物。

这群白袍战士都仔细地观察着这二人——一名棕发青年和一名戴着草帽的消瘦少年。

棕发青年陡然飞向空中，朝四面八方看了看，开口说道："这里是亡灵圣山。看来，我们要向南出发，不过在这之前，我们去亡灵界边缘看一看。"

听到"亡灵圣山"，那些白袍战士肯定这二人来自其他高等位面。

"好，老大。"草帽少年说道。

那名棕发男子朝周围的白袍战士微微点头，随即带着草帽少年离开了这里。

"来闯荡的啊，我什么时候能达到他们的境界？不过，传送费用真是贵！我这么多年赚的冥石还不够传送一次。"布斯耳羡慕地感慨道。

苍茫的天际，黑压压的乌云笼罩着大地。闪电时而在乌云中闪烁，仿佛一条条翻滚的蛟龙。

这是一片荒芜的平原。

无边无际的特殊形态的灵魂分成两个阵营对峙着，有数量多的骷髅、肮脏的僵尸、飘逸半透明的幽灵，还有整齐严肃的黑骑士等，他们都等级分明地排列着。

"卡布斯尔,你只有两个选择——"一个声音响彻天地,"臣服于我,抑或是死亡!"

可回答他的只是一声冷哼。

"攻击!"那个声音发出怒吼。

"攻击。"另外一个声音响起。

于是,两方阵营开始疯狂地互相攻击,犹如相互冲击的浪潮。天空中飞翔着大量的骨龙、亡灵狮鹫等。天地间毒雾肆意蔓延,随着战斗的进行,两方阵营的规模在逐渐缩小。

突然——

两方阵营停止了战斗,连他们的首领也惊诧地仰头看向空中。

只见天空中,两道身影并肩飞过,可怕的气息散发开来,让下方无数特殊形态的灵魂心颤。那是比他们的君王还要强大不知道多少倍的可怕气息,他们不敢动。片刻后,这两道身影消失在天际。

"只是散发一点气息,他们就吓得不敢动了。"贝贝嘿嘿笑道。

"你还真是够无聊的。"林雷哭笑不得。

之前,他们离开了那座圣山,打算去北方看看。后来,贝贝发现上位神的气息会令特殊形态的灵魂感到恐惧,便经常散发上位神的气息故意吓他们。林雷对贝贝玩闹般的行为感到无可奈何。

和地狱不同,冥界只有一块面积大得可怕的陆地,比地狱五块陆地加起来还要大。

北方生活着无尽的特殊形态的灵魂,这一片区域被称为亡灵界。南方是所谓的冥界。

亡灵圣山位于冥界、亡灵界的交界处。

很快,林雷和贝贝就到了亡灵界边缘。

"这里每时每刻都有大量特殊形态的灵魂消失，而他们的成长是通过吞噬他们的同类实现的。我现在最担心的就是由耶鲁、乔治，还有我父亲他们那特殊形态的灵魂会被吞噬。"林雷有些担忧。

林雷和贝贝在这里看了一会儿，便朝南方冥界飞去。

第630章

北亥府

在冥界这片广袤无垠的陆地上，北方遍布着无数特殊形态的灵魂，被称为亡灵界。生活在这里的都是弱小的特殊形态的灵魂，最强的也只是圣域级亡灵罢了。一旦达到神域境界，他们大多数会飞往南方，进入强者的世界——冥界。

那里才是真正的冥界。

作为四大至高位面之一的冥界，一共有八十一府。

林雷他们进入冥界区域后，进入的第一个府便是冥界北地第一府——北亥府。

北亥府高空，一个不足十米长的船形金属生命在疾速飞行，林雷和贝贝就在里面。

林雷此时愁眉不展。想到刚才看到的那一幕，他就有些担心了。

"那边的战斗比地狱的还要可怕，还要频繁！那些特殊形态的灵魂之间不断战斗，吞噬对方壮大自己的灵魂，提升自己的实力！父亲已经死了将近两千年，乔治、耶鲁、迪克西也死去一千多年了。这么长的时间，他们会不会被吞噬了？"

林雷最担忧这一点。一旦这个形态的灵魂被吞噬了，那就是真正死亡了，即使找到主神也没用。

"老大，你就别担心了。"贝贝连忙说道，"无论是你父亲还是乔治、耶鲁，他们的灵魂都不弱。即使他们的灵魂进入了冥界，也会很强大。这样，他们生存的希望要大得多。"

"只能这么想了。"林雷微微点头。

"现在，我们要抓紧时间。"林雷皱着眉说道，"要找到主神，不能漫无目的地乱找，还是得找到一名主神使者，或者询问一名府主。"

"老大，你知道冥界有哪些主神使者，知道那些府主居住在哪里吗？"贝贝反问道。

林雷摇了摇头，说道："先找一名上位神来询问吧。"

对冥界，林雷只知道大概的信息。至于冥界各府府主到底在哪里，这可难说。有的府主可能居住在城内，有的府主可能居住在偏僻的山脉中。

既然决定先寻找上位神询问，林雷就开始注意外面的情况。

不过林雷明白，这问人没有那么容易。他总不能看到有金属生命飞过便上前拦住问吧。这样或许会让对方恼怒，弄不好要战斗一场；若是对方实力不如他，就算说了，也不一定是真的。

于是，林雷一边注意着金属生命外面的情况，一边思考如何找人询问。

第三天，林雷喝着果酒，透过透明的金属部分朝外面看去。这一看，林雷的眼睛就亮了。

只见远处空中密密麻麻的一片，在数十名上位神的带领下，近万名中位神正在追杀十余人。

"贝贝，机会来了！"林雷开口说道。

"机会？"贝贝随意地瞥了一眼，"有什么机会？外面不就是一群强盗在抢劫吗？"

这一路上，林雷他们遇到过不少这种场面。不过，那些强盗人马很少，动静也很小。

"跟我走。"林雷低声说道，金属生命直接消失。贝贝只能跟着林雷，朝远处战场飞去。

那十余人疯狂逃窜，大量的强盗则快速飞向他们，强盗中为首的上位神朝对方的两名上位神追去。

"到底哪个浑蛋泄露了消息？我们进入北亥府境内不久，这十八山脉的强盗竟然联合起来对付我们！"一名足有三米高，长着一对牛角的红皮肤壮汉神识传音。此时，他那双牛眼已经愤怒得充血了。

"大哥，别发火了，现在逃命要紧！"另外一名青年男子神识传音。

"这次逃回去，一定要查出来。"牛角壮汉愤怒至极，速度飙升到了极限。

"能逃出去，那是命大。"青年男子瞥了一眼远处，速度慢的早就被解决了，朝南方逃窜的人中，如今只有他们二人还活着。

当然，他们的伙伴有朝其他方向逃窜的，此刻大家只能顾自己了。

嗖——嗖——

八道身影陡然出现在牛角壮汉、青年男子前方，冷笑着看向他们。

"不好！"牛角壮汉、青年男子立即停下。他们看向别处，发现其他方向也被人拦住了。

"两位，你们还想逃？"一个浑厚的声音响起。一名身高只有一米五的壮硕大胡子矮人悬浮在半空，用一双冷漠的金色眼睛看着他们。

"大哥，完了！"

青年男子和牛角壮汉彼此对视，感到无力。被一群强盗围住，他们这次的损失大了。

"有本事杀了我们！"牛角壮汉扫视周围，愤愤地说道，"杀了我们，你们也得不到我们的东西。"

持有珍贵物品的人一般会把一个神分身留在大本营。若是这名牛角壮汉被杀，只要他的神分身在，外人就无法开启他的空间戒指。

大胡子矮人冷漠一笑，作为十八山脉强盗的首领，他们干这种事情也不是一次两次了，早就有经验了。他知道对方肯定有神分身在其他地方，即使解决了对方，也得不到宝物。

"给你们两个选择。"大胡子矮人浑厚的声音在天地间响起，"第一，你们交出这次的物品，将各自的空间戒指给我们，我们放你们离开；第二，你们不交，那就得死！"

"那你先死吧！"牛角壮汉咆哮一声，瞬间化为一头燃烧着火焰的黑色巨牛，朝那矮人冲去。

大胡子矮人不屑一笑，手中陡然出现了一柄足有两米长的黑色巨斧。他持着这一柄黑色巨斧，很随意地朝黑色巨牛劈去。

黑色巨斧所过之处，空间震荡起来，犹如水面泛起的波纹。

陡然——

土黄色光芒从天而降，覆盖了方圆千米范围，笼罩住了那些上位神强盗以及青年男子和牛角壮汉。在光罩的下方，还有一个由地属性神力形成的圆形托盘。

嗖——嗖——嗖——

光罩里面原本在空中的三十三名上位神强盗，以及青年男子和牛角壮汉，身体一颤，直接下坠，重重地砸在那个由地属性神力形成的圆形托盘上。

这一群人艰难地站了起来，发现无法腾空，便惊惧地抬头看向半空。

一名穿着天蓝色长袍的棕发青年和一名戴着草帽的少年并肩凌空而立。

"大人！"大胡子矮人立即恭敬地躬身说道，"我叫克里奥帕特拉，是北亥府北境十八山脉首领。不知道大人有什么要求，我们十八山脉一定会尽力满足！"

其他三十二名上位神强盗也连忙躬身。

在这个光罩内，他们感受到了一股可怕的引力："老天，这个里面的引力这么强，完全动弹不了。"

"大人，我叫阿莫，愿意为大人服务。"那名牛角壮汉立即躬身说道，他身侧的青年男子也躬身。

在冥界，他们都知道什么时候该骄傲，什么时候该恭敬。很明显，现在出现的二人是他们无法对付的存在。

"我有一个问题问各位。"林雷开口说道。

"大人请说。"大胡子矮人恭敬地说道，牛角壮汉也仔细聆听。

林雷淡笑道："我很想知道在北亥府周围是否居住着主神使者。"

"这我知道，北亥府主就是主神使者。"大胡子矮人立即回答道。

牛角壮汉也说道："北亥府主是我冥界中的超级强者，也的确是一名主神使者。"

林雷心中一喜。

贝贝立即问道："那个北亥府主居住在什么地方？你说！"

贝贝指向牛角壮汉。

牛角壮汉恭敬地说道："北亥府主居住在海德城东边数千里外的一片大草原上。府主大人在那里兴建了城堡、府邸，还有数十万府兵驻扎在那里，普通人不得入内。当然，以两位大人的身份，要去拜访很容易。"

"海德城东边……"林雷的脑海中立即闪过一幅地图。如今，林雷对冥界城池的位置已是了如指掌，很快就确定了具体位置。

"那好，你们都散了吧。"林雷淡然说道，同时一挥手，土黄色光罩就消失了。

大胡子矮人一方和牛角壮汉一方一怔，然后看向对方。

"谢大人！"牛角壮汉和青年男子立即躬身，随即疾速飞向南方。

一些强盗见了忍不住追向他们。

"还想追？"贝贝呵斥道。

顿时，那些强盗不动了。

林雷瞥了他们一眼，随即看向大胡子矮人，淡然说道："这单生意就这么算了吧。"

"是，是！"大胡子矮人连忙应命。

"克里奥帕特拉，不错的名字。"林雷淡然一笑，便和贝贝腾空而起，消失在天际。

"大哥，追不追？"其他强盗看向大胡子矮人。

"追什么追？现在追也追不上。如果我们真的追了，估计那位大人翻手间便会解决我们。"大胡子矮人冷冷地说道，"好了，将那些空间戒指收拾一下，回去。"

片刻后，大胡子矮人带着浩浩荡荡的人马飞向老巢。

在北亥府的强盗势力中，十八山脉强盗的确是一股大型势力，他们的首领克里奥帕特拉是一名实力接近六星使徒的人物。

十八山脉，每条山脉都有一名首领，大胡子矮人克里奥帕特拉是总首领。

此刻，十八山脉首领之一，一名穿着黑色铠甲的光头壮汉飞向一座城堡。

城堡门口的强盗们连忙恭敬地行礼："首领！"

"哼！"光头壮汉大步走向大厅，一副怒气冲冲的模样。

"首领，怎么生这么大的气？"一个温和的声音响起。

光头壮汉在大厅的主位坐下，愤愤不平地说道："你是不知道，今天我们十八山脉众弟兄联手，本来可以得到一笔大单，眼看着快成功了，突然冒出了两个超级强者，问我们府主、主神使者的事情，让两只肥羊给溜走了。"

"那真是运气不好。"温和的声音回复。

"唉！"光头壮汉站了起来，"好了，乔治，山脉内的兄弟们这次也牺牲了些，各个队伍需要调整，你去帮我安排一下，我没心情安排了。"

"是，首领。"一名笑容亲切的青年应道。

如果林雷在这里一定会认出来，这名青年正是他的兄弟——乔治。

第631章

赛因特

光头壮汉瞥了一眼乔治，而后便去休息了。他很满意乔治担任管家，一是乔治是一个下位神，没有什么威胁；二是乔治的确有才干，将他这一条山脉的各项事务管理得井井有条。他至今都觉得自己当年没杀乔治是很明智的选择。

这次牺牲的人不多，乔治很快便安排好了。

夜，山脉城堡内。

乔治站在窗户前，透过窗户可以看到那一弯红月。这一弯红月在提醒着他，这里是冥界，不是他的家乡玉兰大陆。

"这样的日子还要持续下去。"乔治在心中暗道，"不知道这一千多年过去，玉兰大陆到底怎么样了。按照那个奥丁的霸道行为，恐怕耶鲁老大，甚至龙血城堡都会受到威胁。"

乔治是一个很冷静的人，不管什么样的环境都能很快适应。

在冥界，有一个尽人皆知的事情——人死后灵魂自动进入冥界，会变成没有生前记忆的亡灵，也就是特殊形态的灵魂。这种特殊形态的灵魂在蜕变成神的那一刻，受到天地法则洗礼，生前的记忆才会恢复。

乔治殒命的时候，已经达到了圣域境界，因此在他的灵魂进入冥界后便是圣域级亡灵，比一般的亡灵厉害。但是，那时的乔治已经没有了生前的记忆，完全是依本能在行动。那段时期，他不断吞噬其他特殊形态的灵魂，实力不断提升。

终于，他突破了，成神了！成神的那一刻，他恢复了生前的记忆，记起了他的名字——乔治。

作为当年玉兰帝国的柱石之臣，乔治在为人处世方面比林雷强很多。

少年时期，在恩斯特魔法学院，他就擅长结交朋友；之后，在玉兰帝国官场，他过得如鱼得水。即使现在在这强盗窝，他也依旧过得不错。

强盗们或许擅长修炼、战斗，可在管理方面，他们比乔治差远了。乔治当这管家，令他们心服口服。

"现在的目标——积累足够的财富，在城内购买房子。"乔治心里早有计划，"那时，我就能在城内安全地修炼下去，不必在这里浪费精力。"

乔治身为这一条山脉的管家，地位仅在这条山脉的首领之下。他明明可以弄到中位神神格炼化，可他不想，他要独力成神。

在这里，他不能明目张胆地积累财富，可以他的能力，悄无声息地积累财富还是可以做到的。

等钱攒够了，谁还待在这强盗窝？

"可惜，老三在地狱，想见他很难。"乔治感慨道。

北亥府范围太大，林雷和贝贝乘坐金属生命飞行了数月才抵达海德城外的大草原。

"北亥府主住的地方好像一座城池。"贝贝透过透明金属朝外看去，赞道，"单单府兵就有数十万。一眼看过去，都是成排的房子，很有气势，中间最高的那座城堡估计就是府主的住处。"

林雷也看了过去，那座城堡足有百米高，通体呈象牙白。

"希望北亥府主没有出去。"林雷感叹一声，"如果他不在，那我就白跑一趟了。"

随后，林雷收起金属生命，和贝贝直接朝北亥府主住处飞去。

北亥府主住处自然戒备森严，有大量府兵在巡逻。

"什么人？"

隔得老远，林雷和贝贝就听到了府兵的呵斥声，但是他们没有停下来，继续向前飞。

很快，数十名府兵飞了过来。

为首的一名府兵额头上有尖角，他呵斥道："这里是府主大人居住的地方，外人不能擅自闯入，你们二人赶紧离去！"

"请向北亥府主禀报，就说四神兽家族的林雷长老来拜见他。"林雷淡笑着说道。

"你说你是四神兽家族的长老，你就是了？"独角府兵嗤笑道。

林雷淡然一笑，体表土黄色光芒流转，然后一将道光芒射向将那个独角府兵。

独角府兵身体一颤，直接倒在地上，而后咬牙勉强站立起来。

"相信了吧？"林雷淡笑道，同时收回土黄色光芒。

"相信，相信！"独角府兵连忙说道，完全被吓住了。就凭刚才那一招，他能肯定眼前人绝对有七星使徒的实力。

"两位请在这里等一会儿，我进去禀报。"独角府兵说了一声，当即掉头飞向那座最高的城堡。

"你家府主现在可在？"林雷询问其他府兵。

其中一名大胡子府兵笑道："大人，我们就是普通的府兵，府主大人如果离开，估计我们都不知道。等队长回来我们就知道了。"

林雷只能静静等待，贝贝则喃喃道："希望那个府主没有出去。"

片刻后——

"林雷大人，林雷大人！"通报的独角府兵老远就喊了起来，身影一闪就过来了，脸上满是笑容，"府主大人知道林雷大人你来非常高兴，已经命人准备宴席了。还请林雷大人随我一起进去。"

林雷听了不禁和贝贝对视一眼。

"这么热情？"贝贝喃喃道。

"这是好事。"林雷一笑，当即飞向前，"前面带路！"

途中，贝贝神识传音："老大，北亥府主知道你来，这么客气，难道他听说过你？老大，你的大名已经从地狱传到冥界了吗？"

"见了就知道了。"林雷此刻心中很愉悦，"还有，等会儿见到北亥府主，你可别闹腾，我们是来求人办事的。"

"知道，大不了我不开口。"贝贝摸了摸鼻子。

林雷不由得笑了。这次来冥界办事，目前看来很顺利，很快就能见到北亥府主了。

"林雷大人，到了。"独角府兵站在城堡前。

在城堡门口，林雷看到不少侍女捧着餐盘走来走去，然后和贝贝一起进入这座城堡。

距离府主城堡数百米处，还有一座略矮些的城堡。

此刻，一名穿着灰色长袍的男子正站在阳台上欣赏景色。如果林雷看到他，肯定会对他动手的，因为他就是戈巴达位面监狱的邪恶王者奥丁。

奥丁当年来到冥界后，第一站便是北亥府。

在北亥府的这段时间，他明白他的实力在冥界中可以算得上强者，但是比他厉害的强者还有很多。也就是在这段时间里，他遇到了北亥府主，并与其进行了几次较量。他虽然输了，但心服口服，最终成为北亥府主的手下，担任北亥府主麾下的第三使者。

"嗯？"奥丁惊异地看向远处。

只见两道人影在府兵的带领下进入了府主城堡。

"是他们！"奥丁瞳孔一缩，脸色剧变，"林雷怎么来冥界了？"

奥丁怎么都不会忘记他的风系神分身在玉兰大陆位面所遭受到的屈辱。对奥丁而言，那是他这辈子受到的最大侮辱。他恨林雷，当时更是放狠话，让林雷来冥界找他。

"没想到林雷真跑来冥界了！看来，不解决我他不死心啊。"奥丁眼中闪过一丝寒光，"他现在竟然敢跑到府主这里来。他是知道我在这里，还是因为其他事情？"

奥丁有些疑惑，如果林雷知道他在这里，难道会光明正大地来见府主？须知，奥丁可是府主的属下。

"我本来想就这么算了，可你还追到冥界来了。哼！"奥丁气得身影一闪，直接飞出自己的城堡，朝府主城堡飞去。

在玉兰大陆，通过已经殒命的风系神分身，奥丁完全感受到了林雷的实力。奥丁明白，林雷的物质攻击的威力远超于他，更不用说当初让他浑浑噩噩，没有意识的灵魂攻击了。

"要解决林雷，我可不行，只能求府主帮忙了。"奥丁从侧门进入府主城堡。

守卫知道奥丁的身份，没有阻拦他。

大厅内。

长条形的餐桌上摆满了各种美食，还有一瓶瓶珍贵名酒。

林雷和贝贝坐在餐桌一边，他们对面坐着一名雍容的蓝袍女人，主位上坐着一名一袭白袍的俊美中年人。

这名中年人面白无须，笑得眼睛眯了起来，正是北亥府主。

"林雷，我虽然在冥界，但也听说过青龙一族林雷长老的大名。今天你来我这里，真是一件让人开心的事情。"中年人声音柔和，"我来介绍一下，这位是我的夫人阿妮塔。哦，我都忘记自我介绍了，我是赛因特！"

"赛因特先生，阿妮塔夫人，"林雷微笑道，"这位是我的兄弟贝贝。"

贝贝立即挤出一丝笑容。

林雷心中还是很高兴的，看上去，这名北亥府主应该比较好说话。

"我听说你的消息还没有多久，你就来我这里了，真是让人惊喜。不知道你这次来有什么事情？"赛因特笑道，"有什么事情尽管说，只要我赛因特能帮上忙，一定帮。"

林雷松了一口气，旁边的贝贝立即笑了起来："你肯定能帮上忙。你是主神使者，对吧？"

赛因特一怔，旋即笑着点头。

"赛因特先生，我有非常重要的事情想要拜见冥界主神，可是，我根本不知道冥界主神在哪里。还请赛因特先生指点一下，我去哪里能够见到冥界主神。七位主神中的任何一位都可以。"林雷连忙说道。

"要见冥界主神？"赛因特大吃一惊，他的夫人也惊讶地看向林雷他们二人。

"能告诉我你见冥界主神是为了什么事情吗？"赛因特询问道。

林雷迟疑起来。

赛因特见状说道："我只是问问，你不说也没事。你想去见冥界主神，这件事情的确有些麻烦。我知道冥界主神在哪里，可如果主神不愿意见你，你去了也没用。"

林雷心中大喜，赛因特果然知道冥界主神在哪里。

"赛因特先生，还请告诉我冥界主神在哪里。至于主神是否愿意见我，就看我的运气了。"林雷连忙说道。

赛因特迟疑了一下，微微点头。

就在这时候——

"府主！"一个声音在赛因特的脑海中响起。

赛因特不禁眉头一皱，神识传音："奥丁，你有什么事情？"

第632章
不怀好意

奥丁的打扰令赛因特心生不满。

"府主大人,现在可是有一个叫林雷的来拜访你?"奥丁神识传音。

"对,是有这么一回事。"赛因特有些惊讶,奥丁的消息怎么会如此灵通?

奥丁连忙神识传音:"府主大人,林雷来干什么?"

"林雷想要见主神,来问我主神在哪里。怎么了?"赛因特有些疑惑。

奥丁感到惊异,神识传音:"要见主神?"奥丁原以为会牵扯到自己,不过还是继续神识传音,"府主大人,林雷和我有生死大仇。我的儿子、我的亲兄弟都被他杀死了,我的风系神分身也是受到了百般侮辱才自爆的!府主大人,还请帮我报仇。只要杀了林雷,我奥丁永远不会忘记府主大人的大恩。"

在奥丁看来,北亥府主赛因特是主神使者,拥有主神器,绝对是顶尖强者,解决林雷应该有十足的把握。

"杀林雷?不可能!"赛因特神识传音,有些激动。

"府主大人,"奥丁急了,神识传音,"府主大人,我如果有把握早就去对付他了,可是我没有把握。府主大人,我求求你了,帮我解决了林雷吧。只要解决了林雷,府主大人的所有命令,我奥丁即使牺牲性命也会去做!"

赛因特神识传音:"听清楚了,不是我不愿帮你报仇,而是我也没把握。"

"没把握？"奥丁不敢相信，"怎么会没把握？"

"奥丁，你应该知道我前些日子去见老友了。"赛因特神识传音。

"嗯。"奥丁知道这事。

"我前些日子见的是阿什克罗夫特家族的族长，关于林雷的事情是冥蛇亲自和我说的。你可知道林雷还是中位神的时候，就能独自解决数名七星使徒？"赛因特神识传音。

奥丁被吓住了，而后问道："中位神？怎么可能？"

"根据八大家族所说，林雷如今已经达到了上位神境界，甚至很可能达到了大圆满境界。面对他，即使是我，也没有把握胜过他！"赛因特神识传音。

胜利和解决是两个概念。

赛因特连战胜林雷的把握都没有，更别提解决他了。

"难道你让我去解决一个可能达到了大圆满境界的强者？"赛因特神识传音。

奥丁傻眼了。他知道林雷厉害，可是没想到林雷竟然会那么厉害，还得到了阿什克罗夫特家族族长那般认定——疑似达到了大圆满境界的上位神。这是何等高的评价。毕竟，达到了大圆满境界的上位神从外表是无法判断出来的。如丹宁顿这种强者，别人也说他疑似达到了大圆满境界。

赛因特正是知道林雷是这样的强者才会如此客气，否则以他主神使者的身份岂会这样做？

可惜没人知道林雷是因为那颗黑石才会有这样的惊人实力。

"府主大人，府主大人！"奥丁急切地神识传音，"林雷是非杀我不可的，还请府主大人帮帮忙，尽量想办法解决林雷。对了，府主大人，林雷不是要见主神吗？让主神对付他。"

"你说什么？"赛因特有些生气了，神识传音，"主神可是你能指使的？"

奥丁这才清醒过来。

"不过你这么说，我倒是有一个办法。"赛因特神识传音。

"有办法？"奥丁大喜。

"好了，你别神识传音了，先待着。"赛因特神识传音。

赛因特与奥丁很快就结束了神识传音，没有被林雷他们发现。

此时，林雷、贝贝都看着赛因特，等待赛因特的回答。

"我知道主神在哪里，"赛因特严肃地说道，"可是主神居住的地方是禁止外人打扰的，而且那里非常危险，即使是七星使徒，也不敢擅自闯入。林雷，你还是仔细考虑考虑吧。"

"赛因特先生，你不必担心，还请告诉我主神到底在哪里。"林雷急切地说道。

"说啊，急死人了！"贝贝在一旁说道。

赛因特迟疑了一下，还是点头说道："那好吧。在我们冥界有一个非常危险的地方，正是我们冥界的第一高山——幽冥山！冥界中的人都知道，幽冥山非常危险，可是他们不知道，幽冥山的内部居住着主神。"

赛因特的夫人阿妮塔听了，惊异地看了一眼赛因特。

"幽冥山？"林雷眉头一皱。

贝鲁特给他的那本介绍冥界的书里当然介绍了冥界第一高山幽冥山。按照书中的介绍，幽冥山为冥界第一险地，绝对不能擅自闯入。

"我倒要看看有多危险。"林雷还是决定去。

"阿妮塔夫人，你这表情是什么意思？"贝贝发现了阿妮塔不自然的表情，"难道府主说得不对？"

"不是，"阿妮塔夫人笑着说道，"我只是很吃惊幽冥山内竟然有主神居住。"

"哦。"贝贝点头。

"老大，我总觉得有点不对劲。"贝贝神识传音，"阿妮塔夫人听到赛因特说幽冥山后，看赛因特的眼神很不对劲。"贝贝的本尊是噬神鼠，直觉很准。

"别乱猜。"林雷神识传音。

赛因特劝说道："林雷，幽冥山很危险，我劝你还是别去。这样，你就待在我这里。我身为主神使者，虽然不能主动联系主神，但是主神会召见我。到时候，我可以帮你向主神说一声。"

"不能主动联系主神？"林雷眉头一皱，这要等到什么时候？

"这不一定吧。"贝贝说道，"我可见过有主神使者燃烧了一张有魔法纹路的羊皮纸，然后主神就出现了。"

当初在地狱，贝鲁特就是这么做的，然后血峰主神现身，一句话就让八大家族都散了。

赛因特惊异地看了一眼贝贝，笑道："没想到贝贝你连这个都知道。的确，这是召唤主神的一种办法，不过，那有魔法纹路的羊皮纸不是我能制造的，那是主神亲自制造的。只有这样，羊皮纸燃烧的时候主神才会感知到。"

"主神可没赐予我这种有魔法纹路的羊皮纸。"赛因特饱含歉意地说道。

林雷明白，即使人家有这种羊皮纸也舍不得随意使用。

"赛因特先生，你能告诉我这些，我很感激。不过，幽冥山位于冥界深处，从这里赶到幽冥山需要三四十年，不知道你是否知道冥界其他六位主神的居住地点？"林雷说道。

林雷就想抓紧时间去救父亲、兄弟。对现在的他而言，幽冥山远了些。

"没了。"赛因特摇头，遗憾地说道，"林雷，我虽然是主神使者，但不一定知道所有主神住的地方。幽冥山，我是听主神说过才知道的。至于其他地方，我真的不知道。我想主神也不愿意被打扰吧。"

林雷感到无奈，不过他至少知道了幽冥山。

"幽冥山！"林雷已然决定去一趟。

他的父亲、兄弟等人已经在亡灵界待了将近两千年了，估计再坚持数十年也不难。

"林雷，别光说话了，来，尝尝我们冥界的一些特色菜肴。"赛因特笑着说道。

于是，林雷、贝贝和赛因特夫妇一边品尝美食一边交谈。

北亥府主赛因特和夫人阿妮塔送别林雷、贝贝。

"赛因特先生、阿妮塔夫人，不必送了。"林雷感激地说道。

赛因特感叹一声："林雷，我真不愿意看着你去幽冥山，那里很危险。林雷，你还是在这里等等吧，或许等上个数十万年、百万年，主神就会召见我。"

数十万年、百万年？他的父亲兄弟们如果没达到神域境界，就有可能在战斗中殒命。届时，他再努力也没有用了。

"不必了。"林雷笑道。

贝贝在一旁则有些不太高兴。

林雷忽然想起一件事情。他这次来冥界的首要任务是找到父亲、兄弟等人的灵魂，让他们恢复记忆，还有个任务——如果有机会，解决奥丁。

在林雷看来，赛因特是北亥府主，应该认识许多强者。

"赛因特先生、阿妮塔夫人，我想问问你们可曾听说过一个人，这人估计有七星使徒的实力，他的名字叫奥丁。"林雷看向赛因特、阿妮塔。

赛因特眉毛一扬，阿妮塔却笑了起来。

"哈哈，奥丁，当然认识。"阿妮塔夫人笑着说道。

林雷眼睛一亮，贝贝也立即看过去。

"你认识？"林雷惊喜地问道。

阿妮塔笑了两声："对，是认识。我和赛因特在北亥府境内曾经遇到过奥丁。奥丁实力不错，不过和赛因特比，还是有些差距。当时，他连着输了几回，最后心服口服，还和我们聊了一会儿。我们原本邀请他来我们这里做客，不过他说刚来冥界，想去冥界其他地方好好逛一逛、闯一闯。我们没有拦他，现在也不知道他在冥界哪里。"

"哦。"林雷和贝贝不禁有些失望。

"那我们不打扰了。"林雷、贝贝告别北亥府主及其夫人，随即乘着金属生命飞向南方，消失在天际。

"你怎么让我欺骗他们？"阿妮塔转头看向自己的丈夫。说这话的时候，阿妮塔警惕地展开神之领域，以防别人听到。

赛因特淡笑道："你可知道林雷和奥丁是死敌，彼此有着大仇？"

"哦？"阿妮塔十分惊异，"那你刚才说主神居住在幽冥山，是因为……"

赛因特淡笑道："奥丁是我们的人，林雷和冥蛇也是敌对关系。林雷虽然算不上我们的敌人，但也不是朋友。不过林雷的实力很强，为了奥丁得罪林雷不值得。不过，我也只是告诉他一个地址而已。"

"你这是让他去送死。"阿妮塔说道。

"是送死。"赛因特笑道，"不过，幽冥山的确是主神的住所。"

"嗯？还真有主神？"阿妮塔惊讶地看向赛因特。

"对，不过不是普通的冥界主神，是冥界七大主神中最强的一位——死亡主宰。"赛因特淡然一笑，"我劝了林雷别去，可他还是要去，他如果死了，可和我没有关系。"

"死亡主宰啊！"赛因特感叹一声。

第633章

幽冥山

红月悬空。

一个金属生命在半空飞行，表面泛着朦胧的红色光芒。

林雷透过透明的金属部分朝外面看去，远处山林中依稀有数座城堡，城堡周围有一些腾飞的巨龙，或者不死凤凰等圣域级魔兽，这些巨大的魔兽是被豢养的。

金属生命内。

"老大，"贝贝端着酒杯喝着果酒，皱着眉说道，"我们真的去幽冥山？贝鲁特爷爷给的那本书里也提到了幽冥山是冥界第一险地。我虽然想冒险去玩玩，但是总感觉赛因特说话不可信。"

"是否可信暂时无法确定，"林雷放下酒杯，淡笑道，"我们到现在也只询问了一名府主。冥界中可不只有赛因特一名府主，等会儿到了下一府境内，我们再去问问，综合几名府主的意见再做决定。"

多询问一些府主虽然会耗费一两天时间，但是总比直接去幽冥山消耗的数十年时间要少。

林雷端着酒杯走到金属生命的最前面，透过透明的金属部分遥看苍茫的冥界夜色，感叹道："我现在期盼父亲、耶鲁、乔治、迪克西他们能够在亡灵界中坚持下去。"

从北亥府前往幽冥山，途中经过六府，其中有两名府主居住的地方比较偏远。林雷如果要去见他们，就要偏离路线，多绕数亿里路，因此林雷就没去拜见这两名府主了，而是去拜见了另外四名府主。

不过，另外四名府主中，有两名府主不在自己住处，可能在外闯荡，林雷只能无功而返。接见林雷的两名府主，其中一名完全不知道主神居住在哪里，另外一名府主对主神的住所有所了解。这名府主对林雷说道："林雷，据我所知，在冥海深处的沧澜岛上居住着一位冥界主神。赛因特提到的幽冥山我也知道，那里的确是主神居住的地方。不过，幽冥山十分危险，你还是去沧澜岛好一点。"

林雷得到这条消息，十分感激这名府主，然后告别离去。

冥界只有一块陆地，却比地狱五块陆地面积的总和还要大。冥界陆地的尽头便是无尽的海洋——冥海。冥海浩荡无边，沧澜岛处于冥海深处。

"去沧澜岛？单单穿越冥界这块陆地就要将近两百年，入冥海到沧澜岛，估计还要一两百年，单单这趟旅程就要三四百年！"林雷暗自叹息，"到了沧澜岛，也不知道是否能见到主神。若是见不到，我还要掉头赶往幽冥山，又要三四百年。这一来一回都快七八百年了，不值得，不值得！"

去沧澜岛，危险程度低，可是距离太远，花费时间长。他最不能浪费的就是时间，能越早救出父亲他们越好。他担心时间拖久了，父亲他们那特殊形态的灵魂会被其他同类吞噬。

"老大，你决定了？我们去幽冥山？"贝贝询问道。

"嗯，去幽冥山，危险一点怕什么？至少幽冥山的确是主神的居所。如果幽冥山的主神不答应，我们再去沧澜岛。无论如何，我们不能绕路浪费时间。"林雷开口说道。

"老大，你看外面！"贝贝突然惊讶地说道。

林雷透过透明的金属部分看向外面，远处高山之巅，一座古老城堡上空，两名男子在对峙。

这二人都穿着黑色长袍，一人银色长发，一人紫色长发，紫色长发男子身上隐隐有闪电闪烁。两人朝对方冲去，轰的一声，空中裂开了一条大缝隙。

"这二人的实力还挺强，应该有七星使徒的实力。"林雷评价道。

"这一路上太无聊了，看到的大多是一些中位神或者是比较弱的上位神之间的战斗，很少能看到绝世强者交战。老大，停一下嘛，看看他们谁会赢！"贝贝双眼放光，很感兴趣。

林雷感到无奈，让金属生命停了下来："只等一会儿。"

远处，那两名绝世强者已经交手数次了，他们周围不断出现空间裂缝。突然，那名银发男子化为一道光芒，疾速飞向远处，那名紫发男子立即追了过去。

"唉，真无聊，还没看出胜负就有人跑掉了。"贝贝无奈地说道。

"好了，别管他们了。我们现在距离幽冥山不远，再过几个月就能到，还是抓紧时间赶路吧。"林雷控制金属生命继续前进。

"几个月？真期待啊！都说幽冥山危险，不知道有多危险。"贝贝眼睛发亮。

"到了就知道了。"林雷一笑，脑海中浮现出书中关于幽冥山的介绍——

幽冥山，冥界第一高山，百万米高，占地方圆上万里。幽冥山表面有三色云雾萦绕，云雾自然形成天地锁链缠绕山体。天地锁链万不可碰触，碰触者生死一线。幽冥山内遍布危机，切不可随意闯入！

"三色云雾？天地锁链？"

林雷疑惑不解。书中对幽冥山的介绍太少，只是着重提醒不可闯入，很危险。至于三色云雾、天地锁链等，并没有详细讲述。

数月时间很快就过去了，在这段时间里林雷一直在修炼。

这三十余年，林雷大部分时间用来修炼。本尊协助地系神分身一同修炼地系元素法则，其他神分身也在修炼，不过进步不大。如水系神分身，早已修炼到水系元素法则中的第六种奥义了，现在处于瓶颈。若是突破了，水系神分身就能达到上位神境界。

"老大，老大！"贝贝的欢呼声响起，"你快来看，你快来看啊！幽冥山，幽冥山！"

盘膝修炼的林雷猛然睁开双眸。

嗖——

林雷蹿到了透明金属前朝外面看去。

远处，一座冲天而起的山峰是那般耀眼，表面弥漫着淡淡的青光，乍一看犹如青色山峰。

林雷仔细看才发现那青光是不断闪烁的。

"不愧是冥界第一高山。"林雷的脸上露出笑容。

贝贝咂了咂嘴巴，赞道："这幽冥山的确够高。书上说山体高百万米，一开始我还怀疑呢！"

林雷看到这座高山笑了。在他的家乡玉兰大陆，最高的山峰也就数万米高。在地狱中，他见过的山峰中，最高的也就数十万米高。他从未见过百万米高的山峰。

"幽冥山快到了！"林雷感叹一声。

"哦，快到了！"贝贝兴奋地欢呼起来，"这三十几年太闷了。都说幽冥山很危险，我倒要看看幽冥山到底哪里危险，看它能拿我贝贝怎么样。"

林雷瞥了一眼贝贝，有些哭笑不得。想要让贝贝感受到危险，那还真难。

贝贝的身体硬度已经远超神格兵器，在物质防御方面堪称无敌。至于贝贝的灵魂防御方面的实力，林雷不太明白。在林雷看来，贝贝能施展天赋神通噬神，灵魂这方面应该不差，更何况，贝贝有灵魂防御神器。

"别大意！幽冥山是主神居住的地方，你再强强得过主神？低调，低调些。"林雷笑道。

"主神不会自降身份对我们出手吧，主神不出手还怕什么？"贝贝笑道。

虽然他们老远就看到了幽冥山，但实际上幽冥山距离他们足有十余万里。正是因为幽冥山高，他们才能看到幽冥山。以金属生命的飞行速度，十余万里，不足一个小时便到了。

一靠近幽冥山，林雷、贝贝就不禁屏住了呼吸。

"老天，还真够夸张的！"贝贝十分震惊。

"天地锁链、三色云雾，原来是这样！"林雷也很震惊。

近距离看幽冥山，他们越发惊叹于幽冥山的高。不过，高度并不是幽冥山最惊人的地方。

幽冥山表面笼罩着一层云雾，分为三个部分：下面笼罩着一层白色云雾，中间笼罩着一层灰色云雾，上面笼罩着一层紫色云雾。

因为有三色云雾笼罩着，所以无法从外面看清幽冥山内部的情况。

不过，最奇特的还是天地锁链。

一条条雷电锁链从幽冥山顶端垂下来直至山脚，犹如瀑布一般。每一条锁链都有普通人的腰那么粗，相邻锁链间隔一两米。

"老天！每条雷电锁链都有百万米长吧！"贝贝感慨道。

林雷也感叹道："怪不得号称天地锁链！根据书中所说，这天地锁链是由三色云雾自然形成的，真是奇妙。走，出去吧。"

林雷和贝贝当即飞出金属生命，林雷一挥手，将金属生命收入空间戒指中。然后，他们直接朝幽冥山山脚疾速飞去。飞了一会儿，林雷他们才抵达幽冥山山脚。

"老大，我们进去吧。"贝贝说着，准备朝里面飞。

"嘿，两位大人，停下，停下！"旁边响起一个声音。

贝贝不禁停了下来，林雷也转头看去。只见一名穿着青色长袍的青年飞了过来，紧张地说道："两位大人，这里覆盖了天地锁链，千万别这么朝里面闯，若碰到了天地锁链，那就死定了。"

"我们知道天地锁链不能碰，打算从中间的缝隙过去。"贝贝笑道。

林雷也点头。

相邻锁链间隔一两米，足以让人飞进去。

"看来你们一点都不知道啊。"这名青袍青年从地上捡起一块石头，朝天地锁链之间的缝隙扔去。

哧——

两条雷电锁链之间竟然出现了透明薄膜，刚好堵住缝隙，上面还有无数雷电在游动。那块石头碰到那些雷电后直接消失了。

林雷和贝贝看得都愣住了。

"正常情况下，雷电锁链之间的薄膜是看不见的，但一直存在。想要闯进去，就会遭到无数雷电的攻击。这上面的雷电不是一般的雷电，即使是厉害的上位神碰到了，也有可能会瞬间消失！"这名青袍青年提醒道。

第634章
幽冥果

林雷和贝贝十分震惊。

"我刚才如果这么飞进去，恐怕就没了！"林雷一阵后怕。他原本准备进入幽冥山后再使用龙化形态，没承想，这看起来很安全的缝隙竟然这么危险。他若是不用龙化形态直接进去，绝对扛不住。

林雷转头看向青袍青年，感激地说道："谢谢你了。对了，你怎么会在幽冥山附近？"

不怪林雷疑惑，因为这名青袍青年只是一名中位神。冥界中的危险程度不比地狱低，中位神在外面乱闯根本是送死。

"我就住在旁边。"青袍青年笑着指向不远处。

林雷顺着青袍青年指的方向看去，数千米外有一座座制式的院落。在这些院落的前方有一栋三层楼的建筑，上面有四个大字——幽冥酒店。

"在这里开酒店？"林雷有些吃惊。

"幽冥酒店？"贝贝疑惑地问道，"这酒店是谁开的？在这野外竟然开酒店，够厉害啊！"

在这种荒凉的地方，开酒店相当于给强盗送礼，除非背后有强大的势力。

青袍青年自豪地说道："我们的酒店属于绿叶城堡，谁敢来捣乱？"

"绿叶城堡是什么地方？"贝贝接着问道，林雷也同样疑惑地看向青袍青年。

青袍青年一滞，以一种看怪物的眼神看向林雷、贝贝："难道你们没听过绿叶城堡？你们都是上位神，在冥界这么多年，难道没和外界接触过？"青袍青年不敢相信对方竟然不知道绿叶城堡。

"我们是从地狱来的。"林雷说道。

"哦，原来是这样，没想到两位是从地狱过来的。"青袍青年恍然大悟。

"告诉你们吧，"青袍青年笑道，"我们这酒店是绿叶城堡开的。在我们冥界，绿叶城堡赫赫有名。我们绿叶城堡一共有三位堡主，而这三位堡主都是伟大的主神使者！"

林雷、贝贝听了十分吃惊。三位堡主都是主神使者，难怪绿叶城堡这么强。

"你们绿叶城堡在哪里？"林雷追问道。他阅读过那本描述冥界大概地理信息的书，里面介绍了冥界一些出名的地方。如果绿叶城堡这么出名，那本书不可能不讲述。

"不知道。"青袍青年摇头说道，"绿叶城堡的具体地址是冥界中的一个秘密。"

林雷一笑，不再谈这个，直接问道："请问一下，你知道怎么进入这幽冥山吗？"

"进幽冥山？在幽冥山北边的山脚下，距离这里一千多里，有一扇山门。凡是要进入幽冥山的，都是从那山门进入。"青袍青年笑着说道。他住在这附近，对这些自然一清二楚。

"哦，谢谢。"林雷笑着说道，准备和贝贝飞过去。

"嘿，等一下。"青袍青年见林雷他们要走，又喊住了他们。

"还有什么事吗？"林雷和贝贝转头看向青袍青年。

青袍青年说道："你们太急了。看样子，你们对幽冥山知道得太少了！幽冥山中非常危险……"

"我们知道危险。"贝贝嬉笑道，"危险怕什么？"

青袍青年无奈地说道："我知道两位大人实力强，不过该注意的还是注意一下比较好。相信你们也知道幽冥山表面笼罩的这层云雾非常诡异，但是每当月圆之夜，这层云雾就会变得稀薄，威力也会大减。想进入幽冥山的人，一般会选择那时候进去。"

"月圆之夜……"林雷推算一下，"还有五天。"

"我看两位大人还是等五天再进去吧，那时候危险程度降低，也更安全。"青袍青年说道。

林雷和贝贝对视一眼，做出了决定。

"那好，就再等五天。我们先去住你们的幽冥酒店。"林雷笑着说道。

"好，我带两位大人过去。"青袍青年连忙笑道。

其实，他之前看见林雷、贝贝飞向幽冥山时，便立即赶过来了。这招呼客人的事情，他熟练得很。

幽冥酒店，在幽冥山数千米外。

酒店大门前有一大片草地，草地中央有一弯湖水。

当青袍青年带领林雷、贝贝来到这里的时候，林雷的视线就被坐在湖水边钓鱼的红发俏丽女子吸引住了。

那名俏丽女子还瞥了林雷、贝贝一眼，随即继续钓鱼。

"有意思。"林雷笑了笑。

"嘿，那个女子是什么人？"贝贝询问青袍青年。

青袍青年笑道："两位可要注意些，那位是我们酒店的老板，是从绿叶城堡中出来的。我对她知道得不多，只知道老板和绿叶城堡三位堡主中的一位堡主关系密切，老板的实力也很强……"

"克文，多嘴！"一声呵斥响起。

"啊，老板，我错了！"这名青袍青年连忙躬身，随即又对林雷、贝贝笑道，"我们老板对外人冷漠，对我们还是很好的。"

说着，青袍青年带着林雷他们二人进入酒店大门。

酒店的大厅非常大，分成了两部分，一部分用来迎接外来客人，另外一部分是餐厅。

餐厅区域足足摆放了数十张桌子，此刻，餐厅内有十几人坐着，一边喝酒一边聊天。

"两位，住多久？"柜台内的一名绿袍女人问道。

"住五天。"贝贝开口说道。

"一天一万块冥石，五天五万块冥石。"绿袍女人说道。

听到这话，林雷十分震惊，一天一万块冥石？

冥界中的冥石和地狱中的墨石有着同等价值。在地狱，住城内的酒店，一年也只要数百块墨石。这幽冥酒店的价格翻了上万倍啊！

"你抢钱啊！"贝贝有些生气。

绿袍女人淡然一笑："我们酒店就是这个价格。住在我们幽冥酒店，我们就能保证你们在酒店内的安全。每年都有不少强者住进来，一般的酒店可不敢招待这些强者。"

"强者？"林雷眉毛一扬。他注意到了，在餐厅内喝酒聊天的人都是上位神，至于是什么实力的上位神，一时间无法判断出来。听这绿袍女人的话，这些人的实力应该都很强。

"我们只有墨石。"林雷开口说道。

这句话引得餐厅中不少人看过来。拥有墨石的人，一般都是从地狱过来的。从地狱来冥界，这就足以让那些人注意了。

"我们幽冥酒店招待来自各个位面的客人。"绿袍女人丝毫不惊讶，"同样一天一万块墨石，一共五万墨石。对了，如果要喝酒吃东西，价钱另算。"

林雷笑着一翻手，付了钱。

"你们这里怎么这么多客人？"贝贝疑惑地询问绿袍女人，"幽冥山周围那么荒凉，这一群人过来，难道都想进入幽冥山送死？"

这话引得餐厅不少人朝贝贝看来，目光不善。

"哼，送死？你们两位不也是来送死的吗？"餐厅那边传来冷漠的声音。

林雷朝那边瞥了一眼。

"贝贝，别惹事。"林雷提醒道。林雷虽然不惧麻烦，但是也不想惹事。

"你们都记住，在我们幽冥酒店内不要动手。"绿袍女人开口说道。

"放心。"林雷淡笑道。

随即，林雷带着贝贝在餐厅找了个位子坐下。他们刚坐下，一名服务人员迎上来递上了菜单。

"这价格还不是一般贵。"贝贝嘀咕道。

对此，林雷和贝贝早就做好心理准备了，便随意地点了几样菜肴、两瓶美酒，花费了近万块墨石。

"老大，你说这些人来这里干什么？难道和我们一样要去见主神？"贝贝神识传音，他不理解那些强者来这里干什么。

"主神？没多少人知道幽冥山有主神。"林雷神识传音。

在冥界，他一共见过三名府主，其中一名府主根本不知道幽冥山有主神。赛因特知道，那是因为他听主神提过。显然，幽冥山有主神这个事是一个秘密。

"别管闲事了。"林雷淡笑道。

来到这里，林雷的心情还是很不错的。随即，林雷、贝贝一边喝着美酒、吃着菜肴，一边闲聊起来。

"没想到连地狱都有人过来抢幽冥果了！"愤愤不平的声音从餐厅一处传来。

这句话引起了林雷、贝贝的注意。

"幽冥果？"贝贝看向林雷，说道，"老大，你知道幽冥果是什么吗？"

"不知道，根本没听说过。"林雷摇头说道，心中满是疑惑。

因为这事情不需要保密，林雷他们便直接说了。

"地狱来的两位朋友，你们为了幽冥果来这里，还不承认？未免可笑了些。你们一路从地狱赶到我们冥界，来到这幽冥山，不是为了幽冥果又是为了什么？"旁边传来淡淡的声音。

林雷转头看去，说话的是一名看起来很阴柔，有着一头银色长发的青年。

"嘿，幽冥果有什么了不起的？说给我听听。"贝贝眉毛一扬，说道。

餐厅中的其他客人不善地看了贝贝一眼，没有多说话。

"幽冥果，传说中的宝物。"一个声音响起，之前在钓鱼的红发俏丽女子一只手扛着钓鱼竿走了进来，另外一只手还拎着一个小桶，"那可是无价之宝，只有幽冥山才有。凡是得到幽冥果并且吃下的人，都会成为冥界的超级强者，同时也会受到主神的接待，成为主神使者。"

林雷听得不禁瞪大了眼睛。得到幽冥果，将其吃掉，就能成为主神使者？

"真的假的？"贝贝也不敢相信。

"当然是真的。"红发俏丽女子冷冷地瞥了一眼林雷他们二人，"无数年来，幽冥山已经出现过三颗幽冥果了。如果是假的，怎么会有一大群人过来碰运气？"说着，她瞥了餐厅其他人一眼，然后沿着楼梯上了楼。

林雷和贝贝对视一眼，依旧不敢相信。

"地狱的两位朋友，难道你们不知道绿叶城堡的三位堡主便是那三位得到幽冥果的人？得到幽冥果，实力就能突飞猛进，成为堪比府主的超级强者，并且能得到主神赐予的主神器，成为主神使者。"银色长发男子冷冷地瞥了林雷和贝贝一眼，"想来找幽冥果，不需要装不知道。"

贝贝有些恼怒。

"贝贝，喝酒，"林雷神识传音，"不必和那些人浪费时间。"

幽冥果，林雷、贝贝的确没听说过，也不感兴趣。

当然，对其他人而言，幽冥果很有吸引力，毕竟它能让人实力突飞猛进，成为主神使者。

忽然，脚步声响起，从门外走进来一人。

林雷转头看去："是他？"

来人一身黑色长袍、紫色长发，正是林雷和贝贝在赶路途中碰到的那场高空决战中，占据优势的那个人。

（本册完）

更多精彩尽在《盘龙 典藏版 15》！